KURZER LESEHINWEIS

Liebe Leserin & lieber Leser,

Dies ist der letzte Part der „Broken Blackness" Reihe. Anders als die Vorgänger wird es weniger Gewalt, Intrigen oder hinterhältige Feinde geben, die Divina & Tjark das Leben erschweren – denn ich finde, beide sollten endlich ihre Zeit gemeinsam genießen und haben bisher genug Grausamkeiten ertragen müssen.

Ob beide wirklich ihre Zweisamkeit wirklich genießen werden? Denn Tjark macht es Divina nicht gerade leicht. Ohne sein Gedächtnis ist er in manchen Momenten unausstehlich und weiß nicht, was für ihn auf dem Spiel steht.
Was alles passieren wird, erfährst du gleich.
Die Schlussworte halten zudem eine kleine Überraschung bereit. Lass sie dir nicht entgehen.

Ich wünsche dir ein sinnliches Lesevergnügen.

XOXO
♥
Yuna Drake

WACH AUF …

Nicht im Vergessen, sondern im Sicherinnern besteht das Geheimnis der Erlösung.

ISRAEL BEN ELIESE

1

TJARK

Am Treppengeländer mit Handschellen festgekettet, hocke ich auf der dritten Stufe und kann nur dabei zusehen, wie sie einen Rundgang durchs Haus machen.

»Ist das wirklich nötig?«, richte ich meine grummelnden Worte an Nojus und Arūnas, die in der Küche verschwinden. Nach dem ungebetenen Besuch, der Divina in einen Schockzustand versetzt hat, sind die zwei Personen ziemlich schnell abgezogen oder wurden von Rys geschnappt. Das verrät mir ja keiner.

Wären Rysand, Arūnas und Nojus nicht vor Ort gewesen, hätte es übel ausgehen können. Oder aber ich hätte sie allein in die Flucht geschlagen, schließlich wusste ich von den versteckten Waffen im Haus. Im Gegensatz zu Divina habe ich nicht die Vorratskammer und Lebensmittelfächer in der Küche abgesucht, sondern die Kommoden und geheimen Orte, an denen Waffen versteckt liegen könnten. Rysand wäre nicht solch ein Arsch und würde mich unbewaffnet in einem Haus im Nirgendwo zurücklassen. Ein Haus, in dem

Divina und ich für die angeblichen Feinde wie auf dem Präsentierteller serviert werden.

Was bei Divina diese Panikattacke ausgelöst hat, kann ich nicht sagen. Zumindest hat sie das Beruhigungsmittel, das ihr Rys verabreicht hat, erst mal ruhiggestellt.

Während sie oben im Bett schläft, hänge ich nur in dunkelblauen Boss-Shorts auf der Treppe fest. Warum ist Divina so vollkommen panisch geworden? Waren es die Waffen? Waren es die Einbrecher? War es ein bestimmtes Gesicht, das sie wiedererkannte?

Nachdenklich starre ich auf den Fliesenboden vor der modernen Haustür und hebe erst den Blick, als Nojus in der Diele erscheint. Schlagartig wechselt seine besorgte Miene zu einem schelmischen Grinsen.

»Alles sauber. Ihr dürftet hier wieder unbeschadet dem nachgehen, worin ihr vorhin unterbrochen worden seid.« Anzüglich hebt er die Braue in die Stirn und schnalzt mit der Zunge.

»Wie ich dich kenne oder vielleicht kennen sollte, hast du die gesamte Zeit vor den Bildschirmen der Videokameras gehockt und uns gestalkt. Es lief nichts.«

»Es wäre was gelaufen, wenn du dir mehr Mühe gegeben hättest«, murmelt er und dreht sich zu Rysand um, der aus der Küche kommt und genüsslich von einem Apfel abbeißt.

»Wir haben euch viel zu viele Lebensmittel hiergelassen. Das müsste locker bis Neujahr reichen«, nuschelt Rys mit vollem Mund.

»Bist du irre?«, fahre ich ihn an und erhebe mich von der Treppe. »Befreit mich endlich von den Handschellen!«

»Wieso denn?«, fragt Nojus, bleibt in einer gesunden Distanz vor mir stehen und beugt sich mit einem neckischen Lächeln zu mir. Wieder spiegelt sich der verdammte Schalk in seinen grünen Augen wider. »Du wirst schön hierbleiben, Boss. Du verbringst die nächsten Tage bis Weihnachten in dieser Hütte mit deiner Herzdame. Danach holen wir euch hier raus.«

Er hat doch nicht mehr alle Latten am Zaun!

»Wer hat hier das Sagen?«, frage ich verärgert. »Nicht du.«

»Nicht er, richtig«, sagt Rys, nachdem er hintergeschluckt hat. »Aber es ist der einzige Weg, damit sich dein Hirn wieder an alles erinnert. In Notfällen sind wir schnell vor Ort.«

Rysand geht an mir vorüber und klopft auf meine Schulter. Anschließend öffnet er die Haustür, schiebt den Ärmel seines Mantels zurück und wirft einen Blick auf die Rolex. »Das Sedativum dürfte nur eine Stunde anhalten. Dann erwacht dein Dornröschen wieder, und ihr könnt ungestört dort weitermachen, wo ihr aufgehört habt.« Gelassen senkt er den Arm, hebt die andere Hand mit dem Apfel zum Mund und schenkt mir diesen verwegenen Blick. »Aber nur, wenn sie dich auch befreit. Sie ist für den Schlüssel verantwortlich.« Genüsslich beißt er von dem roten Apfel ab und kaut. »Viel Vergnügen.«

Die Kälte trifft auf meinen halb nackten Körper, als er durch die Tür geht und Nojus zu sich winkt.

»Ihr packt das schon. Obwohl sie weiß, wie Männer zufriedengestellt werden, kann es nicht schaden, wenn du den ersten Schritt machst«, erteilt mir Nojus noch Ratschläge.

Sind wir in der Grundschule? »Verschwinde!«, knurre ich, bekomme seine Schulter zu fassen und schiebe ihn aus der Tür.

»Nicht so grob, ja? Du wirst mir noch dankba…«

Wumm! Mit einem kräftigen Stoß werfe ich die Tür hinter ihm ins Schloss, da mir seine dummen Sprüche gerade auf den Sack gehen und die Kälte unerträglich ist. Draußen dürften sibirische minus 10 Grad herrschen, während er sich sein Maul über meine Verführungsversuche zerreißt.

Ich weiß, wie man Frauen rumbekommt. Diese witzlosen Sprüche kann er sich sparen!

Während sie mir nicht einmal eine Decke hiergelassen haben und ich friere, schaue ich mich nach einem geeigneten Gegenstand um, damit ich mich von den lästigen Handschellen befreien kann. Zwar bin ich nicht solch ein Taschenspielertyp wie Nojus, der die Dinger in nur einer Minute geknackt hätte, trotzdem könnte ich es versuchen. Als ich mich mit der linken Hand am Geländer festhalte und den rechten Arm zur Kommode ausstrecke, komme ich einfach nicht an sie heran. »Verdammt, komm schon!«

Meine Finger streifen nicht einmal die Knäufe, um die Schubladen aufzuziehen. Nach einigen Minuten gebe ich den Versuch auf und setze mich wieder auf die untersten Stufen. Ich kann mir bildlich vorstellen, wie sich Nojus köstlich über meine ergebnislosen Befreiungsversuche amüsiert und mich auf seinem Handydisplay beobachtet. *Dieser Penner!*

Mürrisch fahre ich durch mein noch feuchtes Haar und schaue zu der Metallstrebe im Geländer. Sie herausbrechen, ist ebenso sinnlos.

Daher muss ich wohl oder übel darauf warten, bis Divina aufwacht. Was, wenn sich Rys mit seiner Dosis verschätzt hat? Divina ist so dünn und könnte statt einer Stunde zwei oder mehr pennen.

Nachdenklich blicke ich zur Treppe hoch. Nach ihr rufen, wäre eine Möglichkeit. Aber sie wird mich nicht hören. Wenn Rys etwas macht, dann richtig. Er ist schließlich derjenige mit einem abgeschlossenen Medizinstudium.

Genervt stöhne ich, stütze den rechten Ellenbogen auf mein Knie auf und wische über mein Gesicht. *Was ein übler Morgen.*

Ohne meinen zweistündigen Sport, meinen Espresso und Eiweißomelett bin ich vor neun Uhr meistens nie zu gebrauchen. Ich brauche meine Routine, um meinem Leben Struktur zu geben und nicht alles hinzuwerfen.

Aber heute Morgen läuft alles schief, obwohl die Nacht besser war als gedacht. Eigentlich habe ich mich bereits heute Morgen gerädert und mit verspannter Rückenmuskulatur auf der Couch aufwachen sehen. Keine Ahnung, wie ich bei Divina einschlafen konnte, und das bis weit nach 7 Uhr. Für gewöhnlich stehe ich immer Punkt 6 Uhr auf.

Da ich nicht einmal weiß, wie spät es ist, strecke ich mich ein Stück auf der Stufenmatte aus und schiebe den rechten Arm unter meinen Kopf.

Dabei grummelt mein Magen verdächtig.

Ich frage mich echt, warum ich diesen Schwachsinn mitmache. Es wäre klüger, wenn ich, sobald ich frei bin, das Haus verlasse und die nächste Stadt oder das nächste Dorf aufsuche.

Andererseits wundert es mich, wieso Rysand und

Nojus so schnell hier sein konnten. Sie müssen irgendwo auf der Zufahrt Kameras oder Sensoren installiert haben. Vermutlich. Sicher bin ich mir nicht. Zudem müssen sie sich ganz in der Nähe aufhalten, ansonsten hätten sie nicht in der kurzen Zeit vor Ort sein können.

Egal, wo sie sind, nach der Aktion knöpfe ich mir jeden Einzelnen von ihnen vor, sobald ich hier raus bin!

Mit geschlossenen Augen hänge ich weiter meinen Racheplänen nach, um es ihnen heimzuzahlen, und gähne irgendwann todmüde. Aus der ersten Etage ist immer noch nichts zu hören. Während ich wieder abwäge, ob ich Divina rufen soll, damit sie mich freilässt, und mich jedes Mal dagegen entscheide, weil es mein Stolz nicht zulässt, nicke ich einen Moment ein.

Hoffentlich kehren die Typen nicht zurück, denn so hätte ich nicht die geringste Chance, um mich zu verteidigen, und erst recht nicht das Dornröschen dort oben.

2

DIVINA

Das Kopfkissen unter meiner linken Wange ist feucht, als ich die Augen öffne und schlucke. Gähnend reibe ich die Augen, bis ich mein Umfeld deutlicher erkenne.

Ich liege im Schlafzimmer. Nicht in meinem ehemaligen Kinderzimmer, sondern in dem Haus, in das uns Nojus mit Tjarks Freunden gebracht hat.

Bin ich etwa … weggetreten? Langsam rolle ich mich auf den Rücken, streiche über meinen Körper und taste über ein klammes Frotteehandtuch. Sofort schnellt mein Blick zum Wecker. Es ist 11.47 Uhr.

Ich bin mir absolut sicher, heute Morgen schon aufgestanden zu sein und … Mein Blick wandert unter die dicke Bettdecke, danach zu dem Handtuch, das sich bereits von meinem Körper gelöst hat. … *Und ich habe schon geduscht.*

Aber wie …? Als ich mich aufsetze, stürmen sofort die Erinnerungen der letzten Stunden bruchstückhaft auf mich ein. Mein Kopf fühlt sich immer noch so an, als stände er unter Valium. Ich habe das Bad nach der Dusche verlassen und sah unten Alex und einen von Dalius' Männern am Fenster stehen.

Sofort wandert mein Blick zur Armbeuge, auf der ein Pflaster klebt. Danach kam alles wieder hoch, alles, was ich die letzten Wochen mühsam verdrängt hatte. Ich geriet in eine Ohnmacht, die mich kaum mehr klar denken ließ. Dieses Gesicht … Allein dieses Scheusal zu sehen … das mich mehrmals grausam vergewaltigt hat …

Wieder überfluten mich so viele Gefühle auf einmal. Ekel, Hass, Hilflosigkeit, Zorn, Panik.

Wo sind sie jetzt? Ich habe nur noch wie in einem Rauschzustand mitbekommen, dass Nojus mir etwas gespritzt hat. Etwa ein Beruhigungsmittel, damit ich nicht komplett durchdrehe? Das Letzte, was ich über mir sah, waren Nojus' und Tjarks besorgte Gesichter. Beide sprachen miteinander, während eine Hand warm über meine Stirn strich.

Alles, was danach geschah, weiß ich nicht mehr.

Wo sind sie? Wo ist Nojus? Wo Tjark? Ich liege hier komplett allein im Bett und scheine ansonsten unversehrt zu sein. Mir tut nichts weh, ich kann mich frei bewegen.

Langsam schwinge ich die Decke zurück und steige aus dem Bett. Vom Sessel schnappe ich mir eine schwarze Trainingsjacke und husche zum Schrank, um mir etwas anzuziehen. Nackt will ich gerade niemandem begegnen. Nicht, dass Nojus hereinplatzt und mich wieder bespringen will wie ein notgeiler Schimpanse, bei dem sämtliche Anstandsschalter ausgeknipst wurden.

Im Schrank liegt meine Tasche, die ich dort eigentlich nicht zurückgelassen habe. Neben den knappen Strings und durchscheinenden BHs finde ich endlich etwas halbwegs Tragbares. Eine Panty in einem Dunkelviolett und ein Tanktop.

Ich ziehe beides an und die Trainingsjacke darüber. Anschließend schlüpfe ich vorsichtig durch die Schlafzimmertür. Nach den anderen zu rufen, ist sicher keine clevere Idee. *Was, wenn die Einbrecher noch da sind? Und es nur ein Trick ist?*

Auf Zehenspitzen und mit einer großen Taschenlampe bewaffnet, laufe ich so lautlos wie möglich über die Galerie und blicke mich wachsam um. Es ist nichts Verdächtiges zu sehen.

Dafür ist es verdammt still. Was, wenn sie Tjark entführt haben? Oder mich im Haus allein zurücklassen mussten?

Bitte nicht. Lasst mich nicht allein.

Nicht hier.

Mit zittrigen Fingern öffne ich die Badezimmertür neben dem Schlafzimmer und werfe einen ängstlichen Blick hinein. Dort ist niemand zu sehen.

»Meine Gebete wurden endlich erhört und du bist aufgewacht, Dornröschen«, dringen die Worte so unvermittelt und laut an mein Ohr, dass ich mit einem panischen Schrei zusammenfahre.

»Ich hatte eine andere Reaktion erwartet, aber gut.«

Klappernd fällt die Taschenlampe auf den Boden, bevor ich mich im Türrahmen zur Treppe umdrehe. Unten, nachdem die Treppe eine Biegung macht, liegt Tjark. Er hat den Kopf in den Nacken gelegt und schaut zu mir mit zerwühltem Haar auf.

»Warum sitzt du dort?«, frage ich keuchend. Er hat

mich dermaßen erschreckt, dass mein Herz so heftig pocht, als sähe ich erneut das Gesicht des Scheusals, das mir so viele Schmerzen zugefügt hat, vor mir.

»Das wüsste ich auch gern«, antwortet er kühl, setzt sich auf und deutet auf eine Handschelle um sein linkes Gelenk. *Er wurde ans Geländer gefesselt?*

»Wo sind sie?«, frage ich flüsternd.

»Gegangen natürlich.« Mürrisch verdreht er die Augen.

Ist das wahr?

Schnell schaue ich von links nach rechts, bevor ich die Taschenlampe aufsammele und die Treppe hinuntersteige.

»Und weil sie sich einen Spaß daraus machen mussten, haben sie mir Handschellen angelegt. Gib mir den Schlüssel, dann kann ich endlich etwas essen. Ich bin am Verhungern.«

Vier Stufen über ihm bleibe ich stehen und runzele die Stirn.

»Wer hat sich einen Spaß daraus gemacht?«, frage ich misstrauisch.

»Nojus, der Arsch. Wer sonst?« Mit der rechten Hand wedelt er vor meinem Gesicht herum. »Hallo, wohnt dort oben jemand? Gibst du mir jetzt endlich den Schlüssel oder willst du auf der Treppe festwachsen?«

»Welchen Schlüssel?«, frage ich ihn und ziehe die Brauen zusammen.

»Den, um die Handschellen zu öffnen, natürlich.« *Mann, ist er mürrisch drauf. Wie lange hockt er schon hier?*

»Ich habe keinen Schlüssel«, antworte ich, erhebe

mich und will an ihm vorübergehen. Plötzlich hebt er die rechte Hand zu meinen Oberschenkeln und tastet meine nackten Beine ab.

»Wie ich die beiden kenne, dürftest du ihn irgendwo an oder in dir tragen, Liebling.«

Entsetzt weite ich die Augen, als er mir an den Arsch geht, und schlage seine Hand fort. »Pfoten weg! Ich habe keinen Schlüssel.«

»Dann such ihn gefälligst. Ich will hier nicht den gesamten Tag verbringen. Schau nach, wo er sein könnte.«

»Geht das etwas freundlicher?«, antworte ich verärgert und schiebe mich schnell an ihm vorbei, bevor er mir noch die Panty herunterzerrt.

»Nein. Nicht, nachdem ich hier erfriere, verhungere und gefesselt wurde. Sei mal etwas kooperativer.«

Wenn er solch eine miese Laune hat? Niemals. Ich würde viel lieber wissen wollen, wo … wo die Einbrecher hin sind. Als ich in der Diele die Arme um meinen Körper schlinge, weil es wirklich ziemlich kühl ist, schaue ich mich vorsichtig im Wohnbereich um.

»Sind sie weg?«, frage ich Tjark, der leise irgendwelche Flüche murmelt.

»Ja. Wir sind ganz allein hier, mein Liebling. Aber wenn du nicht endlich flotte Füße bekommst und mich nicht befreist, werden die nächsten Stunden sicher kein Vergnügen für dich werden.«

Will er mir drohen?

Perplex drehe ich das Gesicht über die Schulter und öffne den Mund. »Was hast du gesagt?«, frage ich angefressen.

»Du hast mich schon verstanden.« Sein Blick ist

finster und gefährlich, als wäre er jede Sekunde zum Sprung bereit, würden ihm die Handschellen keinen Strich durch die Rechnung machen.

»Ja, habe ich. Aber ein ›Bitte‹ wäre nicht schlecht, ansonsten kannst du den ganzen Tag am Geländer vergammeln.«

»Bist du bescheuert? Wer soll dich das nächste Mal beschützen, wenn dir die Knie schlackern? Von der heftigen Panikattacke, die dich vorhin schachmatt gesetzt hat, wärst du nicht einmal in der Lage gewesen, eine Maus umzuschubsen.«

Er sagt das nur, weil er nicht weiß, was passiert ist – rede ich mir ein, um nicht in Tränen auszubrechen. Aber er macht es mir nicht gerade leicht. Tjark kann solch ein selbstgefälliges herrisches Arschloch sein! Er verhält sich mir gegenüber genauso wie in den ersten Tagen auf seinem Anwesen. *Blöder Arsch!*

Ohne ihm zu antworten, da ich weiß, wie sehr er es hasst, ignoriert zu werden, suche ich die Küche auf. Ich brauche nach alldem einen Kaffee.

»Hey! Komm zurück! Divina!«

Überall blicke ich mich um. Als ich feststelle, dass er recht hat und sich niemand außer uns beiden im Haus befindet, gehe ich auf die Kaffeemaschine zu, befülle den Milchtank und stelle einen Becher in die Maschine.

Aus der Diele sind weiterhin Proteste zu hören, die ich mit einem Lächeln ignoriere. Während mein Latte macchiato durchläuft, suche ich meinen Körper nach einem Schlüssel ab. Ich besitze keinen. Somit kann er nur oben im Schlafzimmer liegen, wenn stimmt, was Tjark behauptet.

Ich könnte ja im Schlafzimmer nachsehen, allerdings müsste ich an dem übel gelaunten Vanagsboss vorbei.

»Ich rede mit dir!«, ruft er. Als mein Latte fertig ist, stelle ich eine weitere Tasse in die Maschine und drücke den Knopf *Espresso.*

Vielleicht bekomme ich ihn so besänftigt. Als ich mit beiden Getränken zurück zur Treppe gehe, finde ich Tjark bereits am Geländer stehend vor. Sein Gesicht spricht Bände. Am liebsten würde er mir das Fell über die Ohren ziehen.

»Hier, für dich.« Ohne auf sein Gemecker einzugehen, reiche ich ihm mit einer ausdruckslosen Miene die Tasse mit dem doppelten Espresso, wie er ihn jeden Morgen trinkt.

»Was soll das?«

»Du trinkst ihn, während ich oben nachsehe, ob der Schlüssel im Schlafzimmer liegt«, erkläre ich ihm. »Ich weiß, dass du früh ohne deinen Espresso und Shake unausstehlich bist.«

»Ach, weißt du das? Wo ist dann mein Shake?«, provoziert er mich. *Hat er noch mehr Wünsche! Kotzbrocken!*

Okay, ich lasse mir seine Spielchen nicht gefallen, ziehe die Tasse zurück, bevor er sie zu fassen bekommt, und stelle sie auf dem Fliesenboden ab. Allerdings so weit, dass er kaum an sie herankommt. Nur in seinen Shorts, was doch einen ungewohnten Anblick bietet, knurrt er und geht in die Knie, um die Tasse zu greifen. Schnell stelle ich meinen Latte auf der Kommode ab und husche an ihm vorbei.

»Das hast du doch mit Absicht gemacht«, beschwert er sich mit rauen Stimmbändern.

»Ich will nicht, dass du mich betatschst wie ein notgeiler Perverser«, antworte ich und kann gerade noch seiner rechten Hand ausweichen. Zügig lasse ich die Stufen hinter mir und gehe zurück ins Schlafzimmer.

Zuerst suche ich die Nachtschränkchen ab. Aber dort liegt kein Schlüssel. Anschließend hebe ich die zerwühlten Laken hoch und schüttele sie aus. Auch da ist nichts.

Nachdenklich runzele ich die Stirn und puste meine kurzen Haarsträhnen aus dem Gesicht.

»Und?«, höre ich ihn fragen.

»Ich finde ihn nicht«, antworte ich laut, gehe in die Knie und schaue unter dem Boxspringbett nach.

Nojus, dafür kille ich dich. Wo ist der Schlüssel?

»Er ist weder im Bett noch darunter oder auf dem Nachttisch.« Mit den Fingern taste ich über den weichen Teppich unter dem Bett entlang und schnaufe enttäuscht.

»Such weiter. Im Schrank oder auf dem Sessel.«

»Was hat er genau zu dir gesagt? Wenn ich ihn besitzen soll, wird er wohl kaum im Schrank sein.« Außerdem ist der Schlüssel vermutlich so klein, dass er in einer Dose, unter einer Flasche und oder einem Teppich versteckt werden konnte.

»Er faselte was von: ›Sie ist für den Schlüssel verantwortlich‹, oder so.«

Sehr hilfreich. Denn ich habe ihn nun mal nicht. Im Schrank taste ich jedes Fach ab, ziehe die Schubladen auf, krame in seiner Tasche und schnappe anschließend meine.

Als ich den Reißverschluss aufziehe, finde ich auf

den Kleidungsstücken ein weißes Kuvert. »Hier ist irgendein Brief.«

»Was für ein Brief?«

»Ich lese ihn ja gleich, schalte mal einen Gang runter.« *Du Vollpfosten!* Ich ziehe eine Karte heraus, auf der mit weißen Buchstaben auf schwarzem Papier steht:

Du hast die Aufgabe, Tjark zu befreien. Um 14 Uhr erscheint ein Kurier, der dir den Schlüssel übergibt. Es gibt nur einen Haken, mein Täubchen. Bitte wenden – Platz reicht nicht. :D

Ach wirklich? Bei Nojus gibt es mehrere Haken. Langsam drehe ich die Karte und lese weiter:

Du musst dem Kurier in der Wäsche entgegentreten, die im Spielzimmer am Spiegel hängt. Trag nicht mehr.
Nur diese Kleidungsstücke.

Ich ahne bereits, dass es sich weder um Jogginghose noch Strickkleid handeln wird. *Mieser Verräter.* Sollte ich Nojus irgendwann in die Finger bekommen, drehe ich ihm eigenhändig den Hals um.

»Was steht nun darin?«, höre ich Tjark zu mir rufen.

Das will er besser nicht wissen. »Warte einen Moment.«

»Worauf denn? Ist der Schlüssel dort drin?«

»Nein«, sage ich angespannt, lasse die Karte sinken und gehe am Bett vorbei zu der Tür, die ich eigentlich nicht mehr öffnen wollte.

Kurz zittern meine Finger nervös über dem Türknauf, während ich die Augen fest zusammenkneife. *Warum, Nojus! Ich will nicht mehr damit konfrontiert werden. Wenn das ein Spiel werden soll, ist es nicht komisch.*

Mein Herz schlägt verdammt schnell, denn ich weiß, dass mich alles dahinter nur an Sex erinnern wird. Und nicht nur an einvernehmlichen.

Ich atme mehrmals flach aus und wieder ein, während mein Herz verdammt laut pocht. *Okay, geh rein, hol dir die Kleidung am Spiegel und geh zurück.* Denn als ich die Augen öffne und auf den Wecker schaue, sehe ich, dass es bereits zehn Minuten vor 14 Uhr ist.

Also los. Rasch öffne ich die Tür, als ginge es um mein Leben, schalte das Licht an, schaue zum Spiegel geradeaus vor mir und sehe einen schwarzen Balconett-BH sowie einen schmalen Rock und ein Halsband mit einem goldenen Glöckchen. Passend dazu befinden sich schwarze Peeptoes vor dem Spiegel.

Obwohl ich am liebsten umdrehen würde, schnappe ich mir die Kleidung, klemme die Schuhe unter den Arm und kann den Raum nicht schnell genug verlassen. Ich will erst gar nicht wissen, was sich alles darin befindet.

Laut krachend fällt die Tür hinter mir ins Schloss, während ich fast keine Luft mehr bekomme.

»Ist etwas passiert?« Tjark kann echt nerven.

Schnell werfe ich die Sachen auf das Bett und hole tief Luft. Das war gar nicht so schwer. *Nun ja, eine mittelmäßige Katastrophe, aber kein Weltuntergang* – spreche ich mir Mut zu. *Warum mache ich das eigentlich für diesen übel gelaunten Mann dort unten? Dämliche Frage, schließlich würde ich alles für ihn tun. Immer wieder.*

»Alles okay«, antworte ich keuchend, werde die Adidas-Jacke los, anschließend das Top und die Panty. Als Erstes ziehe ich auf dem Bett sitzend den Rock an, dann den BH und als Letztes die Peeptoes. Bleibt nur noch dieses Halsband übrig.

Als ich fertig bin und mich dermaßen unwohl in dem aufgezwungenen Outfit fühle, schnappe ich die Trainingsjacke und ziehe sie wieder über. Nojus hat nicht verboten, bis zur Tür eine Jacke zu tragen.

»Was ist jetzt, Divina?« Im Flur bleibe ich mit gekreuzten Beinen am Glasgeländer stehen und warte auf den Kurier, der jede Minute kommen dürfte. Tjark schaut zu mir auf und hebt eine Braue.

»Hast du dich umgezogen?«

»Sag nichts, okay? Ich mache das hier nur für dich«, murmele ich in mich hinein. *Wehe, er wagt einen Blick unter den Rock, dann kann er weitere Stunden am Geländer ausharren.* Würde ich diesen Mann nicht lieben, würde ich mich gerade im Bett unter der Decke verkriechen und Nojus verfluchen. Wenn so seine Maßnahmen aussehen, damit sich Tjark an alles erinnert, finde ich sie dermaßen daneben.

Hinter der milchigen Glastür sehe ich einen Wagen vorfahren, was auch Tjark nicht entgeht.

»Verrätst du mir endlich, was hier abgeht?«

»Nein. Frag das deine Freunde.« Mit einem tiefen Seufzen gebe ich mir einen Ruck, werde die Sportjacke los und hänge sie über das Geländer. Tjarks Gesichtszüge verraten sofort, wie verwirrt er ist, als er mich nur noch in dem knappen Rock, dem BH und Halsband sieht. Als ich eine Person den Wagen verlassen sehe, überwinde ich mit zusammengebissenen Zähnen meine Ängste und steige in den mörderisch hohen Schuhen die Stufen hinunter. Bei jedem Schritt läutet das Glöckchen, was diesen Moment nur noch unangenehmer für mich werden lässt. Aber ich mache jetzt keinen Rückzieher.

Ich nehme dem Kurier den Schlüssel ab, befreie Tjark von den Handschellen und werde mich anschließend wieder umziehen und eine Runde im Bad seine Freunde hassen. Genau so mache ich es.

»Ah, verstehe. Du solltest dich für mich so umziehen? Steht dir, auch wenn du etwas verklemmt wirkst.«

Dieser Arsch.

Mein Blick fällt auf ihn, als ich mich an ihm vorbeischiebe und mit den Tränen zu kämpfen habe.

Direkt vor der Tür bleibe ich stehen, während sich mein Magen verknotet und mir schwummrig wird.

»Stand diese Bedingung auf der Karte?«, höre ich hinter mir Tjark fragen, bevor er eine Hand auf meine Schulter legt. Allein von dieser Berührung fahre ich heftig zusammen und weiche ihm aus. »Du bist ziemlich schreckhaft, tut mir leid.«

»Schon okay. Bitte fass mich nicht an, ohne zu fragen«, rutschen mir die Worte unüberlegt heraus. Dabei bin ich mir sicher, dass er mich aktuell nicht so anfassen würde wie damals im Keller. Gerade sieht er nur eine freizügig bekleidete Frau und überlegt vermutlich, wie er mir die restliche Kleidung ausziehen kann, um mich zu vögeln.

Vor der Tür bleibt die dunkle Person stehen. Sofort greife ich zur Türklinke, um Nojus zu sagen, was ich von der Aktion halte. Doch als ich die Tür aufreiße, blicke ich einem vollkommen fremden jungen Mann entgegen, der mich ansieht, als käme ich vom Mars.

»Oh, Verzeihung. Ich sollte das nur abgeben.« Der Typ trägt einen dicken Wollschal, Mütze und braune Jacke, als er mir ein Kuvert entgegenhält. »Verzeihung noch mal.« Rasch wendet er peinlich berührt das Gesicht von mir ab, nachdem er checkt, in welchem Aufzug ich ihm die Tür geöffnet habe.

Ein eisiger Wind weht in mein Gesicht und lässt mich frieren. Letzte Nacht muss es noch mehr geschneit haben. Der Schnee liegt mittlerweile fast einen Meter hoch, und so wie der Himmel aussieht, wird es die nächsten Stunden erneut schneien.

»Warten Sie bitte!«, rufe ich dem Mann hinterher, der seinen Kleinwagen nicht schnell genug erreichen konnte und sich zu mir umdreht. »Wissen Sie, wo Nojus ist? Können Sie ihn hierherschicken?«

»Alles, was ich tun sollte, war, den Brief abgeben, Miss. Tut mir leid.« Entschuldigend zuckt er die Schultern, kramt nach seinen Autoschlüsseln und steigt in den Wagen.

Mit einem enttäuschten Blick bleibe ich in der Tür stehen und schaue ihm traurig hinterher. Dabei war ich mir sicher, dass sich Nojus den Spaß nicht entgehen lassen würde und persönlich aufschlägt.

Einen Moment verfolge ich, wie der Mann sich im

Auto anschnallt, dann den Motor startet. Ich könnte ihn fragen, ob er mich mitnimmt. Er könnte mich nach Hause bringen.

Doch gerade als ich einen Schritt über die Schwelle machen will und auf den Kurier zueilen will, hält mich jemand zurück.

3

DIVINA

»Du gehst nicht ohne mich. Ich habe dir auch mein Wort gegeben.« Tjark umfasst meinen Unterarm und zieht mich näher an sich. »Außerdem holst du dir in dem Outfit noch den Tod.«

Den habe ich mir bereits vor Wochen geholt. Nein, vor Jahren, als ich Darius begegnet bin.

Ohne reagieren zu können, zieht er mich an seine Brust, gibt der Tür einen Schubs und sperrt die Kälte wieder aus.

»Was auch immer hier läuft, das hat jetzt sicher ein Ende.«

Endlich gibt er meinen Arm frei, schnappt sich den Umschlag und nimmt auf der Treppe Platz.

Er hat mich wieder angefasst, obwohl ich ihm vor wenigen Minuten gesagt habe, es nicht zu tun.

Trotzdem war diese Berührung nicht grob oder unangenehm. Für einen winzigen Moment hat es mich an den Moment erinnert, als ich ihm im Keller des grauenhaften Hauses versprach, ihn nicht zurückzulassen. Das könnte ich nie. Auch jetzt nicht.

Gegenüber von ihm lehne ich mich an die Wand und rutsche an ihr locker in die Hocke. Während er das große Kuvert öffnet, fahre ich über mein Gesicht und weiß nicht, ob es mir immer noch unangenehm ist, was ich getan habe, oder ob ich stolz drauf sein kann.

Zwischen den Fingern schaue ich zu Tjark, der eine weitere Karte aus dem Umschlag holt und einen kleinen Schlüssel. *Endlich. Somit wäre die Aufgabe wohl gelöst.*

Meine Augen huschen über seine Hände, weiter zu der Tasse mit dem Espresso, der unangerührt auf dem Boden steht. Mein Latte dürfte mittlerweile auch kalt sein.

»Du kannst dich ja jetzt selbst befreien und der Spaß hat ein Ende«, sage ich monoton, erhebe mich und halte auf die Treppe zu. Ich will endlich den knappen Fummel ausziehen, in dem ich mich nicht wohlfühle. Man dürfte jede Rippe einzeln sehen und auch meine Schlüsselbeine stechen hässlich hervor.

Während er noch damit beschäftigt ist, sich zu befreien, und die Karte erneut liest, steige ich die Stufen hoch. Im Schlafzimmer werde ich den Rock los, anschließend die Schuhe und das alberne Halsband, steige in die Panty und kämpfe gegen die fiesen Tränen an, die dennoch über meine Wangen rollen. *Dieser Mist. Dabei wollte ich nicht mehr weinen. Nicht wegen so was.* Nicht, weil ich wieder spüre, wie sehr mich Dalius zerstören konnte. Er ist tot und dennoch übt er immer noch diesen Einfluss auf mich aus.

Gerade als ich mich vor den Schrank auf den Plüschteppich knie, um nach bequemen Sachen zu suchen, höre ich dumpfe Schritte.

Aus den Augenwinkeln entdecke ich Tjark, der sich

herabbeugt, an mir vorbeigreift und sich seine Tasche angelt. Stimmt, er sollte sich auch etwas anziehen, wenn er sich nicht erkälten will.

Nachdem ich in dieser dämlichen Tasche nur knappe Spitzenteile finde, keine Jogginghose, Shirt, Pullover oder irgendwas, was normale Menschen tagsüber zu 99 Prozent tragen, lasse ich den Kopf hängen. Langsam will ich nicht mehr.

Hinter mir höre ich, wie sich Tjark anzieht. Als das Klappern des Gürtels an meine Ohren dringt, überkommt mich ein heftiger Schauder.

»Hier.« Vor meinem Sichtfeld erscheinen ordentlich zusammengefaltet ein dunkelblauer Pullover mit V-Ausschnitt und ein dickes Paar weiße Kniestrümpfe.

Fragend drehe ich das Gesicht über die Schulter.

»Nimm es schon. Ich sehe ja, wie unwohl du dich in der Kleidung fühlst, die sie dir mitgegeben haben.« Ohne lange zu zögern, nehme ich ihm die Sachen mit einem leisen »Dėkui – danke« ab.

Immer noch auf den Knien hockend kann ich den Pullover nicht schnell genug auffalten und über meinen Kopf stülpen. Er reicht sogar etwas über meinen Po.

»Ich danke dir«, sagt er leise.

Wirklich? »Das ist das erste Nette, das du heute zu mir gesagt hast.«

»Du hast es mir ja nicht wirklich leicht gemacht, Divina.« *Fängt er wieder damit an?*

»Ich war aber nicht diejenige, die dich am Geländer festgebunden hat.«

»Nein, warst du nicht. Denjenigen nehme ich mir noch mal in Ruhe vor, wenn ich ihn zu fassen kriege. Ich würde dir ja eine Hose geben oder so, aber ich habe die

Befürchtung, dass du dann überhaupt nicht mehr laufen kannst.«

Die Vorstellung, eine seiner Hosen zu tragen, lässt mich schmunzeln und vertreibt die Tränen. Schnell wische ich sie fort und setze mich auf den Boden, um die Strümpfe anzuziehen.

»Nein, so lange Beine wie du hat keiner. Dann würde ich mir das Genick sofort auf den Stufen brechen.«

Langsam blicke ich von seinen Füßen beginnend weiter über seine schwarzen Jeans zu seinem dunkelgraumelierten Langarmshirt auf und sehe, wie er die Arme verschränkt – und das mit diesem Was-hast-du-gesagt-Blick. Dabei wirkt er noch größer als ohnehin schon.

»Ich hoffe, das war ein Kompliment.«

»Hast du die wirklich nötig?«, necke ich ihn, schiebe den linken Socken über meinen Fuß und ziehe ihn das Schienbein höher.

»Weißt du was, für eine, die sonst so ängstlich wirkt, kannst du manchmal doch ein ziemlich vorlautes Mundwerk haben, aber …« Geschmeidig geht er neben mir in die Hocke und bekommt mein Kinn zu fassen, bevor er mit seinen palisanderfarbenen Augen in meinem Gesicht forscht. »Irgendwas, das weiß ich, muss mich an dir fasziniert haben.« Er dreht mein Gesicht langsam hin und her und prüft jeden Gesichtszug von mir. »Und ich will herausfinden, was es ist.«

Somit hat er noch nicht aufgegeben. Ein schwaches Lächeln umspielt meine Lippen, bevor ich den Strumpf loslasse und seinen Arm umfasse. »Finde es heraus, aber bitte … geh es langsam an.« Vorsichtig, aber bestimmend schiebe ich seine Hand von mir.

»Was ist passiert? Irgendwas muss geschehen sein, dass du bei jeder Berührung gleich in Panik gerätst. Hat es was mit den Typen, die hier aufgekreuzt sind, zu tun?«

Fest presse ich die Lippen zusammen, weiche schlagartig seinem Blick aus und stütze mich auf dem Teppich ab.

»Also liege ich richtig. Haben sie etwas getan, was –«.

»Wir sollten frühstücken, findest du nicht? Du warst doch vorhin kurz vorm Verhungern.« Obwohl es vielleicht komisch wirken muss, rutsche ich rückwärts von ihm weg, ziehe mich in den Stand und verlasse das Schlafzimmer.

Einerseits würde ich ihm gern sagen, was geschehen ist, andererseits kann ich nicht darüber reden. Ich würde vermutlich erneut diese ausweglose Hölle durchleben. Nojus und Arūnas scheinen ihm nichts erzählt zu haben. Vielleicht ist es besser so. Ich brauche ihr Mitleid nicht, schließlich wollte ich freiwillig zu Dalius gehen und habe mich selbst in Gefahr gebracht, um Tjark zu befreien. Und ich würde es wieder tun.

»Das bin ich auch jetzt noch. Aber lass mich das Frühstück übernehmen. Nachdem ich gestern gesehen habe, was du so zu dir nimmst, zeige ich dir, wie man es richtig macht.«

»Angeber. Ich weiß, was du in der Früh am liebsten isst. Ich habe dein Frühstück jeden Morgen mit Margit zusammen zubereitet«, antworte ich, bevor ich die Treppe in dem wesentlich bequemeren Outfit hinuntersteige.

»Maul nicht rum. Nimm mein Angebot an. So schnell erhältst du kein weiteres von mir.«

»In Ordnung. Mir genügen Kelloggs und ein Kaffee.«

Direkt hinter mir höre ich ihn schnauben, spüre dann seine Hände unter meinen Armen und wie meine Füße den Boden verlieren, als er mich mühelos hochhebt. Die letzten Stufen trägt er mich hinunter und setzt mich genauso schnell auf dem Teppich in der Diele ab, wie er mich angehoben hat. *Er soll das lassen, verdammt.*

»Kelloggs. Bist du ein Kind oder was?«, macht er sich über mich lustig, überholt mich und verschwindet in der Küche. »Wenn du dich weiterhin so miserabel ernährst, kann ja nichts aus dir werden.«

Als ich zu ihm aufholen will, um ihm zu sagen, dass er nicht so übertreiben soll, blockiert er mir den Weg in die Küche. Er stemmt den rechten Arm gegen den Türrahmen und beugt sich zu mir herab. »Du wirst draußen bleiben und warten. Außerdem ist das Spiel noch nicht vorbei. Es liegt eine Karte für dich im Umschlag.«

Eine Karte? Er nickt zur Diele. »Mach es dir so lange bequem, bis es weitergeht.«

Was weitergeht? Warum ist er plötzlich so freundlich, obwohl sein Magen verräterisch knurrt? Er müsste eigentlich genauso mürrisch drauf sein wie eben, als er noch am Geländer fixiert war.

»In Ordnung. Ich lasse mich überraschen.« Bisher hat er nie etwas zu essen für mich gemacht. Aber dass er weiß, wie ein leckeres Sandwich zubereitet werden kann, konnte ich gestern Abend sehen.

»Ich ruf dich, wenn ich fertig bin.« Ohne ein weiteres Wort zu verlieren, schiebt er die Tür der Küche mit einem süffisanten Grinsen zu. *Was war das jetzt?*

Nachdenklich laufe ich zurück zur Treppe, hebe das Kuvert hoch und ziehe eine Karte heraus. Wieder steht eine Botschaft darauf.

WENN DU DAS LIEST, HAST DU DEINE AUFGABE MIT BRAVUR BESTANDEN. ICH BIN STOLZ AUF DICH, DA ICH MIR VORSTELLEN KANN, WAS DU DABEI DURCHLEBEN MUSSTEST.

NEIN, ich denke nicht, dass er das konnte.

ALS NÄCHSTES WIRD SICH TJARK ETWAS BEMÜHEN MÜSSEN.
DAHER LEHN DICH ZURÜCK UND LASS DIR ZEIGEN, WAS DEIN TRAUMMANN WIRKLICH KANN.

MIR BLEIBT der Mund offen stehen. Kochen also? Das meint Nojus damit? Wenn ich ehrlich bin, bin ich sogar froh, nicht die nächste Aufgabe meistern zu müssen. Aber ich hätte lieber gekocht, als den Kurier in einem knappen Aufzug zu erschrecken. Andererseits hat er einen völlig fremden Mann zu uns geschickt, den ich mit Sicherheit nie wiedersehen werde. Vor Rys oder

Jones hätte ich mich noch unwohler gefühlt, obwohl sie die Vorgeschichte kennen.

Wenn ich eine Karte habe, muss Tjark auch eine erhalten haben. Nur befindet sie sich nicht im Umschlag.

Hat er sie versteckt? Mich würde ja brennend interessieren, was Tjark von Nojus erhält dafür, dass er jetzt in der Küche steht. So übel wie er vorhin drauf war, muss es etwas sein, was seine Stimmung rapide aufgehellt hat.

Nur was …

Mist! Jetzt fällt mir ein, dass ich vorhin eine weiße Karte aus seiner hinteren Hosentasche hervorblitzen sah. Er trägt die Botschaft mit sich herum.

Da ich mich nicht im Schlafzimmer verkriechen will, aber nicht wirklich etwas mit mir anfangen kann, nehme ich auf der Couch Platz, wickele meine nackten Beine in die kuschelige Decke ein und lausche den Geräuschen aus der Küche.

Ein Song erklingt, da Tjark wohl die Anlage entdeckt hat. Es ist ein ziemlich düsterer Song, der an eine Underground-Gang erinnert. Trotzdem hat dieser Titel eine schöne Melodie.

Je mehr Zeit ich mit ihm hier verbringe, desto mehr wird mir klar, wie wenig ich von ihm weiß. Aber alles, was wichtig ist, weiß ich über ihn. Was spielt schon der Musikgeschmack oder die täglichen Rituale für eine Rolle, wenn man den Menschen erst kennenlernt, wenn man sich in einer gefährlichen Situation, in der es um Leben und Tod geht, befindet?

Locker lehne ich den Kopf gegen die Lehne, schließe die Augen, lausche weiter der Musik und erinnere mich an die Momente zurück, in denen er mir unzählige Male zeigte, wie wichtig ich ihm bin. An diesen Augenblicken halte ich fest. Sie halfen mir dabei, um nicht zu zerbrechen. Denn ich weiß, für wen ich das Martyrium durchlebt habe. Für ihn.

Genauso wie er für mich alles getan hätte, sogar von mir verlangte, ihn zu töten und zurückzulassen.

»Beende es, Divina. Ich werde … es … nicht – Ich überleb das hier nicht. Lieber sterbe ich durch … deine Hand … als durch ihn.«

Er hätte mir anvertraut, ihn zu töten, wozu ich niemals in der Lage gewesen wäre. Doch dieser flehende Blick brannte sich für die Ewigkeit in mein Gedächtnis.

Ebenso sein Liebesgeständnis, das ich niemals von ihm erwartet hätte, da ich mir nicht sicher war, ob er überhaupt ansatzweise das für mich empfinden würde, was ich für ihn fühle.

»… auch wenn dein Gesicht was anderes sagte, sah ich in diesen Augen denselben Schmerz, den ich … so gut kannte, hasste und mit dem ich leben musste. Wie sollte ich etwas quälen, was so oft gequält wurde … vielleicht mehr als ich. Ich schwöre dir, es war nie Teil des Vertrages, dich zu lieben …«

Diese Worte rief ich mir jede Nacht, nachdem alles vorbei war, ins Gedächtnis. Es sind die einzigen Worte, die mir Hoffnung gaben, und ich wünsche mir, sie irgendwann wieder zu hören. Dieses beeindruckende Funkeln in seinen palisanderfarbenen Augen zu entdecken, während er sich wieder daran erinnert, was er für mich empfindet.

Aber wie soll er mich weiterhin lieben, nachdem ich nur noch ein Schatten meiner selbst bin?

»Träumst du?« Unerwartet schnippen Finger über

meinem Gesicht, was mich geräuschvoll durchatmen lässt. Manchmal bewegt er sich lautlos wie ein Luchs, was in vielen Momenten nützlich ist, nicht aber, wenn er mich damit erschreckt.

»Ja«, antworte ich ihm, öffne die Augen und schaue in sein Gesicht, das über meinem schwebt. Viel zu nah. Mit der rechten Hand hat er sich auf dem Polster abgestützt und kneift seine Augen konzentriert zusammen, während er in meinen forscht.

»Ich wollte dir nur mitteilen, dass du deinen Hintern in die Küche bewegen kannst.«

Unauffällig hebe ich die Hand zu seiner Hose, um die Karte aus seiner Tasche zu ziehen, während ich nicke. »Jetzt bin ich gespannt, wie du meine Kelloggs serviert hast. Es hat ja ganz schön lange gedauert. Soll ich dir das nächste Mal zeigen, wie es geht?«, scherze ich, um ihn abzulenken, damit er nicht merkt, wie ich ihm die Karte aus der Tasche ziehe.

»Ich bin immer offen für Neues, auch wenn ich mir ungern von einer Frau erklären lasse, was ich hätte anders machen können.« Er beugt sich noch ein Stück näher herab, sodass sein warmer Atem mein Gesicht streift. Ich drücke den Hinterkopf tiefer ins Polster und hasse meine Reaktion. Er ist nicht dieses Ekel im Keller, trotzdem weiche ich vor ihm zurück.

»Deswegen bist du auch der Anführer der Vanags.«

Er schnaubt verächtlich und erhebt sich. »Leider …«

Es scheint, als hätte ich etwas Falsches gesagt, denn er richtet sich auf, während ich die Karte unter der Decke verstecke.

»Ich bin gleich da und gehe nur für kleine Mädchen.« Als er in die Küche zurückgeht und ich mir sicher bin, dass er sich nicht mehr umdreht, erhebe ich mich, schiebe die Karte unter den Pullover und gehe ins Gästebad.

Dort hole ich das Papier hervor. Anders als ich dachte, ist es keine Karte, sondern ein zusammengefaltetes Stück Papier, in dem sich Fotos befinden. Fotos von mir.

Was hast du vor, Nojus?

Skeptisch ziehe ich die Brauen zusammen, schaue mir die Bilder an. Auf einem bin ich im *Thrill* an der Bar zu erkennen. Ich trage wie fast jede Nacht im *Thrill*, wenn ich die Bar aufsuchte, ein knappes schwarzes Minikleid, verdammt hohe Heels und mein Haar zu einem Knoten hochgebunden.

Allerdings sehe ich im blau-roten Clublicht hinter der Bar Sebbi. Für gewöhnlich arbeiteten hinter dem Tresen Alexis und Liz.

Obwohl sich ein mulmiges Gefühl in mir ausbreitet, als ich das Bild näher betrachte, erinnere ich mich an den Abend. Stimmt. Es war ein Donnerstag. Wie könnte ich diesen Abend vergessen. Denn es war der, als mich Leonas vor Marcellos Augen mit seinem Gürtel schlug und mich danach ficken musste wie eine billige Ware.

Das würde bedeuten, die Vanags haben den Club aufgesucht, Fotos gemacht und schon da Dalius ausgekundschaftet – wie auch mich.

Auf dem nächsten Bild bin ich zu sehen, als ich an einer Pole mit Katzenohren tanze. Dieses Foto können nur Arūnas oder Tjark gemacht haben. Und dann entdecke ich ein weiteres Bild, auf dem ich in dem roten Kleid verblüfft Tjark gegenüberknie, nachdem er diese

Scheinverlobung inszeniert hat. Dieses Bild kann nur Nojus gemacht haben, da er an dem Abend mit seinem Handy beschäftigt war, um Polinas Peilsender zu aktivieren und sie zu verfolgen.

Als ich die Fotos auf dem Waschtisch ablege, lese ich den Brief.

Geh unbedingt sicher, dass Divina den Brief nicht in die Finger bekommt. Es ist besser, wenn sie die Fotos nicht sieht und weiss, dass wir sie überwacht haben …

Was? Fragend runzele ich die Stirn und will weiterlesen, als der Riegel des Gästebads von außen aufgedreht wird. *Scheiße.*

Ehe ich die Zeilen überflogen habe, steht Tjark im Bad, schnappt sich mit einem verärgerten Blick den Brief und die Fotos und verlässt den Raum wortlos wieder.

»Hey, gib ihn zurück.«

»Das nächste Mal frag einfach!«, knurrt er.

»Ich durfte die Küche ja nicht betreten und dich nicht stören.«

»Das ist noch lange kein Grund, mich zu bestehlen. Ich hoffe, du hast gelesen, was du lesen wolltest!«, antwortet er angefressen.

»Nein, ich hab nur die ersten drei Zeilen gelesen.«

»Ach komm, lüg doch nicht.«

»Ich lüge nicht«, antworte ich und laufe ihm hinterher. »Ich habe nur bis zur Stelle gelesen, als Nojus dich warnt, dass ich den Brief nicht sehen soll. Warum soll ich ihn nicht lesen? Was steht dort, was ich nicht wissen soll?« Auf meinen Socken kann ich mit seinen großen Schritten kaum mithalten, rutsche kurz zur Seite, aber halte mich am Sessel fest. Als er mein Keuchen hört, schaut er über die Schulter und schiebt den Brief inklusive der Fotos demonstrativ unter den Bund seiner Shorts, die über der Jeans hervorblitzen. Allein ihn dabei zu beobachten, wie er das Shirt anhebt und ich seine nackten durchtrainierten Bauchmuskeln sehen kann …

Schnell schaue ich weg.

»Tja, wenn du es wirklich nicht weißt, gut so. Wenn du mich belügst, dann selber schuld. Jetzt komm.«

Klasse. Was ist das für eine nichtssagende Antwort?

»Geht es etwas genauer? Ihr habt mich überwacht.«

Er lacht dunkel, dreht sich zur Küche um und verschwindet hinter der Schiebetür.

»Scheint wohl so. Mir bleibt auch nichts anderes übrig, als den Fotos und dem Brief zu glauben.«

Schnell folge ich ihm. »Hat es etwas in dir wachgerufen? Egal, was Nojus geschrieben hat, aber hat es geholfen, um –«.

»Nein, nicht wirklich. Zumindest scheinen die Bilder kein Fake zu sein. Schön sahst du aus.«

Neben dem Esstisch, über dem eine moderne Pendellampe hängt, bleibt er stehen. Der Tisch ist mit einem reichhaltigen Frühstück eingedeckt. Von aufgebackenen Brötchen bis hin zu Croissants, frischen Obststücken, Käse und Honig ist alles dabei. Das hätte ich nicht von ihm erwartet. Auf dem Herd steht eine Pfanne, in der Spiegeleier und sein Omelett warten.

So viel Mühe er sich auch gegeben hat, sein letzter

Satz fühlt sich an, als hätte er mich mit dem Gesicht in Eiswasser getaucht.

»Schön sah ich aus.« *Und jetzt nicht mehr.*

»Du weißt, wie ich das gemeint habe.« Als er merkt, was ihm rausgerutscht ist, kommt er auf mich zu. »Du haust jetzt nicht ab.«

Bevor ich fliehen kann, umfasst er mein Handgelenk und schiebt mich zum Stuhl.

»Mir ist klar, wie ich aussehe. Aber ich habe es mir nicht ausgesucht.« Als er die Hände von meinen Schultern nimmt und sich aufrichtet, spüre ich eine Handschelle um mein linkes Gelenk. Er hat mich am Stuhl fixiert?

»Lass den Scheiß!«, fauche ich und zerre an der Handschelle.

»Ich revanchiere mich nur und will ausschließen, dass du flüchtest und weinst. Ich mag keine heulenden Frauen.«

»Ich weiß. Das hast du schon einmal zu mir gesagt«, antworte ich giftig und beuge mich über den Tisch hinweg zu ihm, als er gemächlich auf seinem Stuhl Platz nimmt. Er schiebt mit einem Bratenwender sein Omelett auf den Teller und hebt fragend eine Braue, als er auf ein Ei deutet.

»Ja«, antworte ich verärgert.

»Tja, wenn du nicht so aussehen wolltest, kannst du mir doch sagen, wie es dazu gekommen ist.«

»Nein. Ich rede nicht über diese eine Nacht. Sosehr ich mir wünschte, dass du dich wieder an alles erinnern kannst, so sehr bin ich froh, dass du nicht mehr weißt, was in dieser Nacht passiert ist. Es ist besser so.«

Er füllt mir das Spiegelei auf den Teller, stellt die

Pfanne zurück auf den Herd und macht sich daran, meinen Teller mit einem aufgeschnittenen Brötchen, das er mit Butter bestrichen hat, Obstsalat und Joghurt vollzustapeln.

»Du hast einen eigenen Teller, auf dem du dich austoben kannst«, merke ich an und ziehe die Brauen mürrisch zusammen.

»Gib doch zu, dass es dir gefällt, wenn ich mich um dich kümmere«, antwortet er charmant und fängt meinen Blick auf. »Außerdem wird das alles aufgegessen, bevor ich dich freilasse. Wenn du eine zweite Hand brauchst, bin ich dir gern behilflich und füttere dich.«

Keuchend senke ich den Blick auf den Berg aufgestapelten Essens. *Klasse. Wie soll ich das alles schaffen?*

»Und um zu dem Thema zurückzukehren. Ich will mich daran erinnern, Divina. Mag es noch so grausam gewesen sein, ich will mich daran erinnern können. Ich will wissen, warum ich mein Gedächtnis verlor. Nojus und Arūnas wollten es mir nicht sagen, schließlich war keiner dabei. Aber du warst da.«

Sofort hebe ich den Blick, während ich das Ziepen in meiner Nase spüre. *Heul jetzt nicht, Divina* – ermahne ich mich, auch wenn es mir verdammt schwerfällt.

»Ich bin nicht blöd, Divina. Jemand hat dir in dieser Nacht die Haare abgeschnitten. Nachdem ich die Fotos gesehen habe, weiß ich, dass du dein langes Haar geliebt und nicht freiwillig abrasiert hast.«

Schnell blinzele ich und schaue zur Seite, um seine Blicke auf mein kurzes Haar zu meiden. »Und ich weiß auch, dass die Typen von heute Morgen daran beteiligt waren. Wenn ich dann sehe, wie schreckhaft du auf die einfachsten Berührungen ohne Hintergedanken reagierst, kann ich eins und eins zusammenzählen.« Mit einem immer finsterer werdenden Blick stützt er die Ellenbogen auf dem Tisch ab, verschränkt die Finger ineinander und beugt sich zu mir vor. »Und wenn ich herausfinde, dass du mir wirklich so viel bedeutest, wie alle sagen, und das geschehen ist, was geschehen ist, werde ich mich selbst darum kümmern und diejenigen für den schlimmsten Fehler ihres Lebens bluten lassen.«

Er will sich wirklich rächen, sobald er weiß, was vorgefallen ist?

Sofort schüttele ich den Kopf. »Tu es nicht. Ich würde es kein weiteres Mal überleben, wenn sie dir erneut schaden.« Obwohl ich es erst jetzt merke, habe ich die Finger meiner rechten Hand auf seine Wange gelegt. Abrupt nehme ich sie von ihm. »Tu es nicht. Es wäre klüger. Wir leben, und das zählt.«

Bevor ich mein Handgelenk zurückziehen kann, umfasst er es. »Warum leben wir?«

Ich schüttele den Kopf, da ich nicht mehr darüber reden kann. »Das Essen sieht … überraschend gut aus. Ich hätte nicht gedacht, dass du solch ein Frühstück zaubern kannst.«

Er weiß, dass ich vom Thema ablenke, aber bohrt auch nicht weiter. »Ja, dann beweis mir, wie sehr du dich freust, indem du alles brav aufisst.« *Shit. Er muss meine Worte mal wieder gegen mich verwenden.*

Fiesling. Ich greife zu einem frisch gebrühten Latte, nehme einen Schluck und umfasse anschließend die Gabel. *Solch ein Mist*. Mit nur einer Hand zu essen gestaltet sich als wirklich kompliziert. Dabei ist es unser erstes gemeinsames Frühstück allein. War ja klar, dass es nicht wie bei anderen ablaufen wird. Aber irgendwie liebe ich diese Dinge, was uns von anderen unterscheidet. Ich lege eine Käsescheibe auf die Brötchenhälfte, anschließend eine Paprika- und Gurkenscheibe.

Aufmerksam wie ein Dobermann vorm Zaun eines Herrenschlosses beobachtet er jede Bewegung von mir. Es ist in seinen Augen abzulesen, dass er viele Fragen hat. Zugleich verfolgt er jeden Bissen, den ich zu mir nehme.

4

TJARK

Es ist wie ein Rätsel. In der hintersten Ecke meines Hirns wartet die Wahrheit und doch komme ich nicht an sie heran.

Auch wenn mir Nojus Bilder und neue Anweisungen gegeben hat, riefen sie nichts in mir wach. Ich habe Divina nicht belogen.

Das Einzige, was half, verschleierte Erinnerungsbruchstücke hervorzurufen, war – so dämlich es sich anhört – Divinas Nähe.

Nur ist das Problem, dass sie Nähe kaum erträgt. Mir ist es egal, wie oft ich sie erschrecke, wie oft sie mich warnt, sie nicht anzufassen, ich werde es dennoch tun. So oft, bis sie sich daran gewöhnt und nicht mehr wie ein Häschen, das den Schuss eines Gewehrs gehört hat, zusammenfährt.

Neben den Erinnerungen, die angeblich mithilfe von Nojus' Anweisungen wiederkommen könnten, versprach er, mir Munition auszuhändigen. Denn bis auf die Magnum in der Diele besitzen alle anderen Pistolen ein leeres Magazin – was Divina nicht wissen muss. Sie ist zwar keine Killerin, aber allein würde sie sich vermutlich in der Abstellkammer einsperren und vor Angst sterben.

Ich verfolge, wie sie mit jedem Bissen kämpft. Jedes Mal, wenn sie geräuschvoll schnauft, da sie bald nichts mehr hinunterbekommt, trifft sie auf meinen dunklen Blick, der verrät, dass ich nicht nachgeben werde. Sie soll alles essen. So schmal wie sie aussieht, hat sie die letzten Wochen oder Monate kaum regelmäßig oder vernünftig gegessen. Warum haben ihre Eltern nicht darauf geachtet?

Auf den Fotos, die mir Nojus geschickt hat, kann ich sehen, welch anziehend schöne Figur und Aussehen sie besaß. Sie ist nicht hässlich, auch wenn sie sich aktuell dafür hält. Haare wachsen nach, doch viel schlimmer scheinen die Erinnerungen zu sein, die sie permanent quälen. Ich habe bedauerlicherweise mehrere gebrochene Frauen gesehen und weiß daher, wie sie sich danach vor der Welt und besonders vor Männern verschließen.

Aber wenn sie bereits diese grauenhafte Welt im Bordell überstanden hat, werde ich sie nicht an den Erlebnissen in dieser besagten Nacht zerbrechen lassen. Ich sehe doch, dass sie immer weiterhin ihre Stärke und ihren Anmut besitzt. Zudem entgeht mir ihr Interesse an mir nicht. Sie hat noch nicht aufgegeben und genau das hat Nojus gesehen.

Als sie mit dem Spiegelei und der Gabel ihre Probleme hat, beuge ich mich mit meinem Besteck zu ihrem Teller.

»Du brichst dir keinen Zacken aus der Krone, wenn du mich um Hilfe bittest.« Ihr gegenüber kann ich meine Provokationen kaum zurückhalten. Denn der Blick, der jedes Mal folgt, löst dieses geheimnisvolle Flattern in meinem Brustkorb aus. Es fühlt sich an wie eine Droge, ein Kick, den man, kurz nachdem man die Droge eingenommen hat, spürt.

»Es geht schon«, murmelt sie, schiebt mein Besteck weg und will meine Hilfe ablehnen.

»Okay, ändern wir die Spielregeln. Die restlichen Bissen füttere ich dich, dann befreie ich dich vom Stuhl. Na, wie siehts aus?« Ich steche in ein Stück gebratene Tomate und Ei, bevor ich die Gabel vor ihren Mund halte. Diese Lippen, die sie nun leicht öffnet, nicht, um sich von mir füttern zu lassen, sondern mir wieder ihre Proteste an den Kopf zu werfen, ziehen wieder meine Blicke auf sich.

Neben ihren vollen Lippen besitzt sie gesunde gerade Zähne, eine kleine gerade Nase und diese beeindruckenden tiefblauen Augen. Auch wenn sie immer noch Schatten unter den Augen trägt, ihre Wangenknochen etwas mehr hervorstechen als auf den Fotos und ihr Haar wie das eines Jüngelchens manchmal in alle Richtungen absteht, erkenne ich die Schönheit in ihrem Gesicht. Und auch in ihrem Wesen.

»Du liebst es doch, mich zu etwas zu zwingen, was ich nicht will«, antwortet sie, aber öffnet dennoch die Lippen. Sie schaut weg, während ich sie füttere wie ein fünfjähriges Kind. Ich kann mich nicht daran erinnern, es schon einmal getan zu haben.

»Ich liebe ganz andere Dinge. Außerdem willst du von mir gefüttert werden. Mir sind deine sehnsüchtigen Blicke und dein verliebter Gesichtsausdruck nicht entgangen, wenn du mich anstarrst und glaubst, ich würde es nicht bemerken.«

Sofort weitet sie die Augen.

»Du bist nun mal ein gut aussehender Mann«, sagt sie ehrlich. Zumindest belügt sie mich nicht und sagt, was sie denkt.

»Ein Kompliment. Du darfst auch gern sagen, wie gut ich im Bett war«, provoziere ich sie mit einem tiefgehenden Blick. Sie schaut mir entgegen, während sie mit dem Kauen stoppt und anschließend den Bissen hinunterschluckt.

»Das wirst du bereits früher von deinen Geliebten gehört haben und dich an sie erinnern.«

»Ich will es aber von dir hören. Wo und wie oft hatten wir Sex?« Es ist zwar gewagt, sie so direkt darauf anzusprechen. Aber anscheinend war ich nicht der Wichser, der sie missbraucht hat.

In ihrem Gesicht kann ich ablesen, wie sehr sie sich sträubt, daran zu denken, aber es dennoch versucht. »Wir haben bisher … dreimal miteinander geschlafen, wobei wir nur zweimal allein waren.«

»Weiter …«, hake ich nach und hätte erwartet, sie öfter als nur dreimal gevögelt zu haben.

»Das erste Mal war direkt nach dem Poledance. Du hast von mir verlangt, mich als Katze zu verkleiden. Arūnas war dabei.« *Katze?* Ich liebe es, wenn Frauen Katzenohren tragen. Natürlich stilvoll.

Das passt zu dem Foto, das mir Nojus gegeben hat. Ich ziehe mich zurück, hole das Foto aus meinem Shortsbund hervor und betrachte es näher.

»War es dieser Abend?« Ich hebe das Bild vor ihr Gesicht. Sie presst die Lippen mit einem traurigen Lächeln zusammen.

»Ja, war es. Danach hatten wir in deinem Arbeitszimmer Sex. Du hast mich nackt an einem Pendel festgebunden und mich anschließend auf dem Teppich gevögelt. Wir sprachen über unsere Dämonen. Nun ja, du hast nicht viel über deine erzählt. Aber ich habe da erst gesehen, wie es in Wirklichkeit in dir aussieht und wie verletzt du bist.« Sie schafft es tatsächlich, die Momente wiederzugeben, ohne zusammen mit dem Stuhl die Flucht zu ergreifen.

Mit einem tiefen »Hm« senke ich das Bild und schaue auf meinen leeren Teller.

»Und das dritte Mal?«, frage ich und halte ihr wieder einen Bissen entgegen. Sie umfasst über meiner Hand die Gabel und schiebt sie in ihren Mund. Nachdenklich kaut sie und schluckt.

»Das letzte Mal war nach unserer Scheinverlobung. Du wolltest mich in deine Räume mitnehmen.«

Nachdenklich forsche ich in ihren Augen. »Somit haben wir das letzte Mal in meinem Bett gevögelt?«

Sie nickt. »Obwohl ich es anders ausgedrückt hätte«, murmelt sie die Worte. »Und damit du es weißt, zuvor hast du mir Nojus, Jones und sogar Henrik auf den Hals gehetzt und dabei zugesehen. Du solltest auch wissen, was für ein Arsch du damals warst.«

Mit einem skeptischen Blick ziehe ich mich zurück und reibe über mein Kinn. »Warum sollte ich das tun?«

»Wahrscheinlich, um mich zu testen. Um zu sehen, wie gut oder schlecht ich bin, keine Ahnung. Danach gab es einen Vertrag zwischen uns. Du hast mich mit niemandem mehr geteilt. Selbst Nojus hast du ziemlich fertiggemacht, als du herausgefunden hast, dass wir etwas miteinander hatten, während du mit Polina unterwegs warst.«

Polina … Der Name sagt mir nicht wirklich etwas.

»Ich wusste, Nojus steht auf dich«, antworte ich in Gedanken verloren, als ich ihre Worte höre. Für gewöhnlich teile ich nur so lange, bis ich entweder die Lust an einer Frau verliere und sie abschieße oder aber sie für mich allein besitzen will.

Wieder trifft mein Blick ihr Gesicht. Sie schiebt mit den Zinken ihrer Gabel die letzten Reste zusammen und kann sie doch nicht ohne Messer auf die Gabel schieben.

»Darf ich dich etwas fragen, Tjark?« Unvermittelt hebt sie ihren Blick.

»Frag, was du wissen willst«, antworte ich ihr, nehme mein Messer und helfe ihr, die Reste vom Ei auf ihre Gabel zu schieben.

»Okay. Sei ehrlich.«

»Das bin ich meistens.«

Sie holt tief Luft und weicht wieder meinem Blick aus. »Wer war Austeja? War sie deine Exfreundin?« *Sie weiß von ihr?*

Sofort ziehe ich das Messer zurück.

»Es mag sich merkwürdig anhören und vielleicht keinen Sinn ergeben, aber ich nenne sie Austeja, obwohl ich sie als Jolinda in Berlin kennengelernt habe. Irgendwie scheint mir mein Gedächtnis Streiche zu spielen«, antworte ich ihr. »Ja, ich habe sie geliebt, sehr sogar. So sehr, dass ich sie für immer an meiner Seite haben wollte. Aber wie sich später herausstellte, arbeitete sie für meinen Vater. Sie belog mich, wollte angeblich einen neuen Job im Ausland antreten und zog weg. In

Wahrheit ging sie zurück nach Litauen, um den Vanags wichtige Informationen über meinen Aufenthalt zu geben. Es war alles inszeniert worden.« Warum ich es ihr erzähle, weiß ich nicht. Aber es fühlt sich nach Ewigkeiten so an, als hätte ich mit der Sache abgeschlossen.

»Damals brach sie mir nicht nur einmal das Herz, stellte sich in der WG als Bewerberin vor und machte sich an mich ran. Ich hatte echt geglaubt, ein normales Leben führen zu können mit einer Frau, die ich lieben würde und mit der ich meiner Vergangenheit entkommen wäre. Ich wollte kein Leben auf der Flucht. Kein Leben im Zeugenschutz. Jolinda oder eben Austeja ließ mich das alles vergessen. Rysand war weiterhin misstrauisch, während mir Arūnas die Beziehung gönnte. Doch dann war alles vorbei, bevor es richtig losgehen konnte.«

Und ich schwor mir, nie wieder jemandem zu vertrauen, den ich nicht länger kenne. Niemanden mehr an mich heranzulassen. Niemanden mehr zu lieben.

»Ist das wirklich wahr?«, fragt sie vorsichtig an. »Das würde erklären, warum du mich anfangs immer auf Abstand halten wolltest.«

War es so? Aber so wie ich mich kenne, wird es so gewesen sein.

»Was ist mit Austeja passiert?« Sie schiebt ihre Finger über den Tisch zu mir, aber zögert, als ich aufstehe.

»Keine Ahnung, schmort in der Hölle oder was weiß ich. Angeblich hatte sie ein Kind. Mein Vater erpresste sie mit dem Balg und sperrte sie in den Weinkeller des Anwesens. Genau des Anwesens, das ich heute bewohne. Er warf Austeja seinen Männern zum Fraß vor …« Mit einem eiskalten und wütenden Gesichtsausdruck stelle ich die Pfanne zurück auf den Herd, stapele das Geschirr auf die Spüle und muss aufpassen, nicht alles vor Zorn hinunterzuwerfen. *Wie es aussieht, bin ich doch nicht darüber hinweg.*

»… tja und dann befreite ich sie. Arūnas und Rys waren dagegen, aber ich konnte sie nicht dortlassen. Sie wäre dort irgendwann an ihren Wunden gestorben, die Männer hätten sie zu Tode geprügelt oder was weiß ich. Dumm nur, dass ich wegen ihr nicht fliehen konnte. Ich half ihr, ausgerechnet ihr und musste wieder dafür bezahlen.« Mit Schwung werfe ich den Kühlschrank zu, nachdem ich die Lebensmittel eingeräumt habe. »Wenn du denkst, dass ich daran geglaubt habe, dass wir eine zweite Chance gehabt hätten, dann lautet meine Antwort ja. Ja, ich hab einen winzigen Moment daran geglaubt, dass alles ein gutes Ende nimmt. Sie wurde schließlich dazu gezwungen, mich auszuspionieren und uns zu verraten.«

Keine Ahnung, warum ich ihr das erzähle, zumindest sagt sie keinen Ton, zieht ihren rechten Fuß auf das Stuhlpolster und umfasst mit der freien Hand ihr angewinkeltes Bein. »Und was passierte?«, frage ich Divina, die die Geschichte sicher nicht kennt. Nicht, wenn Rys oder Arūnas sich nicht verplappert haben.

Divina zuckt mit den Schultern und weicht mir nicht aus, als ich mich ihr verärgert nähere, mich auf dem Küchentisch abstütze und auf sie hinabblicke. »Sie nahm sich kurz darauf das Leben.«

Ich lache bitter, weil es sich genauso bitter anfühlte, als ich es von Nojus und Arūnas mehrfach hörte. Ich gebe ihr einen Moment, um es sacken zu lassen. Aber … erst jetzt wird mir bewusst, dass ich die Geschichte mit meinen eigenen Worten wiedergebe, nicht nacherzähle. Nojus hat mir öfter verklickert, dass Austeja tot ist, doch ich wollte es nicht glauben. Aber jetzt fühlt es sich an, als wäre es wahr.

Traurig senkt Divina den Kopf. »Das tut mir leid.«

»Muss es nicht. Doch hätte ich sie damals nicht im Keller befreit und wäre selbst entkommen, hätte ich meinen Vater nicht ermordet und wäre nicht der Anführer der Vanags, der ich nie sein wollte, geworden.«

Ihre Brauen zucken, als ich ihr davon erzähle. Scheint so, als hätte ich ihr sehr viel verschwiegen.

»Da man die Zeit nicht zurückdrehen kann, bleibt mir nichts anderes übrig, als jetzt zu handeln. Wenn ich dich wirklich liebe und ich dich in der Nacht, an die ich mich nicht mehr erinnern kann, retten und in Sicherheit bringen wollte, dann werde ich das auch jetzt tun.«

Verblüfft schaut sie zu mir mit großen Augen auf. Es treten Tränen in ihre Augenwinkel, sodass ihre ozeanblauen Iriden glitzern.

Meine Hand verliert sich auf ihrer Wange, als ich unmerklich lächele. »Ich passe auf, dass sich nicht alles wiederholt und du die Nächste bist, die sich umbringt. Aber nur …«

Sie schluckt hart, umfasst meine Hand auf ihrer Wange und schiebt sie nicht weg. Tränen rollen über ihr Gesicht und befeuchten meine Finger. »Wenn ich mir sicher bin, dass du die Frau bist, die ich liebe. Ich bin kein Narr und lasse mich nicht wieder täuschen.«

Andererseits stände Rysand nicht hinter der Sache, wenn er Divina nicht trauen würde.

»Verstehe«, sagt sie irgendwie gekränkt. »Ich verstehe

es endlich. Danke, dass ich jetzt einen Teil kenne, der vieles für mich erklärt.«

Ihre Hand rutscht von meiner, die ich jedoch festhalte, als ich ihre Stuhllehne umfasse und mein Gesicht herabsenke.

»Das heißt nicht, dass ich denke, dass du mich täuschst, versteh das nicht falsch. Ich will nur nicht wieder enttäuscht werden.« Daher brauche ich endlich meine Erinnerungen. Nur sie können jedes Misstrauen aus der Welt schaffen.

Sie nickt und senkt ihre dunklen Wimpern.

»Jetzt bist du frei und wir können zum nächsten Punkt übergehen, mein Liebling«, raune ich ihr ins Ohr, ziehe die Karte hervor, die im Brief enthalten war, und zeige sie ihr. Sie hat sie bereits gelesen, daher wird sie wissen, wie Nojus' nächste Aufgabe aussieht. Zuerst hielt ich dieses hirnverbrannte Spiel für albern und zeitraubend, aber mittlerweile könnte es doch sehr unterhaltsam werden.

5

DIVINA

Ich habe die Karte nicht gesehen. Sie muss vorhin zwischen den Fotos gelegen oder geklebt haben. Als ich die Aufgabe lese, blinzele ich mehrmals.

ZEIT FÜR EINE RUNDE BADEN. DU DARFST DEINEM HERZBLATT ENDLICH ZEIGEN, WIE GUT DU DARIN BIST, SIE ZU ENTKLEIDEN. DANACH GEHT ES 15 MINUTEN IN DEN WHIRLPOOL. BRECHT IHR VORHER AB, ERHÄLTST DU DEINE BELOHNUNG NICHT. FÜR JEDE WEITERE MINUTE, DIE IHR IM POOL BLEIBT, BEKOMMST DU EINEN NÜTZLICHEN OBOLUS.

15 MINUTEN im Whirlpool mit Tjark verbringen und mich zuvor von ihm ausziehen lassen? Es hört sich wirklich unterhaltsam und nach Erholung an, wenn da nicht

seine Blicke wären. Er hat mich bereits nackt unter der Dusche gesehen, aber es ist etwas vollkommen anderes, sich von ihm ausziehen zu lassen.

Es ist Tjark. *Reiß dich einfach zusammen!*

»Wie siehts aus? Bist du so weit oder willst nochmal für kleine Mädchen? Vorhin hast du ja andere Dinge auf dem Gäste-WC getrieben.«

Es ist also sein voller Ernst? Er will die Aufgabe tatsächlich durchziehen?

Nachdem er mich von den Handschellen befreit hat, verlässt er die Küche. »Kommst du?«

»Ich … Was bekommst du denn für eine Belohnung?« Etwas muss ihn ja dermaßen anspornen, das zu tun. Langsam erhebe ich mich vom Stuhl und gehe auf ihn zu.

»Munition. Die Idioten haben mir nur Waffen dagelassen, deren Magazine leer sind. Vermutlich hatten sie Angst, ich würde dich erschießen und danach grillen«, scherzt er und lacht dunkel, während er durch den Wohnbereich läuft.

Abrupt bleibe ich stehen und sehe Dalius das Skalpell an Tjarks Kehle halten, als er im Bett liegt.

»Ich kann das nicht«, sage ich schließlich, da mir das alles zu schnell geht. Nojus könnte zwar weitaus perversere Spielchen verlangen, aber das … Ich bin dafür einfach noch nicht bereit.

Vor mir sehe ich Tjark inmitten des Wohnbereichs stoppen, sich dann zu mir umdrehen.

»Du kannst das. Willst du Nojus wirklich gewinnen lassen? Es ist nur ein Spiel.«

»Das ändert trotzdem nichts an der Sache«, antworte

ich aufgewühlt und fahre durch mein etwa sieben Zentimeter langes Haar.

Tjark holt tief Luft. »In Ordnung, ich zwinge dich zu nichts. Aber denk dran, dass es auch eine Chance für dich ist, um die Geister loszuwerden, die dich verfolgen. Nojus hat sich dieses idiotische Spiel nicht ausgedacht, um uns zu ärgern.«

Sofort trifft mein Blick sein Gesicht. »Vielleicht etwas. Aber im Grunde will er doch, dass ich mich an alles erinnere und du wieder die wirst, die du warst.«

Vollkommen entspannt steht er vor mir, neigt sein schön geschnittenes Gesicht und hebt beide dunklen Brauen in die Stirn. Dabei funkeln seine tiefschwarzen Iriden noch intensiver als sonst. »Du kannst das sehr wohl. Ich breche sofort ab, wenn du wirklich nicht mehr weitergehen willst.«

Als würden wir einen Deal abschließen, hält er mir seine rechte Hand entgegen. Auf seinem Unterarm sehe ich den Totenkopf, durch den sich eine Schlange windet, da er die Ärmel des Shirts hochgeschoben hat. »Einverstanden?«

Obwohl mir der Gedanke Gänsehaut verschafft und ich mich auf die Couch verziehen will, reiche ich ihm meine Hand.

»Ich vertraue dir.«

»Das geht weit über meinen Vorschlag hinaus. Du wirst es nicht bereuen.« Wenn er sich die Mühe macht, um seine Erinnerungen zurückzugewinnen, sollte ich mich auch überwinden und meine Ängste besiegen. Es ist zwar leichter gesagt als getan, dennoch will ich es versuchen und nicht vorzeitig aufgeben. Als seine warmen

Finger meine Hand umschließen, lässt er sie nicht wieder los. »Gehen wir in die erste Etage.«

~

NACHDEM ER MICH ins Schlafzimmer begleitet hat, hat er die Dachterrasse aufgesucht, um den Pool vorzubereiten. Aufgeregt laufe ich am Fußende des Bettes pausenlos auf und ab. Danach beginne ich das Bett wieder herzurichten, da ich es vollkommen zerwühlt zurückgelassen habe.

Als ich die Kissen aufschüttele und glattstreiche, spüre ich unvermittelt Hände um meine Hüfte. Sofort halte ich die Luft an und würde mich reflexartig umdrehen, um denjenigen wegzustoßen. Stattdessen lasse ich langsam die angestaute Luft raus.

»Der Pool ist fertig und der Baum strahlt. Es hat sogar aufgehört zu schneien. Somit steht uns nichts mehr im Weg.«

Verdammt. Hat Nojus auch das Wetter im Griff?

»Okay.« Eher unbeholfen winde ich mich aus seinen Händen und verlasse das Schlafzimmer. »Ich hole dann die Handtücher und bin gleich …« Als ich die Tür hinter mir abschließen will, zieht er sie wieder auf.

»Du bist nicht gleich wieder da. Du machst jetzt keinen Rückzieher. Wenn es dir hilft, ziehe ich mich vor dir aus.«

»Was?« Rückwärts gehe ich auf den Waschbeckentisch zu und umfasse ihn mit beiden Händen. »Ich wollte keinen Rückzieher machen, nur …« Locker gehe ich in die Knie, ohne ihn aus den Augen zu verlieren, und taste blind hinter mir unter dem Waschtisch nach den zusammengerollten Handtüchern.

Er grinst schief, als er mich beobachtet. »Wirklich?«

Mist. Er weiß, dass ich ihn nur hinhalten will. Genau aus dem Grund umfasst er sein Shirt am Saum und zieht es locker über den Kopf. Oberkörperfrei lässt er das Kleidungsstück auf den Hocker neben der Dusche sinken und beginnt anschließend damit, seine Hose zu öffnen.

Als er sieht, dass ich mich nicht mehr aus der Hocke hochziehe, stoppt er, greift in seine Gesäßtasche und holt ein schwarzes Tuch hervor. Langsam erhebe ich mich.

»Nein.«

»Es wird dir helfen«, versichert er mir. Er würde mich nicht zwingen, das hat er mir versprochen.

Wird es wirklich helfen, wenn ich nichts mehr sehe? Es ist nicht so, dass ich seinen Körper nicht ertrage. Es sind eher seine Blicke, die ich nicht aushalte. Zögerlich schließe ich die Augen.

»In Ordnung. Versuchen können wir es.«

»Ich wusste, du würdest keinen Rückzieher machen«, antwortet er mit geöffneter Hose, oberkörperfrei vor mir stehend, und hebt die Augenbinde zu meinem Gesicht.

Mir schlägt das Herz bis zum Hals, doch sein vertrauter Geruch schenkt mir dennoch Hoffnung, die Aufgabe meistern zu können.

Es ist Tjark und nicht Dalius.

Ich sage es immer wieder in meinem Kopf auf, während er die Binde auf meinem Hinterkopf zuknotet. Außerdem könnte ich sie jederzeit von meinem Gesicht ziehen.

Als er weiterhin direkt vor mir steht, ich seine Wärme, die sein Körper ausstrahlt, spüre, legt er seine Finger um meinen Hals. »Ist es auszuhalten?«

Obwohl mein Körper zittert, nicke ich. »Okay.«

Anders als erwartet, höre ich, wie er sich bewegt, und spüre seine Hände plötzlich auf meinen nackten Oberschenkeln. Er schiebt sie Stück für Stück höher, bis er die Panty erreicht und sie langsam hinunterzieht. Weiterhin halte ich mich am Waschtisch fest. Meine Knöchel müssen sicher weiß hervorstechen, da ich mich so verbissen festhalte, als ginge es um Leben und Tod.

Flüchtig spüre ich seine rauen Bartstoppel über meine Oberschenkelaußenseite streifen, bevor er den Slip herunterzieht. Ich lege den Kopf in den Nacken, beiße die Zähne zusammen und denke an die letzte Nacht mit ihm. An den sinnlichen Kuss, der mich so tief berührt hat, und die tätowierte Rose, die er mir geschenkt hat.

Und während ich mich an diese Gedanken klammere, streift er meine Strümpfe hinunter und hebt meinen linken Fuß an.

»Du machst das wirklich sehr gut, Divina.« Ohne mich unsittlich zu berühren, schiebt er auch den zweiten Strumpf über meinen Fußknöchel und zieht ihn mir aus, gefolgt vom Slip. Jetzt trage ich nur noch den BH und dicken Pullover von ihm.

Er dürfte spüren, wie angespannt ich bin. *Verdammt. Ich wünschte, ich könnte diese Nacht im Keller so leicht vergessen wie die unzähligen namenlosen Freier im Bordell.*

Als er seine Hände von mir löst und sie meinen Pullover umfassen, atme ich tief durch und nicke.

»Aber starr mich bitte nicht an.« Man dürfte sicher noch Narben der Verletzungen sehen sowie die Hiebe von Dalius' Gürtel, die leider sehr langsam verheilen.

Noch nie in meinem Leben habe ich mich mehr für meinen Körper geschämt als in diesem Moment.

»Trag die Narben mit Stolz. Das mache ich auch. Sie zeigen, dass wir überlebt und nicht aufgegeben haben«, raunt er nah vor meinem Gesicht, hebt den Pullover über meinen Kopf und zieht meine Arme durch die Ärmel. Ich kann hören, wie er das Kleidungsstück zu Boden fallen lässt, und spüre im nächsten Moment seine Hände auf meinem Rücken. Er streichelt über meine Haut und drückt mich ein Stück an seine warme Brust. Der Duft von schwarzer Zeder und Vetiver steigt wieder in meine Nase, was mich unbemerkt tiefer einatmen und die Augen schließen lässt.

Als er sich von mir löst, hat er den BH geöffnet. Die Träger rutschen über meine Arme, als er über mein Schlüsselbein streichelt.

»War es so schlimm?«

Ist es immer noch. Ohne ihm zu antworten, spüre ich im nächsten Moment ein Handtuch, das er mir umbindet. Endlich kann ich wieder frei durchatmen, öffne die Augen und senke den Kopf nach vorn – und lehne mich versehentlich mit der Stirn gegen seine Brust.

»Du wirst ja doch anschmiegsam«, amüsiert er sich über mich. Schnell löse ich die Finger von der Waschtischplatte und halte das Handtuch fest.

»Nein, es war …«

Seine Finger verlieren sich auf meinem Hinterkopf,

lösen den Knoten, aber entfernen die Augenbinde nicht. Stattdessen hält er meinen Kopf weiter an seine Brust gedrückt. Ich kann jeden seiner Atemzüge spüren. Erst jetzt wird mir bewusst, wie sehr ich ihn vermisst habe. Obwohl er manchmal ein eingebildetes Arschloch sein kann, hat er doch auch eine empfindsame Seite, die ich mit der Zeit entdeckt habe. Und in die ich mich verliebt habe.

Vorsichtig lege ich die Hände auf seine warme glatte Brust und schiebe mich von ihm weg, um locker in die Knie zu gehen. Dabei rutscht die losgebundene Augenbinde von meinen Augen. Ich blicke im nächsten Moment vor ihm kniend seiner geöffneten Hose entgegen und ziehe sie herunter. Plötzlich driften meine Gedanken zurück in den Keller.

Er hat seinen Gürtel geöffnet, holt seinen Schwanz hervor, der bereits halb erigiert ist, und hält ihn mir vor meine Lippen. »Mach deinen Job. Blas schon!«

Immer noch höre ich Dalius' Stimme. Manchmal glaube ich, dass er lebt. Er mich weiterhin beobachtet und jagt und nur auf den passenden Augenblick wartet, um mich wieder an den Haaren zurück ins Bordell zu zerren. Zwar habe ich gesehen, dass er gestorben ist, Arūnas ihm einen Kopfschuss verpasst hat, aber was, wenn er ihn überlebt hat?

Ich kralle die Finger in den schwarzen Stoff auf Höhe seiner Knie und kann nicht weiter.

»Hey, schau mich an.« Tjark schmiegt seine Hände um mein Gesicht und hebt es mit seiner vertrauten Bestimmtheit an. »Ich bin es, okay?«

»Ich weiß. Ich wollte es zumindest versuchen.«

»Dabei stand es nicht einmal als Aufgabe auf dem

Zettel, mich auszuziehen«, erklärt er mit einem weichen und zugleich berechnenden Blick.

Seine Hände schieben sich unter meine Achseln und heben mich hoch. »Du hast es sehr gut gemacht. Besser, als ich gedacht hätte.«

Vor mir hebt er das rechte Bein, streift seine schwarze Jeans über den Knöchel und wird auch das andere Hosenbein los. Danach beugt er sich an mir vorbei, greift sich ebenfalls ein Handtuch und schaut dabei mit einem charmanten Lächeln zu mir auf. »Du darfst reden. Ein Sprechverbot gab es meines Erachtens nicht.«

Ah! Ich stoße gegen seine Schulter. »Heute switchst du ziemlich schnell vom arroganten Arschlochmodus in den eines Verführers.«

»Dir ist mein Schauspieltalent aufgefallen? Das freut mich.« *Blödmann.*

Ich verdrehe die Augen, während er sich mit dem Handtuch erhebt, von mir wegdreht, die Shorts loswird und ich seine komplette Rückenansicht sehe. Er dreht sich nicht um, weil es ihm unangenehm ist, sondern weil er weiß, dass ich gerade wieder mit einer Erinnerung zu kämpfen hatte.

Anschließend knotet er das Handtuch um die Hüfte, fährt sich durch sein Haar und umfasst meine Hand, denn ich stehe immer noch wie angewurzelt da, starre seinen Dämonenfratzen, Schlangen, Dolchen, Pokerkarten, Pistolen und Wölfen entgegen, die seinen Körper zieren.

»Bist du bereit?«

»Du wirst mich ja nicht gehen lassen, wie es aussieht.« Mein Blick fällt auf seine Hand, die meine fest umfasst.

»Da liegst du absolut richtig. Den hier nehmen wir mit, damit wir wissen, wann die 15 Minuten um sind, und wir weitere Bonuspunkte sammeln.« Sein verschwörerischer Blick fällt auf einen Wecker, den er in der anderen Hand hält. Er will dieses Spiel unbedingt gewinnen.

»Geht es dir nur um die Munition?«

»Nein«, antwortet er rasch und öffnet die Badezimmertür. »Aber wir brauchen sie. Wer weiß, wann diese Idioten wieder an unsere Fenster klopfen, weil Nojus verpennt hat oder Rysand gerade mit Oriana sein zweites Kind macht oder Arūnas mal wieder eine Frau anflirtet. Ich will das nächste Mal vorbereitet sein.«

Er meint es todernst. »Aber du verlässt dich doch auf deine Leute«, antworte ich, als wir über den Gang laufen, um die Außenterrasse aufzusuchen. »Sie würden uns hier nicht einsperren und Dalius' Männer das Territorium betreten lassen.«

»Sicher vertraue ich ihnen. Aber …« Vor der Glastür, die ins Freie führt, dreht er sich zu mir um. »Es gab Momente in meinem Leben, in denen ich auf mich allein gestellt war, klar? Die werden wiederkommen. Und dieses Mal will ich darauf vorbereitet sein, oder möchtest du mich beschützen?« Ein süffisantes Lächeln breitet sich auf seinen geschwungenen Lippen aus.

Ich knurre leise und schlage gegen seine Brust. »Ich bin nützlich. Nur weil du heute Morgen leider miterleben musstest, wie ich heulend und starr vor Angst eingeknickt bin, bedeutet das nicht, dass ich mich nicht verteidigen kann.«

»Das habe ich auch nicht behauptet. Ansonsten ständen wir wohl nicht hier …« In seinem Gesicht kann ich ablesen, dass er nicht wirklich weiß, was passiert ist, aber es ihm wohl Arūnas oder Nojus gesagt haben müssen.

»Vermutlich«, murmele ich. Er öffnet die Tür zur Außenterrasse, die von einer weichen Schneedecke überzogen ist. Auf ihr befindet sich ein beleuchteter Weihnachtsbaum und unweit davon am Glasgeländer der dampfende Whirlpool. Er schimmert in einem verführerischen blauen Licht und wartet nur darauf, dass wir uns ins Wasser setzen.

»Du hast dich doch in Gefahr begeben, um mich zu befreien, oder nicht?«, fragt er weiter, schnappt sich zwei Paar Flipflops aus dem Schuhregal neben der Tür und reicht mir ein Paar. Dabei begegnet er meinem Blick.

»Ja. Obwohl es anders laufen sollte.«

»Aber du bist gekommen. Für mich.«

Wie verflucht zweideutig ist dieser Satz bitte.

»Äh, ja. Das würde ich immer wieder tun, wenn du nicht mehr solche Nummern wie heute Morgen auf der Treppe abziehst«, sage ich frech, woraufhin er sich zu mir umdreht und mein Kinn schnappt. Während ich noch mit den Flipflops kämpfe, hat er seine angezogen und drängt mich zurück. Mein Rücken stößt gegen die kühle Wand, während er den linken Arm über meiner Schulter abstützt.

»Ich könnte ganz andere Nummern abziehen, Divina. Und es juckt mich seit über einer Stunde in den Fingern, es zu tun. Aber ich halte mich an die Aufgaben. Vielleicht stellen sie uns nicht nur auf die Probe, sondern bieten einen Schutz, damit ich dich nicht sofort bespringe wie ein ausgehungertes Tier. Denn glaub mir, seit mehr als drei Monaten habe ich keine Frau mehr gevögelt.«

Genau diese Gier nach Sex kann ich in seinen dunklen Augen entdecken. Er hat sich wirklich kein Escortgirl bestellt oder eine andere Frau angelacht?

»Du wirst dich zurückhalten, das weiß ich. Lass uns jetzt baden gehen.« Unter seinen Arm ducke ich mich hinweg und hebe den Fuß, um den Flipflop zwischen die Zehen zu klemmen.

»Wie es aussieht, scheinst du keine Angst zu haben. War ich früher so wenig einschüchternd?«

Ich lache leise. »Doch, du hast mehrfach versucht, mich einzuschüchtern, mich zu bedrohen, mir Angst zu machen. Aber mit hartem Sex konntest du mir drohen, sooft du wolltest, mir war es egal. Du hast vergessen, dass ich viel schlimmere Typen gewohnt war. Aber heute ist das was anderes, und wenn du diese Drohung wirklich durchziehst, siehst du mich nie wieder.« *Dann bin ich weg, das sollte er nicht vergessen.*

»Ich zwinge keine Frau. Das habe ich nie getan.«

»Nein, dafür setzt du Verträge auf, damit die Frauen deine Wünsche erfüllen, nicht wahr?« Ich drehe das Gesicht über die Schulter und lächele siegessicher. »Es ist nicht dasselbe, aber kommt dem doch sehr nahe, findest du nicht?«

Mit einem dunklen Blick hebt er sein Gesicht an und betrachtet mich eingehend.

»Bravo. Du ziehst nicht den Schwanz ein und kannst dich noch darüber amüsieren. Ich vögele dich nicht, wenn du es nicht willst.« Er wirft einen Blick auf den Wecker, den er vom Boden aufhebt. »Mittlerweile haben wir mehr Zeit mit dem Gespräch verplempert, als im

Whirlpool zu planschen. Fakt ist, ich will die Munition. Ob ich dich beschütze, lege ich später fest«, verlassen die Worte gespielt eingebildet seine Lippen, bevor er die Glastür öffnet und mir ein eisiger Wind ins Gesicht schlägt. Ich höre ihn über seine eigenen Worte lachen, als er über die Terrasse läuft und die Tür vor meiner Nase zufällt.

Ist er bescheuert! Gleich darauf rutscht er mit dem rechten Fuß im Schnee weg. Tja, Hochmut kommt vor dem Fall. Nun kann ich mir mein Lächeln nicht verkneifen.

Das Handtuch fest umklammert, da es saukalt ist, stampfe ich vorsichtig durch den Schnee auf den dampfenden Jacuzzi zu, während er mir wieder seine hübsche Rückenansicht zeigt, das Handtuch loswird und lässig in den Pool steigt. *Verdammt.* Er sieht wieder so gesund und perfekt aus wie früher, auch wenn er auf Bauch und Brust neue Narben trägt.

»Kommst du? Oder willst du, dass ich dich ins Wasser hebe? Es ist herrlich warm, Liebling«, sagt er aufgesetzt.

»Nenn mich nicht so. So hast du mich früher nie genannt«, murmele ich, werde die Flipflops los und zittere vor Kälte.

»Wie habe ich dich dann genannt?«, fragt er gelassen, rutscht in die linke hintere Ecke des Jacuzzis und legt den Kopf in den Nacken.

»Kleine Hure.« Genau das, was er heute Morgen im Schlaf gemurmelt hat.

»Willst du, dass ich dich so nenne?«, hakt er nach und wirkt kurz nachdenklich. Ich schüttele den Kopf.

»Nein.«

»Gut, dann bleibe ich bei *mein Liebling*. Steigst du jetzt ins Wasser, oder wartest du darauf, bis du Eiszapfen ansetzt?«

»Blödmann«, murmele ich. »Könntest du die Augen schließen?«

Ich umklammere meinen Bauch und schaue ernst in seine Richtung. »Ich habe dich vorhin doch schon nackt gesehen.«

»Trotzdem. Ich mag die Blicke nicht.«

»Wie du möchtest.« Er schließt die Augen, lehnt den Kopf auf dem Polster des Pools zurück, während ich das Handtuch aufknote und über den Rand des Whirlpools steige. Dabei erhasche ich einen Blick auf seinen Schwanz unter Wasser, was so nicht geplant war. *Verdammt, schau weg!*

In dem Moment öffnet er ein Auge.

»Augen zu«, ermahne ich ihn, hebe die Hände vor meine Brüste und setze mich ins Wasser. Direkt in die Ecke ihm gegenüber, um auszuschließen, dass er mich nicht sofort begrabbelt.

»Ich hab genau gesehen, wo deine Augen lagen. Besser, wir schalten die Düsen an, um dich nicht scharf werden zu lassen.« Immer noch sehe ich das dunkle Funkeln in seinen Augen, als er neben sich die Whirlpool-Funktionen anschaltet und sich das Wasser in Bewegung setzt. Mein Blick wandert über die Terrasse, von der aus ich hinter dem Glasgeländer einen Wald entdecke. Die Bäume sind alle wie von Magie von einer frostigen Eisschicht überzogen. Über uns ziehen dicke Wolken hinweg, die noch mehr Schnee ankündigen, während der Weihnachtsbaum golden mit seinen roten Kugeln und Schleifen funkelt. Als ich zur Tür zurückblicke, entdecke ich erst jetzt eine Kamera unter dem Dachkranz.

»Beobachten sie uns?«

»Die gesamte Zeit«, versichert er mir, woraufhin mein Blick zu ihm zurückschnellt.

»Dein Ernst? Sie verfolgen, was wir hier machen?«

»Wie sollten sie sonst wissen, dass wir uns im Pool aufhalten?«, sagt Tjark mit geschlossenen Augen und scheint das Bad zu genießen, während ich tiefer ins Wasser sinke und meinen Mittelfinger zur Kamera strecke. Ich kann Nojus' schallendes Lachen bis hierher hören. Er wird uns Tag und Nacht stalken, dieser Idiot.

Obwohl das Wasser wohlig warm um meinen Körper sprudelt, kann ich mich nicht so entspannt zurücklehnen wie Tjark, sondern hocke beklemmt auf meinem Platz wie ein Kind am allerersten Schultag und schaue mich überall um. Plötzlich trifft ein Fuß meine Knie.

»Mach dich mal etwas locker und denk an den Bonus.« Als ich seinem Blick begegne, lächelt er verwegen, dreht sich dann zu dem blöden Wecker um und grinst breit. »Fünf Minuten haben wir geschafft.«

»Ich bin locker«, murre ich, halte mich am Sitz fest und lege die Beine rechts von mir auf der Fläche ab.

»Sehe ich.« Plötzlich rutscht er zu mir rüber in die Ecke links von mir, breitet die Arme aus und legt ebenfalls die Beine auf der Sitzfläche ab. »Aber du könntest es mehr genießen.«

Wie denn, wenn wir beobachtet werden, was Tjark noch mehr motiviert, sich an mich ranzumachen.

»Ich warte einfach, bis die 15 Minuten vorbei sind, dann bin ich weg.«

»Und willst was tun?«

Keine Ahnung. »Vielleicht die Gegend erkunden.«

»Vergiss es. Dann müsste ich dich begleiten, weil du vermutlich ins nächste Schneeloch stürzt oder dich eine Lawine überrollt.«

»Hier gibt es keine Berge, du Idiot«, antworte ich und spüre seine rechte Hand auf meinem Nacken.

»Ich weiß, trotzdem lasse ich dich nicht allein losziehen.«

»Und wieso nicht? Glaubst du, ich könnte aus unserem Lovehotel verschwinden und einen Weg zurück in die Zivilisation ohne dich finden?«, necke ich ihn, drehe das Gesicht in seine Richtung und lasse seine Hand weiter auf meinem Nacken ruhen. So unangenehm ist es gar nicht.

Er stöhnt amüsiert. »Erstens hatten wir eine Vereinbarung. Keiner geht allein und lässt den anderen zurück. Und zweitens brauchst du mich. Du weißt doch nicht, ob wir bloß von Nojus beobachtet werden. Wenn du allein losziehst, bist du leichte Beute für Männer da draußen, die nicht wie ich auf dein Wohlergehen achten wollen und sich zurücknehmen können.«

Daran habe ich auch gedacht. Ich bin nicht blöd. »Das bedeutet, du willst wirklich bis Weihnachten hierbleiben?«

»Hast du nicht Nojus versprochen, uns zum Anwesen zu begleiten? Ob du nun hier bist oder in meinem Zuhause ist doch egal. Außerdem sind wir an diesem Ort ungestört, mein Liebling.« *Mein lieber Scholli, wirft er sich an mich ran.*

Hat Nojus einen Wettbewerb daraus gemacht? Oder lautet seine zweite Aufgabe, je eher du Divina um den

Finger wickelst und sie dir aus der Hand frisst, desto schneller seid ihr frei?

Ich betrachte ihn länger, studiere seine gleichmäßigen Gesichtszüge, seine ausgeprägten Wangenknochen, den dunklen gepflegten Bartschatten und sein Haar, das er feucht aus der Stirn gestrichen hat.

»Du würdest doch mit jedem anderen Mädel dieselbe Show abziehen. Verkauf mich nicht für blöd. Wenn du in den drei Monaten keine flachgelegt hast, bist du doch dermaßen schwanzgesteuert und würdest jede angraben.«

Unvermittelt umfasst er meinen Nacken fester und zieht mich näher an sich.

»Wie war das?«, fragt er verärgert. Mit diesem harten dominanten Blick schaut er auf mich herab, während er meinen Nacken nicht loslässt. »Schon mal darüber nachgedacht, dass ich in den drei Monaten keine Frau wollte? Ich war in einer ziemlich schlechten Verfassung und musste zuerst an mich denken.«

»Und jetzt geht es dir gut und du schmeißt dich an mich ran?« Ich lege die Hände auf seine Brust, um ihn von mir wegzustoßen. Doch er lässt es nicht zu.

»Freu dich doch, dass ich dir die Chance gebe.«

»Tickst du noch ganz rund! Was soll der Blödsinn! Ich habe dich nicht darum gebet…« In dem Moment drückt er mich unter Wasser.

»Ja, ja, beschwer dich bloß.«

Ist er bescheuert oder so? Als ich auftauche und nach Luft schnappe, landet im nächsten Moment meine Hand auf seiner Wange.

»Du eingebildeter Arsch! Es ist genug.«

Obwohl ich ihm eine geklebt habe, grinst er schief, schnappt meine Hand und zieht mich auf seinen Schoß.

»Du steigst jetzt nicht aus dem Whirlpool. Wir haben noch …« Sein Blick sucht das Ziffernblatt des bescheuerten Weckers. »Drei verdammte Minuten.«

»Ist mir egal.« Mit den Händen stoße ich mich von seinen Schultern ab, während er meine Hüfte umfasst und ich seinen Schwanz zwischen meinen Beinen spüre.

»Lass los.«

»Vergiss es. Du wartest die drei Minuten, eher lasse ich dich nicht frei. Tob dich meinetwegen aus, schlag mich, kleb mir noch eine oder beiß mich, aber ich verliere die Aufgabe nicht.«

In seinen Augen ist die pure Entschlossenheit zu erkennen. Obwohl ich spüre, wie ihn das Spiel anmacht, weiß ich instinktiv, dass er die Lage nicht ausnutzen wird.

»Dann lass mich zurück in meine Ecke gehen.«

»Nein. Nach der Aktion traue ich dir nicht mehr.«

Klasse! Seine Blicke wandern über mein Gesicht, tiefer meine Schultern entlang zu meinen Brüsten. Ich kralle die Nägel fester in seine Schulter, während er die rechte Hand hebt. Doch anders als ich dachte, umfasst er nicht meine Brüste, sondern streicht Haarsträhnen aus meiner Stirn.

»Beruhige dich. Auch wenn mein Schwanz etwas anderes will, mache ich nichts.« Langsam lockere ich den Griff um seine Schultern, hole gleichmäßig Luft und drehe mich zum Wecker um. In dem Moment treffen Lippen meine rechte Brustwarze. Überrascht weite ich die Augen. *Fuck! Noch eine Minute.*

Als ich das Gesicht zurückdrehe, spüre ich seine

Zunge über meine Brust lecken und seine Hände wieder locker meinen Po umfassen.

Anders als erwartet, ist die Situation auszuhalten, da wir uns an einem völlig anderen Ort befinden. Wir sind im Wasser, im Freien, nicht im Keller, nicht im Dunkeln, nicht eingesperrt. Obwohl ich ihn wegstoßen will, weil mein Körper zaudert, kann ich es nicht. Es ist wie eine Hassliebe. Einerseits möchte ich, dass er mich berührt, andererseits habe ich höllische Angst, dass diese Berührungen wieder die Monster wecken.

»Fass mich an, wenn du willst. Egal, wo du willst«, höre ich ihn sprechen, bevor er an meiner Brustwarze saugt und zu mir aufsieht. Langsam rutschen meine Hände von seinen Schultern über seine Brust. Ich wollte schon die gesamte Zeit die Narben spüren, die Dalius hinterlassen hat und ihn fast umgebracht haben.

Obwohl ich ihm damit nicht symbolisieren will, weiterzugehen, streiche ich über die wulstige lange Narbe. Diese Narbe hat er davongetragen, als Dalius' Auftragskiller Morano ihn abgestochen hat. Weiter unten fühle ich die Wunden der Schussverletzungen.

Sofort ziehe ich meine Hand zurück, werfe wieder einen Blick über die Schulter und spüre das Prickeln in meiner Brustwarze. Es ist herrlich angenehm und überhaupt nicht schmerzhaft. Stattdessen löst es dieses zarte Flattern zwischen meinen Rippen aus.

Die Zeit ist um. »Wir haben die 15 Minuten geschafft«, sage ich, drehe mein Gesicht mit einem erleichterten Lächeln zu ihm und werde im nächsten Moment im Nacken zu ihm hinuntergezogen. Seine Lippen treffen so unvermittelt meine, dass ich wie zur Eisskulptur erstarre.

»Küss mich«, raunt er gepresst vor meinem Mund, als er checkt, dass ich die Lippen nicht öffne. Mehr als zweimal bat er mich früher, ihn zu küssen. Fast jedes Mal, damit Polina sah, dass er es mit mir ernst meint, obwohl alles nur ein Spiel war.

»Los, Divina, küss mich wie heute Morgen, und sag mir noch mal, wie sehr du mich liebst.« Das waren damals die Worte, bevor er mich fragte, ob ich ihn heiraten will. Wieder erinnere ich mich an den Vertrag, an seine Anweisungen, seine Wünsche. Es löst irgendwas in mir aus. Nicht, dass ich hörig bin, aber hätte es diesen Vertrag nicht gegeben, wäre ich ihm vermutlich nie so nah gekommen.

Ich will es versuchen, wenigstens ein Mal. Daher öffne ich die Lippen, halte mich an seiner Schulter fest und suche mit meiner Zunge seine. Ich kann sein Lächeln an meinen Lippen spüren, bevor seine Zunge mit meiner verschmilzt und der Kuss nicht wie früher stürmisch und zügellos endet, sondern weiterhin intensiv und sinnlich bleibt. Obwohl seine große Härte etwas anderes verrät.

Keine Ahnung, wie viel Zeit vergeht, wie lange wir uns küssen und ich der Berührung verfalle, zumindest verbinde ich in keiner Sekunde etwas Schreckliches mit dem Kuss. Es fühlt sich an, als würde ich zu Hause ankommen.

Seine Hände rutschen über meinen Rücken, während ich mich auf seinen Schultern abstützte und mein Becken nur sehr schwach vor- und zurückschiebe.

Auch wenn ich keinen Rückzieher machen will, mit der Zunge sinnlich seine Zahnreihen entlanggleite, seine Zunge meine neckt und er in meine Unterlippe beißt, spüre ich, dass er es nicht abbrechen wird. Ihm ist es das erste Mal gelungen, so tief bei mir vorzudringen, sodass er sich nicht sofort wieder zurückdrängen lassen wird. Oder weckt der Kuss eine Erinnerung?

»Verdammt …«, höre ich ihn vor meinen Lippen raunen, als er sich von meinem Mund gelöst hat.

»Was ist? Kannst du dich an etwas erinnern?«, will ich wissen und forsche in seinen Augen. Er macht ein schmerzverzogenes Gesicht und flucht leise.

»Das nicht, aber wenn ich nicht aufhöre, werde ich vermutlich weitergehen und kann mich nicht mehr zurückhalten.« Er atmet tief durch, umfasst meine Hüfte und hebt mich nur widerwillig von sich. »Außerdem haben wir fünf Minuten länger durchgehalten.«

Durchgehalten? Man hätte es auch mit anderen Worten beschreiben können.

6

NOJUS

Endlich geht mein Plan auf. Verdammte Scheiße, es wurde auch Zeit. Es hat eine Weile gedauert, bis Tjark wieder zum Casanova wie früher wurde. Obwohl ich mir noch nicht ganz sicher bin, ob es an seinen Gefühlen zu Divina liegt oder er bloß ausgehungert ist.

Aber hätte er die Lage einfach nur ausnutzen wollen, wäre er weitergegangen und hätte sein Täubchen nicht von seinem Schoß gehoben. Dass er geil geworden ist, konnte ich zwar nicht sehen, aber ich bin mir trotzdem zu einhunderttausend Prozent sicher. Tja, mein lieber Tjark, ich bin doch der Beste.

Überlegen grinsend hebe ich den Blick von meinem Smartphone. Auch wenn die Kameras keinen Ton übertragen, verraten die Aufnahmen doch alles.

Selbstherrlich lehne ich mich weiter in dem knarzenden Bürostuhl zurück und überkreuze die Füße auf dem klapprigen Tisch.

Vor mir höre ich vom ausgetretenen Teppich aus wieder dieses nervige Gestöhne und Gemurmel. *Kann sie nicht endlich ihren Rand halten!*

So kann sich ja keiner über seinen ausgeklügelten Schachzug freuen. Ich bin eben der Geilste. Zwar würde ich Divina selbst trösten, sie wieder in meine Arme schließen, glücklich machen und ihr endlich beweisen wollen, dass Dalius nicht gesiegt hat, wenn sie nicht Tjark lieben würde. Sie ist Hals über Kopf in ihn verschossen. Diese verliebten Blicke, die sie ihm immer wieder heimlich zuwirft, sind mir natürlich nicht entgangen. Ich wünschte, sie würde mich so ansehen.

Aber ich bin mir sicher, irgendwann treffe ich noch auf die Richtige. Die Kleine im Hotel, die mir mehrfach eine gescheuert hat, hatte auf jeden Fall ihre Reize. Und zwei sehr pralle Argumente, um sie wiederzutreffen.

Aber scheiße … Kiew. Das ist am Arsch der Welt. Ich bin kein Freund von Fernbeziehungen oder sich während eines Videochats einen runterholen. Trotzdem habe ich ihre Nummer. Ich könnte sie verschleppen, entführen und, nachdem sie sich ihr Handgelenk nach ihren Ohrfeigen mächtig verstaucht hätte, weiter austoben lassen. Der Gedanke gefällt mir und lässt mich breit grinsen.

Zwischen den Fingern drehe ich ein Butterfly, während ich das Handy zurück auf den Tisch lege. Tjark und Divina verlassen den Whirlpool wieder. Vermutlich wird sie sich erst mal zurückziehen und er unter der Dusche Druck ablassen. Zu beneiden ist Tjark nicht gerade. Aber er strengt sich an, lehnt sie nicht ab, bestraft sie nicht, lässt nicht seinen Ärger auf sich oder mich an ihr aus. Also spürt er es. Diese Verbindung zu ihr.

Ein fieses Stechen nistet sich in meiner Magengegend ein. Dass ich nicht eifersüchtig bin, kann ich nicht behaupten. Wenn er es wirklich vermasselt, werde ich mir Divina schnappen. Das ist seine letzte Chance.

Wieder höre ich das wütende Gemurmel und Schnaufen, das mir echt auf die Nüsse geht. Während ich die gesamte Zeit zur rissigen Decke aufgeblickt und die Klinge zwischen den Fingern gedreht habe, fällt mein Blick nun auf die halb nackte Frau vor mir. *Stimmt, da war noch was.*

»Polinchen, mein Schatz. Ist dir etwa kalt?«, verarsche ich sie mit einem diabolischen Grinsen. »Ich weiß, sie haben die Heizung vor fünf Jahren in dieser alten Schule abgestellt. Zu dumm, dass der Hausmeister, der das Problem beheben könnte, nicht da ist.«

Wütend funkelt sie mich mit ihren wasserblauen Augen an. Nur in ihrer weißen Spitzenunterwäsche hockt sie mit einem Knebel im Mund und an den Handgelenken und Füßen zusammengeschnürt auf dem alten Teppich. Wir befinden uns im Büro des ehemaligen Schulleiters. Hier bin ich zur Schule gegangen. Kurz nachdem ich meinen Abschluss in der Tasche hatte, schloss diese Bildungsstätte. An mir lag es bestimmt nicht. Als Junge und Teenie war ich zwar der Klassenclown, aber sicher nicht allein an den nächtlichen Einbrüchen, die die Schule ein Vermögen gekostet hat, beteiligt.

Wieder knurrt und faucht sie irgendwelche Wortfetzen wie:

»Ich bring dich um!«

»Lass mich frei!«

»Du Wichser!«

»Ich hasse dich.«

Genervt verdrehe ich die Augen. Sie sollte sich mal etwas Interessanteres ausdenken wie:

»Ich versohle dir deinen sexy Hintern.«

»Ich zeig dir, wo es langgeht.«

»Willst du, dass ich alles von mir zeige, dann zieh dich aus.«

Das würde mir gefallen. Denn ich gebe zu, ich mag Frauen, die nicht auf den Mund gefallen sind und eine dominante Ader haben. Es macht noch mehr Freude, ihren Stolz zum Schmelzen zu bringen.

»Weißt du, was vielleicht helfen könnte, damit dir wärmer wird?«, frage ich sie, hebe die Boots vom Tisch und richte mich mit der Klinge in der Hand im Stuhl auf. Wie eine Wildkatze funkelt sie mir mit ihren großen Augen entgegen.

»Ich könnte dir ein paar hübsche Schnitte verpassen. Die Wunden brennen so sehr, dass dir von ihnen ganz wohlig warm ums Herz wird. Wie siehts aus? Du bist doch Schmerzen gewohnt, mein Sonnenscheinchen.« Hinter ihr bleibe ich stehen, greife in ihr volles rabenschwarzes Haar, das vollkommen zerwühlt ist, und hebe ihren Kopf höher. Die Schneide setze ich unter ihrem Kiefer an. »Wo fangen wir nur zuerst an? Ich bin mir gar nicht sicher. Verunstalten wollte ich dich eigentlich nicht. Sei froh, dass ich mich so sehr für dich eingesetzt habe. Ginge es nach Rysand, legest du bereits mit einem Kopfschuss in der Memel und würde dein Körper Richtung Kaunasser Meer treiben. Aber ich denke …« Vorsichtig hebe ich die Klinge an und zerre ihren Kopf in den Nacken, damit sie mir mit dem Knebel zwischen den Zähnen ins Gesicht schaut. »Du warst auch nur ein Opfer von Dalius, habe ich nicht recht?«

Nun halte ich die Spitze der Klinge direkt über ihr rechtes Auge und grinse süffisant.

Skeptisch kneift sie die mandelförmigen Augen, um denen verschmierter Mascara klebt, zusammen. Zumindest nickt sie nicht eifrig und belügt mich. Doch die blanke Panik ist in ihren schönen Augen zu erkennen. Bisher hielt sie mich nur für Tjarks Entertainer, der jeden seiner Befehle ausführt. Aber jetzt ist er nicht hier, kann sich an nichts erinnern, und ich kann mich endlich an dem Püppchen, das uns viel zu lange an den Fersen geklebt hat, austoben.

»Trotzdem hast du ihn in eine hinterhältige Falle gelockt. Du kamst nie richtig von Dalius los. Ich verstehe nicht, was ihr Frauen an diesem aufgeblasenen Narzissten gefunden habt. Er hat euch nur ausgebeutet, euch mit seinen Worten angefüttert und letztendlich an Kunden verfüttert.«

Ihre Lippen beben, während sie die Brauen verängstigt zusammenzieht und den Kopf schüttelt.

»Du hast dich für den falschen Weg entschieden. Wärst du von Anfang an ehrlich gewesen, hätten wir dir sicher wie Divina unseren Schutz angeboten, stattdessen hast du uns monatelang ausspioniert, wolltest, dass Tjark einen Deal mit Dalius eingeht, und hast ihn beeinflusst. Mutig finde ich das schon. Vor allem, als dir doch klar geworden sein musste, dass du ihn bereits nach Wochen gelangweilt hast. Trotzdem hast du nicht aufgegeben, sogar Divina nachts bedroht und dich anschließend mit Alex zusammengeschlossen. Solch ein abtrünniges Pack hat nichts weiter verdient, als selbst so behandelt zu werden, wie Dalius Tjark und Divina behandelt hat.« Schnell ziehe ich die Klinge über ihrem

Auge zurück, was sie schreckhaft aufkeuchen lässt. Stattdessen gehe ich in die Knie, umfasse ihre Schulter und schiebe ihr Haar zurück. Das ehemalige Tattoo, das sie wie Divina trug, ist nicht einmal mehr ansatzweise zu erkennen.

»Das wird kurz wehtun, Polinchen. Aber wir verpassen Frauen keine Tätowierungen, sondern …« Ich umfasse ihren Nacken, beuge sie nach vorn und setze die Klinge unterhalb ihrer rechten Schulter an. »Schenken ihnen Rosen.«

Sie schreit in dem Knebel auf, während ich lache. Blut rinnt über ihren schneeweißen Rücken hinab, als ich ihr konzentriert eine Rose einritze. Obwohl sie sich anfänglich unter meinem Griff windet, mir ausweichen will, hält sie irgendwann ruhig.

Vermutlich checkt sie, dass die Klinge ansonsten versehentlich zwischen ihren Rippen landet. Selbst einem talentierten Künstler passiert mal ein Fehler, nicht wahr?

Sie kann sich glücklich schätzen, keine so hässlichen Narben wie Divina oder Tjark davonzutragen.

Sie umbringen? Nein. Sie wird sich schon einer OP unterziehen müssen, damit diese Schnitte jemals verschwinden.

Aber ich halte mein Kunstwerk für ausgesprochen gelungen. Etwa handgroß prangt einige Minuten später eine blutende Rose auf ihrem Schulterblatt. Die Schnitte sind nicht tief, aber tief genug, dass sie die nächsten Tage kaum auf dem Rücken liegen kann.

»Sieht zauberhaft aus, Hübsche. Ich finde, mir ist kein Geschenk für eine Frau besser gelungen«, raune ich ihr ins Ohr, spüre, wie ihr Körper zittert und sie die

Finger in die Seile krallt. Sie keucht und heult, als hätte ich ihren Stolz herausgeschnitten.

»Am besten, du ruhst dich etwas aus und kannst uns dann verraten, wo sich Miron aufhält. Falls es dir nicht einfallen sollte, schenke ich dir weitere Rosen. Auf deinem Oberschenkel würden sie sich gut machen.«

Ich fahre über ihr makelloses Bein. »So zarte Haut schneide ich am liebsten«, mache ich ihr noch mehr Angst, lache amüsiert und erhebe mich.

Anschließend gehe ich auf den Schreibtisch zu, der von Staub und alten Papieren bedeckt ist. Ich ziehe mehrere Schubfächer auf, bis ich Klebeband finde, schnappe es mir und hole vor Polina ein frisches Stofftaschentuch aus der Parkatasche.

»Eigentlich hast du es nicht verdient, aber ich will nicht, dass du jetzt schon krepierst.« Daher lege ich das frische Taschentuch auf ihre Schulter, schneide mit der Klinge ein Stück vom Tesaband ab und befestige das Tuch über der Rose. Anschließend werfe ich die Klebebandrolle zurück zum Schreibtisch, ziehe meinen Parka aus und lege ihn über ihre Schultern.

Ohne den Mantel abzuschütteln oder weitere Aufstände zu machen, schaut sie zu mir mit verheulten roten Augen auf. Ich gehe wieder zum Schreibtisch, schnappe das Handy und ziehe den Schal in meinem Gesicht höher. Es ist wirklich scheißekalt geworden.

Aber solange sie sich nicht kooperativ zeigt, kann sie sich die Zehen abfrieren.

»Warte hier. Rys wird dich als Nächstes besuchen«, sage ich ausdruckslos. Denn meine Zeit ist um. Ich befürchte, seine Befragung wird sie nicht nur wimmern lassen. Er ist da knallhart und würde sogar Frauen Schmerzen zufügen, um an sein Ziel zu kommen.

Als ich die Tür erreiche, höre ich sie hinter mir komische Geräusche machen und die nuschelnden Worte: »Bleib hier. Nicht, Rysand.«

»Ich wusste, du würdest meine charmante Art zu schätzen wissen. Aber tut mir leid. Du hast dich nicht bemüht und mir nicht die Antworten auf meine Fragen gegeben, die ich hören wollte. Somit übernimmt er. Mal sehen, ob ich später überhaupt noch eine unversehrte Stelle an deinem Körper finde, um dir eine Rose zu schenken, Polinchen.«

Wo sie sich zuvor erstaunlich lange zusammengerissen hat, schüttelt sie nun vehement den Kopf und versucht sich mit zusammengebundenen Füßen aufzurichten, was natürlich nicht funktioniert. Ihre Hände liegen auf dem Rücken zusammengebunden. Sie könnte sich nirgendwo hochziehen oder die Balance halten.

Mit einem amüsiert fragenden Blick beobachte ich ihre Versuche, um mir zu folgen. Ich mag anhängliche Frauen, bis sie mich letztendlich doch irgendwann nerven.

»Jetzt hast du meinen Mantel verloren. Da leiht man dir etwas und du weißt es nicht zu schätzen.« Gespielt angepisst gehe ich an ihr vorbei, hebe den Mantel vom Boden, klopfe den Staub von ihm und höre ihr Gemurmel.

»Lass mich kurz sprechen.« Irgendwas in der Art sagt sie.

Ich stöhne gelangweilt, bevor ich ihr den Knebel aus dem Mund zerre. Er trieft vor Speichel. Sofort holt sie tief Luft, als stände sie kurz vorm Ersticken.

»Was?«, blaffe ich sie an.

»Nojus, gib mir einen Moment.«

»Ich scheiß drauf. Bis gerade eben war ich noch freundlich. Gehst du mir auf die Nerven, helfe ich Rysand sehr gerne beim Verhör.«

Verärgert kneife ich die Augen zusammen. Dieser Bitch ist doch nicht zu trauen.

»Okay, ich sag dir alles, aber danach lässt du mich gehen.«

»Bist du so blöd? Du wirst nirgendwohin gehen«, erkläre ich ihr und hocke mich vor ihr hin, allerdings in einem gesunden Abstand, nicht, dass sie mir ihre Stirn gegen das Kinn rammt.

»Was wollt ihr dann mit mir machen?«, will sie wissen und scheint so richtig die Hosen voll zu haben. Genau so wollte ich sie sehen.

»Ist nicht meine Entscheidung. Das entscheidet Tjark. Aber so wie es aussieht, dauert es noch, bis er Zeit findet. Er ist gerade mächtig beschäftigt.« Nun kann ich mir mein überlegenes Lächeln nicht verkneifen. Sie holt zittrig Luft, senkt anschließend das Gesicht und sagt:

»Ich kann dir nicht genau sagen, wo sich Alex, Artjom und Miron aufhalten. Ich vermute jedoch ganz in der Nähe von Tjark. Obwohl Miron seinen Vater selten sah, wird er sich rächen wollen.«

»Weiter«, knurre ich genervt, umfasse ihr Kinn und halte es fest, damit sie mich ansieht. Ich kann in den Augen anderer meistens ablesen, wann sie lügen.

»Dalius besitzt ein Haus in Klaipėda. Ich war einmal da. Vermutlich halten sie sich dort auf oder beschatten euch weiter … Ich weiß es nicht.« *Weiß sie es wirklich nicht?*

Was soll mir diese Info nützen? Den Idioten gelang es bereits heute Morgen, das Haus von Tjark und Divina aufzusuchen. Zwar haben wir ihnen die Fährte gelegt, dennoch sind nicht alle aufgekreuzt. Uns fehlt Miron. Wenn er sich nicht zeigt, werden wir ihn nicht so einfach finden.

»Du weißt es nicht … Zu schade, Polinchen. Dann bist du nutzlos.« Geschmeidig erhebe ich mich vor ihr und blicke auf ihren zitternden Körper hinab. In meinem grauen Pullover verschränke ich die Arme vor der Brust und schaue aus dem Fenster des Büros.

Wenn Dalius' Sohn clever wäre, würde er untertauchen und sich verkriechen. Alex ist bereits Geschichte und um diesen Artjom steht es nicht sonderlich gut.

Ich habe mir vorhin mehrmals die Videoaufnahmen von heute Morgen angeschaut. Als Divina das Badezimmer verließ und im Wohnraum diesen Artjom am Fenster stehen sah, wirkte sie, als hätte sie einen Geist gesehen. Dieses Schwein muss dabei gewesen sein und sie misshandelt haben, ansonsten hätte sie nicht so reagiert.

Als ich Arūnas davon erzählte, schnappte er ihn sich zuerst. Derzeit hält er ihn im Keller des Anwesens der Familie Vītols fest. Er ist der felsenfesten Überzeugung, dass Tjark entscheiden soll, was mit ihm passiert. Arūnas meint sogar, dass es Tjark helfen könnte, indem er sich diese Hackfresse vornimmt.

Doch solange er sich an nichts erinnern kann, wird er ihn sich auch nicht vornehmen. Ich hätte es verdammt gern gesehen, dass neben Artjom auch Miron auf Tjarks Rückkehr wartet. Auf das Schauspiel würde ich mich am meisten freuen. Doch bis Weihnachten sind nur noch fünf Tage.

Solange wir diesen Penner nicht aufspüren, wird sich Tjark wohl bloß an Artjom austoben dürfen – und das nur, wenn er sich endlich erinnert. Wenn die Aktion mit dem Haus schiefläuft, gehen mir wirklich die Ideen aus.

»Könnte ich bitte …«, reißen mich die Worte von Polina aus den Gedanken, »die Jacke … es ist so verdammt kalt.« Sie schaut zu meinem gefütterten Parka, der sich schräg hinter ihr befindet.

Nie sah ich sie so demütig und kleinlaut. Für gewöhnlich hält sie sich für die Klügste, Schönste und Geilste. Doch jetzt, da sie nur noch in Unterwäsche zusammengekauert wie ein zitterndes Kätzchen vor mir hockt, scheint sie ihren Stolz abgelegt zu haben. *Clever, denn ansonsten überlebst du das hier nicht, Polina.*

»Nur weil du Bitte gesagt hast.« Ich löse die Arme vor der Brust und hauche im Gehen meine Hände an. Es wird immer kälter, und wenn ich ehrlich bin, glaube ich nicht, dass die Jacke genügt, um sie vor dem Erfrieren zu schützen.

Ich lege ihr den Mantel um und stülpe die Kapuze über ihren Kopf.

»So. Und jetzt zappel nicht mehr rum, ansonsten rutscht meine Jacke wieder runter. Ein weiteres Mal hebe ich sie nicht auf.« Mein harter Blick geht in einen weichen über, als sie nickt, leise mit bebenden Lippen seufzt und ihren Kopf gesenkt hält. Also entweder tut sie jetzt nur auf arme verletzte Seele, die sich in ihr Schicksal fügt, oder aber sie heckt etwas aus. So richtig durchschaue ich sie nicht.

Plötzlich klopft es an der Tür, die bereits offen steht. Rysand steht im Türrahmen mit seinem Killerblick, der selbst mir imponiert.

»Ich kümmere mich um sie. Hol dir was zu essen, Nojus.«

In seiner schwarzen Sportjacke, seinen schweren Boots und dunklen Hosen sticht sein dunkelblondes Haar im immer dunkler werdenden Raum hervor.

Sofort schnellt Polinas Gesicht hoch und ihr Blick trifft meinen. Ohne einen Ton über die Lippen zu bringen, schüttelt sie den Kopf, kauert sich noch mehr unter meiner Jacke zusammen und versucht es auf die Mitleidstour.

»Tut mir leid«, sage ich leise, wende mich von ihr ab und gehe auf Rysand zu, um ihm die Worte: »Jag ihr Angst ein, aber zerstör sie nicht«, zuzuraunen.

Er lacht dunkel. »Ich verstehe mich in meinem Job bestens, Nojus. So wie es aussieht, hat sie dich weichgekriegt.«

Nein, das nicht. Aber ich will nicht solch ein Arsch sein wie die, die Divina wie ein Stück Vieh misshandelt und vergewaltigt haben, sich an ihr austobten und ihr ihre Würde und ihr Selbstvertrauen genommen haben.

Ein letztes Mal schaue ich zu Polina, die mich verzweifelt anstarrt und dann zu Rysand blickt, der nun die Tür hinter sich schließt.

Ja, okay, Rys hat recht, ich bin kurz weich geworden. Fuck!

7

TJARK

Als Divina sich im Bad abduscht, klingelt es an der Haustür. Ich streife einen Morgenmantel über und lasse die Stufen hinter mir. Endlich. Meine verdammte Munition. Mit noch feuchtem Haar schaue ich durch die milchige Scheibe, erkenne einen dunklen Geländewagen, der mir ziemlich vertraut vorkommt, und sehe eine schmale und kleinere Person vor der Tür.

Als ich die Haustür aufreiße, befindet sich dahinter eine breit lächelnde Oriana mit einem schwarzen Paket in den Händen. *Ist sie allein?*

»Hallo, mein Schatz. Zeit für deine Belohnung«, begrüßt sie mich.

»Wirklich? Warum bist du dann nicht schon nackt?«, ziehe ich sie auf und schaue an ihrem grauen Pullover, der schwarzen eng anliegenden und pelzbesetzten Weste hinab, zu ihren engen Jeans und kniehohen Stiefeln. Oriana trägt ihr hellblondes Haar zusammengebunden und schenkt mir ein noch breiteres zähnezeigendes Lächeln, bevor sie mir ihre kleine Faust in den Magen rammt.

»Soll ich nächstes Mal Rys vorbeischicken?«

»Ach, ein Versuch war es wert.« Ich hebe meine Hand zu ihrer Wange, während sie eisige Wölkchen ausstößt. Sie schlingt ihren rechten Arm um meinen Nacken, zieht sich auf die Zehenspitzen und küsst mich. »Sie sagen, dass du dich bisher immer noch nicht erinnern kannst. Stimmt es?«

»Solange ich mich an dich erinnern kann, bin ich zufrieden«, antworte ich charmant, streichele ihren Hals unter ihrem Kinn höher und küsse ihren Mundwinkel. Dabei blinzele ich und sehe drei bewaffnete Männer im Mercedes G-Klasse sitzen, die sicher verhindern sollen, dass ich den Wagen stehle und das Haus verlasse.

»Das ist für dich. Außerdem befindet sich darin eine weitere Nachricht. Sie ist von mir.« Plötzlich huschen Orianas blaue Augen an mir vorbei zur Galerie hoch. »Gib nicht auf und nutze deine Zeit«, rät sie mir. »Rysand hat auch nicht aufgegeben.«

»Ich weiß. Ich gebe mein Bestes. Wo steckt er gerade?«

Oriana weicht meinem Blick aus, als ich ihr das etwa schuhkartongroße Paket abnehme. »Er musste sich um eine wichtige Sache kümmern. Du musst davon nichts wissen.«

Wieso nicht? »Sag es.«

»Nein. Es ist zu deinem Besten. – Hallo, Divina! Ich weiß, es ist eine Weile her, seit wir uns das letzte Mal gesehen haben, aber ich denke, du kannst dich noch an alles erinnern!«, ruft Oriana mit einem schalkhaften Seitenblick zu mir in Divinas Richtung und winkt ihr zu.

Als ich mich umdrehe, verschwindet Divina,

nachdem sie »Hallo, Oriana« gepresst hervorgebracht hat. Das gefällt mir nicht.

»Sie mag mich nicht«, sagt Oriana enttäuscht. »Ich kann auch verstehen warum.«

»Wer könnte dich nicht mögen?«, frage ich rhetorisch, als ich mich zu ihr drehe. »Meinetwegen kannst du auch die nächsten Aufgaben vorbeibringen.« Bevor Oriana zurücktritt, schnappe ich mir ihren Unterarm und ziehe sie zu mir.

»Tjark, nein. Die Zeiten sind vorbei. Trotzdem liebe ich dich.« Erneut lächelt sie verführerisch, hebt sich an mir hoch und küsst meine Wange. »Amüsiert euch.« Nun wandert ihr Blick auf den Karton.

Bevor ich sie noch mehr fragen kann, dreht sie sich um und verlässt mit einem wippenden blonden Pferdeschwanz die Auffahrt. Merkwürdig, dass ich mich an jeden Moment mit Oriana erinnern kann, nicht aber an Divina.

Nachdenklich schließe ich die Tür mit dem Karton unter den Arm geklemmt und steige wieder die Stufen hoch.

»Divina?«, rufe ich sie, aber erhalte keine Antwort. Genervt stöhne ich und öffne im Gehen die Schachtel. Es sind zwei dunkle Briefumschläge enthalten. Auf einem steht Divina, auf dem anderen Tjark. Da ich diese Handschrift kenne, weiß ich, dass Oriana die Aufgaben verfasst hat.

O Mann, ich kann mir vorstellen, wie sie ein Komitee zusammengetrommelt haben, alle an einem runden Tisch saßen und sich die bescheuertsten Aufgaben ausgedacht haben, während sie halb besoffen waren.

Unter dem Kuvert befindet sich Unmengen schwarzes Füllmaterial und darin eine Box. Auf der Galerie angekommen, gehe ich in die Knie und hole die Dose hervor, in denen sich die Patronen befinden müssen. *Endlich.* Jetzt würde ich zu gern wissen, welchen Bonus wir erhalten haben.

Ich taste den Karton weiter ab und hebe anschließend eine lange Reihe Kondome hervor.

Ein Scherz, oder? Oder nicht? Ich habe nirgendwo im Haus Gummis gesehen. Egal, was haben sie noch?

Divina erscheint in dem Pullover, den ich ihr gegeben habe, und Wollstrümpfen, geht vor dem Karton in die Knie und schnappt sich ihren Brief. Den Patronen schenkt sie keine Aufmerksamkeit. Stattdessen weicht sie meinem fragenden Blick aus, erhebt sich und verschwindet nach unten.

»Hallo? Redest du noch mit mir?«, rufe ich ihr hinterher.

Was hat sie jetzt?

Ohne einen Mucks von sich zu geben, verzieht sie sich in den Wohnbereich, was ich durch das Glasgeländer beobachten kann. Dabei lief es vorhin gar nicht mal so übel.

Auf dem Treppenabsatz schnappe ich die Patronen und betrachte sie näher. Ich habe zwölf Stück. Danke, Rys, wie großzügig von dir. Hoffen wir, dass wir sie nicht brauchen. Als ich im Karton weitersuche, finde ich sogar eine zweite Box mit weiteren Patronen für eine Magnum. Darin sind wesentlich mehr Patronen enthalten. Als ich sie öffne, finde ich eine Nachricht an den Deckel geklebt.

Zeig doch Divina, wie es geht.
Aber bleibt am Leben.
Rys

Ich schnaube verächtlich. *Sein Scheißernst?*

Gerade sieht es so aus, als würde sie mich erschießen, wenn sie eine geladene Waffe in den Händen halten würde.

»Hey, rede mit mir, wenn ich dich rufe!«

»Bin ich dein Hund oder was?«, erhalte ich als Antwort und höre anschließend den Fernseher laufen sowie das Rascheln von Papier.

Sie scheint den Brief zu lesen. Ich sollte meine nächste Aufgabe auch lesen, bevor sie ihre vor mir erfüllt.

Mit einem mulmigen Gefühl lege ich die Patronen zurück, falte das schwarze Kuvert auf und lese die Nachricht.

Gut gemacht, Tjark. Als Bonus erhältst du zwölf Schuss.
Nicht nur für deine Waffe :D
Gehe also mit Bedacht um und verschiess dein Pulver nicht am ersten Tag. Wobei 12 Schuss!!!
Puh … Dann würdest du meinen Rekord brechen. So gut in Form bist du dann doch nicht. Anregende Stunden.
Arūnas

PS: Die extrafeuchten sind von Oriana. Die mit Noppen von Rysand und die mit Orgasmusgarantie von mir.

Dieser Arsch! Er meint es also ernst. Zwölf Kondome sind mein Bonus. Das nächste Mal werde ich mir Aufgaben für ihn ausdenken, sollte er sich irgendwann in seinem Leben für eine Frau entscheiden. Dann werden wir sehen, wer zuletzt lacht.

Mehr steht nicht auf der Karte. Scheint wohl, als hätte Divina die nächste Aufgabe erhalten. Am besten, ich verstecke die Kondome im Nachttisch, bevor Divina sie entdeckt und denkt, ich würde sie sofort überfallen.

Als ich sie in der obersten Schublade verstaut habe, schnappe ich die Boxen mit den Patronen, hole aus dem Flur die Sig und aus dem Sidebord im Essbereich die Magnum. Divina liest ihre Karte, während *Two Broke Girls* im Fernsehen läuft. Sie weiß schon, was sie sich da reinzieht?

Am Esstisch lege ich die Waffen ab, löse die Magazine aus dem Griff und befülle sie. Immer wieder schaue ich zu Divina, die jetzt weint. Was für eine schreckliche Aufgabe wird sie wohl erhalten haben? Strippen? An einer Pole tanzen? Einen Blowjob?

Als sie zu mir sieht, weiche ich rasch ihrem Blick aus und setze die befüllten Magazine ein.

Frauen hassen es, wenn man sie beim Heulen erwischt. »Wie sieht es aus, hast du Hunger, mein Liebling?«

»Nein.« Warum nur habe ich die Antwort erwartet? Okay, dann mache ich uns trotzdem etwas. Es ist nun schon weit nach 18.30 Uhr. Die Mittagszeit ist längst vorbei. Aber da wir erst kurz nach 14 Uhr gefrühstückt haben, ist der Tag ohnehin ein reines Durcheinander.

Während ich die Box mit den übrig gebliebenen Patronen der Magnum wieder schließe, sehe ich aus den Augenwinkeln, wie etwas auf dem Feld etwa fünfzig Meter von uns im Schnee errichtet wird. Sofort kneife ich die Augen zusammen, als ich begreife, was das wird.

Ohne ein Wort zu verlieren, gehe ich zum Fenster. Verdammt, würde ich nicht diesen schwarzen Morgenmantel tragen, könnte ich zu ihnen rennen.

»Lasst den Scheiß!«, rufe ich zu Arūnas.

»Wieso? Du kannst ein Training gebrauchen! Tobt euch aus!«, antwortet er und winkt wie ein Blödmann mitten im Schnee neben der Schießscheibe. Solche Idioten. Es ist schon stockdunkel. Hätte ich das Leuchten ihrer Taschenlampen und das der Scheinwerfer nicht gesehen, hätte ich wohl nicht gemerkt, dass sie die Scheibe aufstellen.

»Zuvor nutz deinen Bonus!«

»Du Arsch!«, brülle ich zurück.

Statt zu antworten lacht er nur blöde. »Ich kann das Blümchen auch pflücken, du kennst mich.« Es reicht. Bevor ich mit ihm weiter über eine Distanz von fünfzig Metern brülle, schließe ich verärgert das bodentiefe Fenster.

Divina steht am anderen Fenster und beobachtet die

Schwachmaten, die anscheinend nichts Besseres zu tun haben, als diesen Blödsinn zu planen.

»Was ist daran blöd, dass du Schießübungen durchführen sollst?«, fragt sie mich mit noch geröteten Augen. Weil ich sie mit ihr durchführen soll. Das ist das Problem. So unkonzentriert wie sie öfter ist, halte ich das für keine gute Idee. Hinterher schießt sie noch mich an.

»Egal, mein Liebling. Was hast du für eine Nachricht bekommen?«, frage ich sie neugierig.

»Sie ist von Oriana. Außerdem soll ich heute Abend kochen, nicht du.« Aber sie sieht nicht aus, als hätte sie Lust darauf. »Was war der Bonus?«

Soll ich es ihr echt sagen? »Kondome, was sonst.«

Sie starrt mich nur an. *Was? Ich belüge sie nicht. Es war nicht meine Idee.*

»Sie meinen es wirklich ernst.« Divina zieht die Pulloverärmel über ihre Hände und geht an mir vorüber in die Küche.

»Es ist ein Bonus, keine Aufgabe. Keine Sorge, es stand mit keinem Wort dort, dass wir sie benutzen sollen.«

Ich folge ihr in die Küche, als sie sich umdreht und mich aufhält. »Heute Morgen hast du mich rausgeworfen, jetzt wirst du warten müssen. Ich weiß schon, was ich kochen kann.«

Aber sie sieht nicht glücklich darüber aus, es zu tun.

»Was ist los?«, will ich wissen, schiebe ihre ausgestreckten Arme herunter und beuge mich zu ihr hinab. »Seit Oriana aufgekreuzt ist, benimmst du dich anders. Sag schon. Ich weiß, wenn eine Frau etwas beschäftigt. Und sag nicht: Es ist nichts.«

»Nein, es ist alles gut.«

»Lüge. Jetzt spuck's aus!«, bestehe ich auf eine Antwort, treibe sie tiefer in die Küche und ignoriere ihr Kopfschütteln und die mickrigen Versuche, mich aus der Küche zu verbannen.

»Okay, was ist das mit ihr? Stehst du auf sie?«

»Was?«, rutscht es mir heraus.

»Ihr küsst euch. Ich habe es nicht zum ersten Mal gesehen. Sie musste dich sogar selbst von sich schieben, damit du sie loslässt. Und sie liebt dich. Was soll das? Warum sind wir dann hier?«

Ah, ich verstehe. Sie ist tatsächlich eifersüchtig. Langsam setze ich einen Schritt zurück, senke das Gesicht und lache.

»Oriana ist unsere letzte WG-Mitbewohnerin aka ehemalige Gespielin aka Rysands Frau. Uns verbindet eine tiefe Freundschaft, aber ich liebe sie nicht. Nicht wie …« Fast hätte ich Austeja gesagt. »Nicht wie man nur diese eine Frau liebt, verstehst du das? Sie ist wie eine jüngere Schwester für mich, aber bis auf den Austausch eines Kusses und lockeren Neckereien absolut tabu. Arūnas versucht es immer wieder, aber Rys teilt nicht mehr, was ich für clever halte angesichts der Tatsache, dass sie ein weiteres Kind wollen.« Ich muss leise lachen bei der Vorstellung, Arūnas hätte mit Oriana ein Kind. Ich glaube, Rysand würde ihn vierteilen. »Also mach dir darüber keine Sorgen.«

Als ich in ihre ozeanblauen Augen blicke, sehe ich aber, dass es sie beschäftigt. »Ich glaube dir.«

Sie wischt sich über ihr Gesicht und dreht sich anschließend wieder zum Herd der modernen Küche um.

»Wenn du darüber reden willst, ich höre dir gern zu.« Stur schüttelt sie den Kopf.

»Nein, du hast es ja erklärt. Wenn es für dich so in Ordnung ist, ist es das für mich auch. Dann wundere dich aber nicht, falls irgendwann der Tag kommen sollte und ich Rysand küsse.«

Mit dieser Antwort hätte ich nicht gerechnet. Als ich die Worte höre, öffne ich überrascht den Mund. »Nein. Das wird nicht passieren.«

»Bist du dir sicher?«, hakt sie nach, ringt sich zu einem Lächeln durch, als sie über die Schulter schaut und ihre Brauen in die Stirn zieht.

»Du kennst Rysand nicht«, antworte ich nur und verlasse die Küche.

»Glaub mir, Tjark, ich habe so ziemlich jede Sorte Mann kennengelernt. Ich kenne sie alle.« Plötzlich kommt es mir vor, als würde ein Blitz in mich einschlagen. Aber sie hat recht. Ich will nicht wissen, mit wie vielen Männern sie schlafen musste. Wenn es drei Tage die Woche je drei Männer am Abend knapp fünf Jahre so lief, wird sie mit mehr als 2400 Männern geschlafen haben. Sie wird jeden Typ Kerl kennengelernt haben. Von dem schüchternen Weichei über den geschniegelten Bonzen bis hin zu den Sprücheklopfern.

Allein daran zu denken, gefällt mir nicht. Warum nicht? Wir sind nicht zusammen.

»Streng dich beim Kochen an«, sage ich angefressen und schließe die Schiebetür hinter mir.

Was zur Hölle war das gerade eben!

8

DIVINA

Ich weiß, dass er es nicht hören will, aber es ist so. Wenn ihn meine Vergangenheit eiskalt lassen würde, hätte er einen lockeren Spruch zurückgelassen. Aber ihn so abziehen zu sehen, beweist mir, dass es ihm nicht gleichgültig ist.

Natürlich würde ich diesen Rysand niemals küssen. Nicht, nachdem er mir im Krankenhaus unterstellt hat, eine Spionin zu sein. Aber mich macht der Gedanke krank, wie Tjark so unbeschwert und ungehemmt mit Oriana flirtet. Sie ist für ihn nicht wie eine Schwester.

Er hätte sie am liebsten ins Haus gezerrt und vermutlich mit seiner charmanten Art um den Finger gewickelt. Und ihn hat es nicht gestört, dass ich hier bin. Diese verfluchte Eifersucht ist mir verdammt neu! Auf Dalius' Geliebte und andere Huren war ich nie wirklich neidisch oder eifersüchtig. *Warum auch? Meistens bevorzugte er mich. Nur mich!*

Und jetzt spüre ich mit voller Wucht, wie es sich anfühlt, bloß die Nummer zwei zu sein. Wütend umfasse ich die Griffe des Kochtopfs, bevor ich ihn etwas zu laut auf das Ceranfeld stelle.

Oriana sieht so perfekt aus. Sie ist voller Esprit und Lebensfreude, strahlt ohne Ende und hat ein umwerfendes Aussehen. Wie soll ich da mithalten! Besonders jetzt!

Verdammt … ich will mir darüber keine Gedanken machen, da ich immer nur ein Gegenstand war, man mir Geld gab und ich Dienste zu verrichten hatte. So lief es immer ab. Jeder wollte nur mein Äußeres kaufen. Jetzt, da ich nicht mehr mein Aussehen wie früher besitze, ist mein Wert dermaßen gesunken, dass ich nur noch als Gespenst in der Dunkelkammer eine Chance habe.

Und dann schreibt sie mir einen Brief. Ich will ihn nicht lesen. Ich kenne sie kaum.

Aufgekratzt schalte ich das Ceranfeld an und tippe auf die sieben, bevor ich zum Kühlschrank gehe und Kartoffeln hervorkrame. Anschließend schäle ich sie und muss aufpassen, mich nicht zu schneiden.

Ich kann mich noch an den Abend erinnern, als mich Leonas im Keller fast erwürgt hätte und ich wenige Stunden später nackt am Tisch neben Tjarks Stuhl knien musste, während die feinen Gäste am Tisch saßen. Auch Oriana.

Wenn ich bloß an Tjarks Strahlen denke, als er mit ihr an der Tür sprach …

»Verdammte Scheiße!«, meckere ich, als ich mir in den Finger schneide und den Zeigefinger in den Mund nehme.

»Alles in Ordnung?«, höre ich ihn fragen.

»Ja.« *Alles bestens!*

Ich zerteile die geschälten Kartoffeln und werfe sie in den Kochtopf, in dem sich kein Wasser befindet. Ah, nein. Schnell schnappe ich den Topf und halte ihn unters Wasser.

So wie es aussieht, werde ich heute nicht einmal die Zeppeline richtig hinbekommen. Am besten, ich finde einen Weg von hier weg. Diese ganze Aktion ist viel zu sehr erzwungen.

Divina, lass dich ausziehen. Geh mit einem Halsband vor die Tür. Badet im Whirlpool. Lies Orianas Brief. Ihr bekommt Kondome.

Was ist das hier für ein blödes Affentheater!

Tjark wird sich nicht erinnern, da helfen diese Aufgaben auch nichts. Gerade wünschte ich mir, wieder zu Hause zu sein und mich in meinem Zimmer einschließen zu können. Meinetwegen die gesamte Nacht wach auf dem Bett zu hocken und ins Leere zu starren wie die Wochen zuvor auch.

»Soll ich dir wirklich nicht helfen?«, erkundigt er sich.

»Nein, ich komme klar.« Ich habe das Gericht schon so oft gemacht, zuletzt mit Margit. Am besten, ich mache so weiter, bis es Nacht ist und die Lichter im Haus ausgeschaltet sind. Dann wird Nojus auch schlafen und kaum etwas auf den Kameras erkennen können. Dann haue ich ab. Mir bringt das hier nichts. Es ist erst ein Tag vergangen und bereits jetzt bin ich am Ende, werde von einem Trauma ins nächste gehetzt und kann meine Ängste kaum bändigen.

Ich brauche nur vernünftige Kleidung, ansonsten erfriere ich. Ich könnte über die Kleidung, die ich gestern getragen habe, Tjarks Mantel ziehen und dann die

Taschenlampe, die ich heute im Sideboard neben der Waffe gefunden habe, benutzen. Und dann? Sie werden dich wieder bei meinen Eltern aufsuchen.

Ich sage einfach Nein. Sie müssen akzeptieren, dass ich das nicht kann. Ich habe es wirklich versucht, aber nein, es ist noch nicht genug Zeit vergangen. Es liegt auch nicht an Tjark, nur an mir, dass dieses Experiment nicht gelungen ist.

Ich mache mich daran, die rohen Kartoffeln zu reiben, während der andere Teil kocht. Zuerst muss ich vorgeben, dass alles so ist wie bisher.

Daher konzentriere ich mich auf das Gericht, hole Hackfleisch, Zwiebeln und alles, was ich für die Füllung brauche, aus dem Kühlschrank. Ich habe keinen Hunger, aber ich will wenigstens den Anschein erwecken, dass ich die nächste Aufgabe erfülle. Außerdem weiß ich, wie sehr Tjark das Gericht liebt, und ich will es nicht vermasseln. Nicht, wenn es die letzte Mahlzeit ist, die ich für ihn mache.

Nach über einer halben Stunde bin ich fertig, fahre durch mein kurzes Haar und wische über die Stirn. Im Esszimmer habe ich den Tisch eingedeckt und trage nur noch die gekochten Zeppeline auf einem Teller zum Tisch.

»Ich bin fertig.« Irgendwie komme ich mir vor wie meine Mutter, die uns immer zum Tisch ruft, wenn sie mit Kochen fertig ist.

Tjark hält sich irgendwo oben auf. »Komme, mein Liebling.«

Liebling für'n Arsch!

Ich höre seine lockeren Schritte auf der Treppe und ringe mich zu einem Lächeln durch, bevor ich den Wein eingieße und auf meinem Stuhl ihm gegenüber Platz nehme.

Nur in langen Jogginghosen bekleidet, erscheint er am Tisch. Es geht der Geruch von Aftershave von ihm aus. Er muss sich gerade rasiert haben.

»T-Shirt vergessen?«, erkundige ich mich.

»Stört es dich?«

Ohne etwas zu sagen, fülle ich die Zeppeline auf und ziehe anschließend den Sauerrahm zu mir. Während er Platz nimmt und überrascht die Brauen in seine Stirn hebt, habe ich einen Zeppelin aufgefüllt. Das Teil schaffe ich eh nicht.

»Du scheinst mich wirklich gut zu kennen.«

»Nein, es stand in der Aufgabe, dir das Gericht zu kochen«, verarsche ich ihn. *Scheiße. Ich werde echt unfair.*

Als er sich fünf dieser Taschen aufgefüllt hat, kneift er die Augen zusammen, stemmt die Ellenbogen auf und forscht in meinem Gesicht.

»Ich frage dich ein letztes Mal, Divina. Ist alles in Ordnung oder möchtest du mir etwas sagen?«

Schnell weiche ich seinem Blick aus, greife zum Rotweinglas und halte es ihm entgegen. »Alles wunderbar, mein Liebster«, antworte ich ihm mit einem einstudierten Lächeln. Es ist genau das Lächeln, das ich Freiern schenkte, nachdem sie ihren Wunsch äußerten. Egal, welche abartigsten Sachen sie von mir verlangten, das Lächeln darf nicht fehlen, ansonsten kommen sie nie wieder.

»Cheers, auf einen angenehmen Abend.«

Er greift ebenfalls zum Weinglas und stößt an

meines an, bevor ich das Glas in einem Zug leere und dann das Besteck schnappe.

»Ich hoffe, es ist mir gelungen«, füge ich hinzu, damit er keinen Verdacht schöpft.

»Werden wir gleich sehen. Obwohl es aussieht, als wäre es mit Liebe gemacht worden, scheint es wohl nicht so zu sein.«

Er setzt echt eins obendrauf. Sein spöttisches Grinsen kann er sich sparen. Gerade befindet er sich wieder in seinem Arschlochmodus, den ich nur mit einem zweiten Glas Wein ertragen kann.

»Iss zuvor, Divina.« Er umfasst die Flasche, damit ich mir nicht noch mehr einschenken kann.

Mürrisch blicke ich ihm entgegen. »Ich bin erwachsen, Tjark.«

»Gerade verhältst du dich wie ein trotziges Kind, das irgendwas ausheckt.« *Verdammt. Er scheint mittlerweile sehr gut in meinem Gesicht lesen zu können.*

Ertappt atme ich ruhig durch und zerschneide anschließend die Teigtasche. Als ich von ihr abbeiße, trifft mich der Schlag. Zu viel Majoran und noch mehr Salz.

Verdammt, was hab ich gemacht!

Schnell blicke ich zu ihm auf und sehe, wie er es isst. *Nein. Damit blamiere ich mich komplett.*

»Äh, ich sollte vielleicht doch was anderes machen.«

»Wieso?«, fragt er, kaut und verzieht sein Gesicht nicht, aber lächelt verbissen. »Schmeckt doch prima.« Sieht nicht nach prima aus. Selbst das habe ich vergeigt.

Enttäuscht von meinem verpatzten Essen greife ich die Flasche und schütte nach. »Tut mir leid. Ich kümmere mich drum.« Mit dem Glas gehe ich in die Küche, schiebe die Tür zu, exe das Glas und schlage mir anschließend gegen die Stirn.

Was ist nur los? Langsam rutsche ich mit dem Rücken zwischen der Tür und dem Kühlschrank auf den Fliesenboden.

Als ich das Glas auf den Boden abstelle und meine Stirn auf den Knien ablege, höre ich, wie die Tür aufgeschoben wird.

Obwohl ich mir vorstellen kann, dass er mir gleich den nächsten Spruch reindrückt wie »Und ich dachte, du kannst kochen« oder »Hast du schon beim Kochen eine Flasche Wein geleert?«, geht er an mir vorüber, öffnet das Gefrierfach und holt zwei Pizzen hervor. Er packt sie aus, legt sie in den Backofen und stellt ihn auf zwanzig Minuten ein.

Anschließend kommt er zu mir. »Los, steh auf, Divina.«

Als ich mich keinen Zentimeter rühre, stöhnt er genervt.

»Das fängt echt toll an, dabei lief es doch ganz gut. Okay, jetzt lerne ich deine maulige Seite kennen. Die überstehen wir auch.« Unerwartet greift er unter meine Arme, hebt mich in den Stand und wirft mich über die Schulter, sodass ich kurz die Säure des Weins auf der Zunge schmecke.

»Nicht anfassen, wenn du nicht meine Genehmigung …«

Denn augenblicklich flammt der Moment in meinen Erinnerungen auf, als der Glatzkopf mich im Keller über die Schulter warf und nach oben trug.

»Ich hab es echt versucht, Divina. Du weißt, wie sehr ich mich angestrengt habe, aber ganz ehrlich, als

Dankeschön die volle Breitseite deiner Eifersucht dafür zu kassieren und es noch zu erdulden, kannst du nicht von mir verlangen.«

»Ich bin nicht eife…« Als er mit mir im Wohnbereich ist, beißt er in meinen Po.

»Klappe. Mir reicht es.«

»Nein, komm schon …« Ich zappele auf seiner Schulter, damit er mich runterlässt. Doch statt mich abzusetzen, hält er mich fest und trägt mich die Treppe hoch zum Schlafzimmer.

Im nächsten Moment öffnet er die Tür zum Spielzimmer und wirft mich mit Schwung auf das runde Bett, das von einem violetten Licht angestrahlt wird und über dem ein Spiegel hängt.

»O nein.« Schnell rutsche ich weg, da ich dieses Zimmer so schnell wie möglich wieder verlassen will. Allerdings ist er im nächsten Moment direkt über mir, umfasst meinen Hals und blickt auf mich herab.

»O doch. Du willst nur wegrennen, aber glaub mir, irgendwann wird dir die Puste ausgehen und du wirst trotzdem von deinen Dämonen eingeholt werden. Irgendwann stürzt du oder knickst um. Was dann? Warum stellst du dich der Sache nicht?«

Das will er wirklich wissen?

»Okay, ich sag dir was, Tjark.« Fest umfasse ich seine Schultern, um ihn auf Abstand zu halten, was mir natürlich nicht gelingt. Ich keuche, blicke mich panisch um, bevor ich weiterspreche. »Ich wünschte, du wärst da gewesen. Ich wünschte mir so sehr, ich wäre nicht aus deinem Leben verbannt worden, als ich dich am meisten gebraucht habe. Und ich wünschte, du würdest wissen, was sie uns angetan haben. Ich kann das nicht mehr. Du wirst dich vermutlich nie wieder daran erinnern. An kein Wort, das du mir im Keller, kurz bevor du sterben wolltest, gesagt hast. Ich fühle mich … als, als würde ich als Einzige dieses Martyrium jeden verdammten Tag allein durchstehen müssen. Obwohl du nichts dafürkannst …«

In meinen Augenwinkeln brennen Tränen, die ich trotz des Blinzelns nicht zurückdrängen kann.

»Ich wünschte, du wärst da gewesen, als ich dich danach gebraucht hätte. Vielleicht mehr gebraucht hätte als im Keller, als sie mir zu dritt die Haare abgeschnitten und alles mit mir gemacht haben, weil ich diesem Typen das Handy gestohlen habe, um Nojus anzurufen. Ich wünschte, du würdest wissen, wie du dich mit einem Skalpell befreit hast, um bei mir zu sein. Ich wünschte, du würdest dich an die eiskalte stickige Kellerluft erinnern. Aber du erinnerst dich an nichts … Da ist nur die reine Leere in deinem Kopf, nicht wahr? Du weißt nicht mehr, dass ich das Schloss der Kette geknackt habe, zu dir ans Bett gekommen bin, um Hilfe gerufen habe, als sie dir das Schmerzmittel abgedreht hatten und du einen heftigen Anfall erlitten hast. Als ich mit einem Wasserschlauch abgeduscht wurde und du zusehen musstest … während du am Bett fixiert warst, was sie mit mir getan haben. Ich für sie tanzen sollte. Ich will nicht, dass du dich jemals wieder erinnerst, aber die Worte … die du mir damals gesagt hast. Sie sind mir als Einziges geblieben. Aber ich sehe nicht mehr dieses Glitzern in deinen Augen wie damals. Deine Erinnerung scheint dir alles geraubt zu haben, auch deine Gefühle.

Daher …« Ich hole tief Luft, wische mit der rechten Hand die Tränen fort und schaue ihm eiskalt entgegen.

»Vögel mich, wenn es das ist, was du willst. Zieh es durch. Das ist doch das, was du willst?«

Mit leicht geöffneten Lippen schaut er auf mich herab.

»Nein, das will ich nicht.« Sofort zieht er sich über mir zurück und runzelt die Stirn. »Was habe ich im Keller zu dir gesagt? Welche Worte haben dich durchhalten lassen?«, will er wissen. Ich ziehe mich auf dem Bett in den Sitz und sage dann die Worte:

»Jedes Mal, wenn ich dich nicht sah, musste ich an deine Augen denken. Deine verdammt ozeanblauen Augen. Ich hab mich zuerst von deinem Aussehen blenden lassen, deiner kühlen, distanzierten Schönheit, die so viel erduldet. Doch dann sah ich deine Seele. Sie schrie … immer, auch wenn dein Gesicht was anderes sagte, sah ich in diesen Augen denselben Schmerz, den ich … so gut kannte, hasste und mit dem ich leben musste. Wie sollte ich etwas quälen, was so oft gequält wurde … vielleicht mehr als ich. Ich schwöre dir, es war nie Teil des Vertrages, dich zu lieben … Und jetzt habe ich dich endlich gefunden und ich will … Ich überleb das hier nicht. Lieber sterbe ich durch … deine Hand … als durch ihn.«

Ich nahm mir an einem Abend die Zeit, um sie aufzuschreiben und jeden Abend kurz vorm Schlafen aufzusagen. Vielleicht war es für etwas gut.

Eine Weile blicke ich zum Spiegel über uns auf, sehe Tjark mit gesenktem Gesicht und wie er es mit einer Hand verdeckt, während er auf der Bettkante sitzt. Da ich sein Gesicht nicht sehe, weiß ich nicht, was in ihm vorgeht, ob er sich erinnert oder ihm diese Worte nichts bedeuten.

Von unten höre ich den Klingelton des Backofens. Die zwanzig Minuten sind um. Ohne ein Wort zu verlieren, erhebt er sich, verlässt das Spielzimmer und geht. Er geht einfach …

Dann sieht es so aus, als würden die Worte nichts auslösen. Es ist so gut wie vorbei, bevor das Ganze hier überhaupt angefangen hat. Traurig und enttäuscht auf mich vergrabe ich mein Gesicht in den Händen und weine leise. Es hat einfach keinen Sinn mehr.

~

Erst nach einer Weile fällt mir auf, dass dieses Spielzimmer anscheinend keine Kameras besitzt. Als ich keine Tränen mehr hervorbringe, steige ich aus dem Bett und gehe zum Schrank im Schlafzimmer. Ich angele mir meine Jeans, die ich gestern trug, und behalte den Pullover an. Anschließend gehe ich nach unten. Keine Ahnung, wo Tjark ist, aber ich will einfach nur weg. Ich schalte überall das Licht aus. Der Duft der Tiefkühlpizza schwebt in der Luft.

Eilig schlüpfe ich in der Diele in meine flachen Stiefeletten und nehme den Parka vom Haken. Da die Haustür mit Sicherheit abgeschlossen wurde, egal ob automatisch oder von außen, husche ich zum Wohnbereich und sehe Tjark auf der Couch sitzen, bevor ich zum Sideboard gehe und die Taschenlampe hervorhole.

Er hat die Ellenbogen auf die Knie abgestützt, während er das Gesicht hängen lässt. Schläft er?

Nein. Denn als ich das Fenster öffne, schaut er zu mir auf.

»Was wird das?«, fragt er mich.

»Ich gehe.«

»Im Dunkeln? Wir hatten eine Vereinbarung.«

Ich lächele müde. Immer noch trägt er nur seine Jogginghosen und kein Oberteil.

»Ja, die hatten wir, Tjark. Ich habe meinen Teil gehalten und hätte dich zur Not aus dem Keller geschleift. Bis zum Ende. Ich hätte dich nicht alleingelassen oder aufgegeben. Aber ich kann das nicht mehr. Jetzt gebe ich auf. Leb wohl.«

Und ehe er Vorwände hervorbringen kann, um zu bleiben, betrete ich die Außenterrasse und renne mit der Taschenlampe in der Hand Richtung Wald. Ich weiß, dass Tjark schnell ist, wieder gut im Training steht und ich gegen ihn kaum eine Chance habe. Also falls er mir hinterherrennen sollte, hätte ich einen kurzen Vorsprung von ein paar Minuten, bis er sich etwas angezogen hat.

Blind von den Tränen, die wieder hochkommen, renne ich direkt in den Wald. Mit jedem Schritt spüre ich den Alkohol und wie sich mein Sichtfeld nicht nur vom Weinen trübt.

Zumindest ist mir nicht sofort kalt. Im Rennen zerre ich die Kapuze über den Kopf und blicke mich mehrmals schwer keuchend um. Bisher erkenne ich nichts Auffälliges im Dunkeln. Und es ist verdammt finster, da kein Mond am Nachthimmel scheint. Bis ich den Wald erreicht habe, schalte ich auf keinen Fall die Taschenlampe an. Ansonsten würde er mich sofort sehen.

Tja, vielleicht macht er sich auch nicht die Mühe und ist sogar froh, dass dieses Experiment beendet ist. Ich bin auch froh, obwohl ich mein Bestes gegeben habe.

Als ich immer weiterrenne, sich mit jeder weiteren

Minute ein fieses Stechen zwischen meinen Rippen stärker einnistet und die Kälte allmählich in meinem Gesicht beißt, werde ich etwas langsamer. Die hohe Schneedecke macht es mir immer mehr unmöglich, zu rennen. Ich versinke bei gefühlt jedem zehnten Schritt und muss aufpassen, nicht umzukippen. Außerdem ist der Schnee gefroren. Wenn ich einmal tief einsinke, stecke ich kurzzeitig fest, was mir wiederum Zeit raubt.

Warum nur müssen ausgerechnet dieses Jahr solch sibirische Temperaturen herrschen, verdammt!

Früher habe ich davon kaum etwas mitbekommen, da in der Stadt weniger Schnee gefallen ist. Außerdem durften wir unsere freien Tage ohnehin nicht irgendwo auf dem Land verbringen.

Nachdem ich weitere Meter zurückgelegt und den Wald bald erreicht habe, stoppe ich kurz, um Luft zu holen. Ich halte mit der Taschenlampe in der rechten Hand meine Mitte umfasst und atme tief durch. *Aus- und wieder einatmen, Divina. Du musst das lästige Seitenstechen loswerden.*

Die eisige Luft brennt sich in meine Lungen, bevor ich sie als große Rauchwölkchen ausstoße. Und wie toll, nun tanzen federleichte große Schneeflocken direkt vor meiner Nase vom Nachthimmel. *Dieses blöde Wetter!*

Als ich mich wieder aufrichte und umdrehe, kann ich mehrere Lichter sehen. Sie sind sehr weit weg. Eines bewegt sich jedoch schneller und strahlt hell auf. Es erinnert an die Scheinwerfer eines Wagens. Mittlerweile dürfte Nojus wissen, dass mir seine Aktion gegen den Strich geht und ich nicht mehr mitspiele. Tja, ich tanze nicht mehr nach seiner Pfeife. *Ich habe ihm eine Chance gegeben, mir eine Chance gegeben, Tjark eine*

Chance gegeben, aber wie lange hätte das so weitergehen sollen? Trotzdem gibst du schon nach einem Tag auf – du bist wirklich schwach, Divina. Schwach, verletzt und ohne jede Hoffnung.

Da sie sicher zu viert sind und nach mir suchen, zerre ich die Ärmel des Parkas bis zur Hälfte über meine nackten Handrücken und renne weiter zu den hohen Fichten. Immer weiter, bis ich endlich den Nadelwald erreiche, in dem weniger Schnee liegt und mir das Rennen somit etwas erleichtert wird. Wäre nur nicht diese schmerzhafte Kälte. Obwohl mir vom Rennen und Laufen nicht zu kalt ist, spüre ich kaum noch meine Hände und Füße. Ich hätte Handschuhe mitnehmen sollen und zwei Paar Socken oder unter meiner Jeans eine Leggings anziehen sollen.

Als ich langsamer werde, stopfe ich die Hände in die Taschen und blicke mich überall im Wald um. Ich gebe zu, etwas Angst habe ich schon, da ich nicht die geringste Ahnung habe, wie weit sich der Wald erstreckt. Ist es nur ein Wäldchen oder muss ich eine Stunde zwischen den Bäumen umherirren, um endlich auf ein Dorf oder eine Stadt zu stoßen? Gibt es Straßen, die durch den Wald führen?

Wachsam behalte ich meine Umgebung im Blick und zucke bei jedem merkwürdigen Knacken oder Schnee, der von den Bäumen rieselt, zusammen. Es mag vielleicht nicht meine klügste Idee gewesen sein, allein loszuziehen, aber besser, als das alles noch mal durchzumachen. Diese Ahnungslosigkeit in Tjarks Gesicht zu sehen … das tat so weh.

Am besten, ich behalte ihn so in Erinnerung, bis

sich unsere Wege nach dem Krankenhausaufenthalt in Kiew trennten. Es ist besser so.

Als ich gefühlt eine halbe Stunde unterwegs bin, lehne ich mich gegen eine hochgewachsene Fichte. Ich kann ihre Rufe hören. Warum sind sie so dumm und suchen nach mir? Sie sollten das nicht tun, sondern gehen. Mich einfach gehen lassen, wie sie es damals getan haben.

9

TJARK

Warum nur kommt mir dieser Moment so bekannt vor? Ich stehe auf der Außenterrasse und spüre diese tiefgehende Wut, da Divina geflohen ist.

Mich überkommt eine bildhafte Erinnerung wie ein Déjà-vu. Ich balle die Hände zu einer Faust und kann mitverfolgen, wie die anderen mit mir zusammen nach ihr suchen. Dabei wird sie schon bald den Wald erreicht haben. *Verdammte Scheiße!*

Einerseits könnte ich sie blind in diese Kälte rennen lassen, andererseits sorgt ein tiefgehendes Gefühl in mir dafür, dass ich sie um jeden Preis zurückhaben will.

Ich muss zu dem Wald und brauche eine Karte von der Gegend. Sie wird einfach geradeaus weiterrennen in der Hoffnung, eine Straße zu finden oder ein Dorf.

»Nojus!«, rufe ich ihn, als er Jones und Dylan hinterherrennen will. »Gib mir dein Handy.«

»Das ist gegen die Spielregeln«, antwortet er, aber kramt in seiner Tasche nach seinem Smartphone.

»Checkst du nicht, dass das gesamte Spiel komplett aus dem Ruder gelaufen ist?«, fahre ich ihn an.

»Du hättest Oriana nicht so anhimmeln sollen!«, antwortet er mürrisch und reicht mir trotzig sein Handy. »PIN ist 666 und noch mal 6.«

Was? Ich verdrehe die Augen, bevor ich den PIN eingebe, Google Maps öffne und mir den Standort aufrufen will.

»Ich habe Oriana nicht angehimmelt.«

Nojus schnaubt verärgert und reibt sich die Hände. »Ach nein? Sah für mich anders aus. Ist doch logo, dass sie sich minderwertig fühlt, wenn du ihr fast die Zunge in den Hals gesteckt hättest und sie ins Haus zerren wolltest, um sie flachzulegen.«

Mag sein, dass es ein Fehler war. Aber es war ursprünglich seine Idee, Divina etwas eifersüchtig zu machen. Vielleicht habe ich es übertrieben. So übertrieben, dass ihr zum ersten Mal das Essen misslungen ist und sie mir Details von der Nacht im Keller erzählte. Sogar wollte, dass ich sie vögele, damit es vorbei ist.

»Sie war bisher nie eifersüchtig, nicht mal auf Polina«, antworte ich, bevor ich laut fluche, da es hier im Nirgendwo kein fucking Netz gibt.

»Nicht mal Polina?«, hakt Nojus neugierig nach. »Sag nicht, du weißt, wer Polina ist?«

Schlagartig schaue ich vom Display des Handys auf. Ja, ich weiß, wer sie ist. Ich weiß allmählich alles wieder. Langsam fügen sich die Puzzleteile wie die Scherben einer zerbrochenen Vase zusammen.

Als Nojus meinem Blick begegnet, weiterhin seine Hände reibt, lächelt er breit.

»Ich fass es nicht. Endlich. Ich hab dich fast schon

aufgegeben, Kumpel. Dann weißt du auch, welch loyaler, absolut zuverlässiger Mann ich bin. Deine rechte Hand und keiner, der dich im Auftrag deines Vaters ausspionieren will?«

Ich grinse schief. »Leider weiß ich auch das wieder. – Egal.« Ich werfe ihm das Handy zu. »Wir steigen in den Wagen und fahren das Waldgebiet ab.«

»Es ist nicht zu groß. Eine Hauptstraße führt etwa einen Kilometer in die Richtung durch den Wald. Allerdings ist sie nur teilweise befahrbar, da der starke Schneefall –«.

»Nojus«, unterbreche ich ihn und lege meine Hand auf seine Schulter.

»Ja?«

»Lass die Verkehrsprognosen. Fahren wir!«

»Klar. Standheizung ist an.« Er lacht und joggt zum Geländewagen. Ich nehme auf dem Beifahrersitz Platz. Sollte Divina doch vernünftig werden und zurückkommen, werden Jones und Dylan im Haus warten. Sollte sie wirklich den unmöglichen Weg zu ihren Eltern finden, werden auch dort Männer warten. Und selbst im absolut unwahrscheinlichsten Fall wird Personal im Anwesen Divina empfangen.

Während Nojus sich anschnallt und anschließend Gas gibt, lehne ich mich im Ledersitz zurück und schließe die Augen.

Wie konnte ich das alles vergessen? Sie vergessen?

»Ich wünschte mir so sehr, ich wäre nicht aus deinem Leben verbannt worden, als ich dich am meisten gebraucht habe. Und ich wünschte, du würdest wissen, was sie uns angetan haben. Ich kann das nicht mehr. Du wirst dich vermutlich nie wieder daran erinnern. An kein Wort, das du

mir im Keller, kurz bevor du sterben wolltest, gesagt hast. Ich fühle mich … als, als würde ich als Einzige dieses Martyrium jeden verdammten Tag allein durchstehen müssen.«

Genau diese Worte von ihr gehen mir durch den Kopf. Sie war die gesamte Zeit allein, wurde von den Vanags verstoßen, von mir vergessen und musste sich, ohne Hilfe oder jemanden, der ihr den Rücken stärkt, wieder ins Leben zurückkämpfen.

Verdammt, es tut so weh, das zu wissen, da ich genau weiß und gesehen habe, was ihr angetan wurde. Wieder und wieder und wieder. Dass sie überhaupt noch aufrecht stehen und mir in die Augen blicken kann, ist ein Wunder.

Sie ist stark und ihr Wille zu leben ist immer noch da, ansonsten wäre sie nicht geflohen. Hoffentlich passiert ihr nichts und sie verletzt sich nicht.

In Gedanken vertieft lege ich meine Hand zur Faust geballt gegen die Stirn. *Ich fang dich wieder ein, beweise dir, dass du die Einzige für mich bist. Ich werde es ab jetzt richtig machen. Doch zuvor muss ich dich finden.*

»Mach dir keine Vorwürfe, okay?« Nojus beugt sich zu mir vor, als er auf die Hauptstraße abbiegt und sie langsam entlangfährt.

Das sagt er so einfach. Denn ja, die mache ich mir. Sie musste in einer Drogerie jobben, war auf sich gestellt und hat sich mit einem ihrer Kunden getroffen, weil sie vermutlich nicht mehr daran glaubte, dass ich mich jemals wieder erinnere. Und ich nahm ihr den Ring weg und unterstellte ihr, ihn gestohlen zu haben.

Also ja, ich mache mir nicht gerade unbegründet Vorwürfe, denn ich habe sie ein Stück weit auch in die

Verzweiflung getrieben. Wie viel mehr sollte sie noch aushalten?

Es war eine Frage der Zeit, bis sie alles hinwirft und erkennt, nicht mehr hoffen zu können.

Angestrengt blicke ich aus dem Fenster und suche sie zwischen den schneebedeckten Bäumen. Wir fahren bestimmt mehr als fünfzehn Minuten immer weiter Richtung Norden, bis ich Nojus befehle, wieder umzudrehen.

Als ich einen Blick zum Armaturenbrett werfe und ausrechnen kann, dass sie bereits über eine Stunde in der Kälte unterwegs ist, steigt die Angst, ihr könnte was passiert sein, immer mehr an. Was, wenn sie tatsächlich auf die Straße gefunden hat und sie irgendwo eingestiegen ist? Vielleicht bei einem Idioten, der ihre hilflose Lage noch ausnutzt?

Oder was, wenn sie sich im Wald verletzt hat? Sie vor Kälte nicht mehr weiterlaufen kann und sich hingesetzt hat?

Als weitere zehn Minuten vergehen, schaut Nojus besorgt zu mir. »Ich sage es ungern, aber es sieht verdammt übel aus.«

Nein. Ich gebe die Suche nicht auf und breche sie erst recht nicht ab. In Abständen schaue ich auf Nojus' Handy, ob wir einen Anruf oder eine Nachricht der anderen verpasst haben. Doch nichts. Sie ist weder im Anwesen noch bei ihrer Familie angekommen. Mittlerweile ist es kurz nach 22 Uhr. Während wir im beheizten Wagen sitzen, könnte sie bereits erfrieren. Wie lange hält ein Mensch minus zehn Grad ohne Handschuhe, Mütze, Schal und dünner Jacke aus?

»Okay, halte an«, befehle ich Nojus, als wir wieder an der Kreuzung ankommen.

»Was hast du vor?«, will er wissen, setzt den Blinker und fährt zur Seite.

»Ich suche sie. Warte hier. Wenn ich in einer halben Stunde nicht zurück bin, hupe dreimal. Kontaktiere die anderen. Ich will, dass jeder diesen Wald durchsucht.«

Nojus nickt, schnappt sich sein Telefon und hält am Straßenrand an. Ich springe aus dem Wagen, ziehe die Kapuze des Mantels über meinen Kopf und schalte die Taschenlampe an. In meiner Manteltasche halte ich für Notfälle meine Sig umfasst. Man kann nie wissen …

»Divina!«, rufe ich sie und gehe mit jedem Schritt tiefer in den dunklen Wald. »Hörst du mich, Divina? Wo bist du?« *Wo verdammt!*

»Es ist alles gut. Es tut mir verdammt leid, dich alleingelassen zu haben. Divina!«, rufe ich erneut ihren Namen und erhalte keine Antwort. Bereits nach zehn Minuten brennt die Kälte in meinem Gesicht. Doch wenn es sein muss, suche ich sie bis zum Morgengrauen. Meinetwegen so lange, bis ich sie gefunden habe.

»DIVINA!«

10

DIVINA

»S-s-stolz … o-o-oder … ü-ü-überleben?«, frage ich mich selbst am ganzen Körper bibbernd und kann kaum einen klaren Gedanken fassen.

Meine Lippen fühlen sich eiskalt an, während ich an dem Baumstamm einer alten Fichte kauere, um die Körperwärme zu speichern. Keine Ahnung, wie viel Zeit vergangen ist. Aber ich komme nicht mehr weiter. Ich spüre meine Beine nicht mehr, meine Hände auch nicht und allmählich driftet mein Verstand in merkwürdige Gedanken ab.

Es ist so kalt geworden. Und ich wollte mich nur einen Moment ausruhen … Jetzt fühle ich mich so träge und müde … Ich könnte nur einen Moment die Augen schließen. Obwohl mein Körper langsam aufgehört hat zu zittern und ich nicht mehr unentwegt mit den Zähnen klappere, sodass ich die Befürchtung habe, mir die Zunge abzubeißen, rede ich mir immer wieder ein, dass alles gut wird.

Bald wird es wärmer. Ich gebe nicht auf.

Ich habe die Lampe angeschaltet, um meine Umgebung im Auge zu behalten und auch in der Hoffnung, dass das Licht gesehen wird. Aber mal ehrlich, der Wald nimmt kein Ende. Ich habe nicht einmal eine Straße oder ein Dorf gefunden.

Ich hätte auf Tjarks Rat gestern Abend hören sollen. Wir können das Haus nicht zu Fuß verlassen. Doch, können wir, wenn nicht gerade ein eisiges grausames Wetter herrschen würde. Und das vor Weihnachten. Es ist der 19. Dezember. Und vielleicht sogar mein Todestag. Dann wäre nach nicht mal vier Monaten Dalius' Wunsch in Erfüllung gegangen.

Langsam schließe ich die Augen und kann sie nur noch in immer längeren Abständen öffnen. Es vergehen gefühlt weitere zehn oder fünfzehn Minuten, in denen ich träume. Wirre Gedanken durch meinen Kopf jagen.

Irgendwann hört das Zittern auf und ich spüre eine seltsam friedliche Ruhe meinen Körper beschleichen. Es fühlt sich gut an. So befreiend. Es wird wärmer. Fast unausstehlich heiß. Ich schwitze … Wie kann das sein?

Wie im Wahn öffne ich meine Jacke und werde sie los. Es hilft aber nicht. Aber ich kann mich kaum noch bewegen. Es muss so gehen. Erschöpft schließe ich wieder die Augen, bette meine Wange auf die Knie und summe eine Melodie.

Wenn so das Ende aussieht, hätte ich niemals Angst haben müssen. Ich hätte einfach nur darauf warten müssen und mir so viele Qualen ersparen können.

Warum nur habe ich geglaubt, mir würde einmal etwas im Leben geschenkt werden? Ich habe es einfach nicht verdient, glücklich zu sein. Jedes Mal war ich kurz davor, das helle Licht namens Glück einzufangen. Und jedes Mal tauchte eine schwarze Hand auf, die es in ihrer Handfläche erstickte und mich auslachte.

Zumindest kann ich mir nicht vorwerfen, nicht gekämpft zu haben. *Das habe ich … bis zum … Ende. Auch wenn der Entschluss … nachts in den Wald zu rennen … wohl mein dümmster war … der dümmste Fehler von allen … dümmer, als Dalius mein … Vertrauen zu schenken … dümmer, als mich … in Tjark zu verlieben … dümmer, als geglaubt zu haben, ich könnte alles problemlos überstehen … Aber letztendlich ist es richtig so … Es sollte so … sein …*

11

TJARK

»DIVINA! Zur Hölle, antworte endlich!« Ich suche mit der Taschenlampe weiter den unüberschaubaren Wald ab. Vermutlich brülle ich sämtliches Wild aus ihren Verstecken und bringe wirklich noch Lawinen zum Rollen. Aber wo steckt sie!

Sie muss hier irgendwo sein. Mit der Taschenlampe suche ich jeden Winkel ab, bis ich endlich Fußspuren entdecke, die in eine andere Richtung führen. Es sind relativ frische Spuren. Die einzigen, die ich in den letzten Minuten gefunden habe. Sofort setze ich mich in Bewegung, beleuchte mit der Lampe die Abdrücke und höre im selben Moment Nojus dreimal hupen. Eine halbe Stunde ist um. Während ich komplett durchgefroren bin, mein Körper zittert und meine Hände kaum mehr spüre, befindet sich Divina schon anderthalb Stunden hier draußen.

Wenn ich sie wegen dieser Sache mit Oriana verliere …

»DIVINA!«, rufe ich weiter, jogge zwischen den Bäumen zu einem Baum, der schwach beleuchtet wird.

Ein Licht. Er liegt noch gefühlt dreißig Meter von mir entfernt. Sofort werden meine Schritte schneller.

»Divina.« Obwohl ich glaubte, dass meine Gliedmaßen eingefroren sind, sammele ich alle Kräfte zusammen und komme auf den Knien rutschend vor Divina, die am Baum angelehnt die Augen geschlossen hat, an. Ihr Gesicht ist leicht gräulich, ihre Wimpern von Schneekristallen überzogen und die Lippen sind eisblau angelaufen. Außerdem hat sie ihren Parka ausgezogen! Warum?

»Nein, nein …« Sofort öffne ich meinen Mantel und ziehe sie an mich. Egal, wie arschkalt mir ist, sie ist kurz vorm Erfrieren. Schnell hebe ich ihren Mantel um ihren Rücken.

»Gib jetzt nicht auf. Komm schon.« Ich hauche meine tauben Finger an und suche ihre Halsschlagader, aber spüre von der Kälte nichts. Ich höre sie nicht einmal mehr einen Atemzug machen. Zwar weiß ich, dass die Organe vor dem Erfrieren immer langsamer arbeiten, ein Herzschlag nur noch drei- bis viermal in der Minute zu spüren ist, trotzdem spüre ich nichts. NICHTS!

Sofort stehe ich auf, gehe in die Hocke, ziehe ihre starren Arme durch die Jackenärmel und hieve sie umständlich auf meinen Rücken.

Wenn ich noch hundert Meter nach Norden laufe, erreiche ich die Hauptstraße. Um Nojus anzurufen, bleibt mir keine Zeit. Daher schultere ich Divina auf, beuge mich nach vorn, damit sie nicht von meinem Rücken rutscht, und renne los. Mehrmals knicke ich auf den verborgenen Wurzeln unter dem Schnee um und wünschte, ich wäre schneller.

Zumindest habe ich sie gefunden. Sie wird ganz sicher wieder gesund. Und wenn nicht?

»Du machst nicht schlapp!«, knurre ich. »Nicht, nachdem wir das alles überstanden haben. Wenn du … Scheiße!« Wieder rutsche ich zur Seite und kann mich gerade so abfangen. Ich halte ihre Kniekehlen fester umfasst, um sie nicht zu verlieren. »Wenn du jetzt an der Kälte stirbst, war alles umsonst.«

Sollte sie wirklich sterben oder irreparable Schäden davontragen, würde ich mir nie verzeihen, ihr nicht direkt nur in Jogginghosen gefolgt zu sein oder sie an der Terrassentür aufgehalten zu haben, als ich noch konnte. Aber von der Flut an Erinnerungen, die auch jetzt kaum zu sortieren sind und in meinem Kopf umherkreisen, habe ich nicht sofort begriffen, was sie wirklich vorhatte.

»Du stirbst nicht.« Ich rede es mir immer wieder ein. Es gibt Menschen, die halten viel kältere Temperaturen aus, oder nicht?

Es soll sich nicht wiederholen. Nicht schon wieder.

Divina ist stärker als Austeja. Sie wird es schaffen! Aber wie oft noch …

Als ich die Hauptstraße über einen Graben erreiche, springe ich auf die glatte Straße und rutsche mit Divina auf dem Rücken aus. Rechtzeitig kann ich mich mit der linken Hand abfangen und sehe weiter entfernt Scheinwerfer. Ich greife in die Tasche, hole meine Lampe hervor und schalte sie an. Hektisch winke ich mit der Lampe, damit er mich sieht.

Setz dich in Bewegung, Nojus. Beeil dich!

Schon höre ich Räder durchdrehen und wie er auf uns zurast. Vorsichtig rolle ich Divina von mir, um aufzustehen und sie auf die Arme zu heben. In dem Moment hält der schwarze Audi vor uns und Nojus springt aus dem Wagen.

»Du hast sie wirklich gefunden. Das nenne ich Schicksal.«

Mein Blick trifft seinen, ohne ihm zu antworten. Er greift unter Divinas Arme und überlässt mir ihre Füße.

»Hey, Divina, wach auf.«

»Sie ist nicht wach zu bekommen.« Sofort schaut Nojus von Divinas Gesicht zu mir auf und läuft schneller rückwärts zum Wagen.

»Wirklich nicht? Ist sie …« Schlagartig tritt eine beklemmende Angst in sein Gesicht. Während ich Divina an mich gepresst aufrecht halte, öffnet er die hintere Tür und steigt ein, um mir dabei zu helfen, sie auf die Rückbank zu bugsieren. Als er wieder aussteigt, ziehe ich meine Jacke aus und lege sie auf Divinas Körper.

»Wir fahren ins nächste Krankenhaus«, beschließe ich. Schnell schließe ich die Tür, steige auf der gegenüberliegenden Seite der Rückbank ein, hebe vorsichtig Divinas Oberkörper an und bette ihn auf meinen Beinen. Während Nojus die Daten im Navi eingibt und anschließend Gas gibt, bete ich zu Gott, dass sie sich wieder erholt.

»Das nächste Krankenhaus befindet sich etwa zwanzig Minuten entfernt. Vilius ist auch gerufen worden … Vielleicht … vielleicht kann er etwas tun.« Nojus stoppt den Wagen und dreht sich zu uns um.

Krankenhaus oder Vilius?

»Okay, fahr zum Haus. Mach schon.« Ich vertraue Vilius mehr als einem Doc, dem ich zum ersten Mal begegne. Er wird wissen, was zu tun ist, und mich nicht mit nicht aussagekräftigen Phrasen wie »Ihr Zustand ist noch kritisch« oder »Wir müssen uns die nächsten Stunden gedulden« abspeisen. Er sagt mir sofort, was Sache ist.

Nojus gibt wieder Gas, um zum Haus zu fahren. Gleichzeitig ruft er Jones an, damit die Suche abgebrochen wird und sie sich nicht länger in der Kälte aufhalten müssen. Denn mittlerweile ist es zwei Grad kälter geworden. Mit Mühe kämpfen die Scheinwerfer und Scheibenwischer gegen die immer größer werdenden Schneeflocken an. Es nimmt kein Ende. Sooft ich Divina auch dabei zusah, wie sie die weiße märchenhafte Landschaft bewundert hat, so tödlich kann dieser Zauber sein. Aber sie stirbt nicht. *Nein, du bleibst bei mir.*

Mein Blick ruht die gesamte Zeit auf ihr. Mit blauen Lippen liegt ihr Gesicht reglos zur Frontscheibe gedreht. Ich hauche meine Hände an, um erneut ihren Puls zu spüren. Doch da ist nichts. Gar nichts. Sie sieht aus, als würde sie nur schlafen. *Wach auf.*

Obwohl mich Nojus beobachtet, hebe ich ihr Gesicht näher zu meinem und beuge mich hinab. Ich küsse ihre Wange und spüre die tödliche Kälte, die von ihr ausgeht. Fest schlinge ich meine Arme um sie, damit die Wärme von meinem Körper auf ihren übergeht.

»Wach bitte auf. Prašom!«

12

TJARK

Mit Divina auf den Armen betrete ich das Haus und rufe nach Vilius. Er sitzt im Esszimmer neben dem Wohnbereich und springt sofort von seinem Stuhl auf.

»Ihr habt sie wirklich gefunden«, stößt er erleichtert hervor.

»Ja, nur leider befindet sie sich in einem ziemlich schlechten Zustand und hat ihren Mantel ausgezogen. Warum?«

Vilius tritt an mich heran, während ich mit Divina nach oben gehen will. »Ein heißes Bad ist gut, oder?«

»Nein.« Er versperrt mir den Weg. »Leg sie auf der Couch ab. Wenn du sie in eine heiße Wanne legst, spielt ihr Kreislauf sofort verrückt.«

»Also meinst du, sie lebt noch? Oder?« Ich lege Divina vorsichtig auf der L-förmigen Couch ab, schnappe eine Decke und ziehe sie über ihren Körper. Vilius tritt mit seiner Tasche eilig an sie heran, öffnet sie und holt ein Thermometer hervor, das er ihr ans Ohr hält. 30,2 Grad!

»Wenn sie sich bereits entkleiden wollte, hat sie das Endstadium erreicht. Am Ende einer akuten Hypothermie tritt das Phänomen auf, sich entkleiden zu wollen. Bevor der Tod eintritt, weiten sich die Gefäße in den Armen und Beinen und schießt das Blut zurück in die Extremitäten. Dem Betroffenen wird dann warm und er beginnt zu schwitzen.«

So etwas gibt es?

Während ich ihm Platz mache, damit er in Ruhe seiner Untersuchung nachgehen kann, breitet sich ein grausamer Schmerz in mir aus. *Verdammt, 30 Grad?* Wie kann ein Körper dann noch leben?

Ich lasse mich auf den kurzen Teil der Couch sinken, fahre über mein Gesicht und warte darauf, bis ich meine Finger wieder spüre. Sie kribbeln von der Wärme im beheizten Raum. Immer mehr meiner Männer betreten das Haus. Jones kocht in der Küche Wasser auf, Nojus tigert ungehalten vor dem Kamin auf und ab, während Dylan, Henrik und Zydrunas das Haus betreten und über die Kälte fluchen.

»Wetten, dir wären deine kleinen Nüsse zuerst abgefroren. Bist ja eine echte Memme, Junge«, grummelt Henrik und lacht über Zydrunas.

»Halts Maul. Dafür habe ich eine weitere Distanz zurückgelegt, um sie zu suchen, als du. Mit deiner Wampe bist du doch nicht mal zwei Schritte pro Minute vorangekommen.«

»Hungerhaken!«, beschimpft Henrik ihn.

»Bierbauch!«

»Seid verdammt still!«, brüllt Nojus die beiden zusammen.

Mein Blick wandert immer wieder zu Vilius, der aus den Augenwinkeln in meine Richtung schaut, nachdem er Divinas Puls gemessen hat und zu sich selbst nickt. *Bedeutet, sie lebt noch?* Sofort erhebe ich mich.

»Ihre Temperatur wird in den nächsten …« Er schiebt seinen Ärmel zurück und blickt auf seine Armbanduhr. »Zehn Minuten weiter fallen, danach wärmt sich ihr Körper wieder auf. Niemand bewegt sie oder fasst sie an. Ihre Gliedmaßen dürfen nicht in ihrer Position geändert werden.«

»Jones, bring mir eine Tasse von dem Tee und kühl ihn etwas ab!«, richtet er seine Worte an ihn. Jones tritt gerade mit einem Tablett, auf dem sich eine Teekanne und sieben Tassen befinden, aus der Küche und bleibt perplex stehen.

»Äh, klar. Sekunde …« Rasch erhebe ich mich, da ich mir so nutzlos vorkomme.

»Ich mach das.« Ich will sichergehen, dass der Tee nicht zu heiß und nicht zu kalt ist. Jones reicht mir eine Tasse, die er zur Hälfte mit dem verdammt heißen Tee befüllt. Anschließend gieße ich kaltes Wasser aus einer Flasche dazu und prüfe die Temperatur.

»Wir dürfen sie wirklich nicht bewegen?«, fragt Nojus. »Wie sieht es mit einer Wärmflasche aus oder …«

»Nein«, fährt ihm Vilius über den Mund. »Eine zu schnelle Wärmezufuhr kann zu bleibenden Schäden führen. Warten wir ab und decken sie zu. Sie muss etwas Warmes trinken, den Rest muss ihr Körper selbst übernehmen. Wenn ihr Kreislauf zusammenbricht, rufen wir einen Notarzt. Aber falls dies passiert …« Vilius hebt beide Brauen in die Stirn und schüttelt den Kopf. »Wird es fast unmöglich sein, dass ihr Gehirn keine bleibenden Schäden zurückbehalten wird. Sie war zu lange in der Kälte.«

Neben der Couch bleibe ich stehen und starre ihn bloß an, als seine Worte in meinen Verstand vordringen.

Sie könnte Schäden zurückbehalten?

»Wie wäre es mit einem Löffel, Tjark?«, fragt mich Vilius. »Oder willst du ihr den Tee direkt in die Luftröhre kippen?«

Idiot. Sofort stelle ich die Tasse ab und schiebe ihn zur Seite. »Sag das doch gleich.«

»Dir könnte die Wärme auch guttun, Tjark. Deine Lippen sind immer noch blau.«

»Red keinen Unsinn, mir geht es gut.« Ich eile in die Küche und treffe Jones an, der mir einen Löffel reicht.

»Bitte, Boss.«

»Danke.«

Nojus schickt die anderen wieder nach Hause, da sie nichts ausrichten können. Zydrunas starrt auch nur permanent verknallt auf sein Handy und will sicher zu seiner Freundin, Henrik will sich vermutlich vor seine Kiste hocken und ein Fußballspiel anschauen und Jones … keine Ahnung.

Ich träufle Divina, ohne sie zu bewegen, den Tee vorsichtig zwischen die Lippen. Vilius misst erneut ihre Temperatur, die wieder etwas gefallen ist. 29,8 Grad. Wie er es vorhergesagt hat. *Verdammt.*

»Ab wann tritt der Erfrierungstod ein?«, will Nojus wissen und nimmt am Esstisch Platz.

»Sei still!«, warne ich ihn.

»Was? Ich will es wissen.«

»Ab 29,5 Grad in etwa. Dann besteht keine Hoffnung mehr. Ihre Herzschläge werden mit jeder Minute wieder zunehmen«, spricht er die letzten Worte zu mir, da nur noch 0,3 Grad fehlen und sie stirbt. Auch Nojus wirkt über die Antwort nicht glücklich, stützt die Ellenbogen mit seinem Parka bekleidet auf den Tisch auf und schnappt sich eine von Jones' Teetassen. Nachdenklich nippt er an dem heißen Tee, flucht, da er sich verbrannt hat, und schaut anschließend aus dem Fenster.

Vilius öffnet die Reißverschlüsse von Divinas Lederstiefeletten und zieht sie ihr sehr vorsichtig aus. Als er ihre Socken abstreift, sind ihre Füße fast grau. Er seufzt und setzt sich dann nur auf seine Uhr blickend auf die Couch.

»Mach weiter, Tjark«, sagt er zu mir. Wieder flöße ich Divina den Tee löffelweise ein. Sie fühlt sich immer noch so eiskalt an. Ihre Lippen sind aufgerissen, nicht blau wie meine, dafür gräulich. Vorsichtig lege ich den Handballen auf ihre Stirn, als ich eine kurze Pause einlege. Sie schluckt den Tee nicht, daher werde ich vermutlich nur dazu beitragen, dass sie sich heftig verschluckt, wenn sie aufwacht. Falls sie denn die Augen wieder aufschlägt.

Bitte bleib am Leben und sei gesund – bete ich innerlich.

»Mehr als fünfzehn Minuten sind um«, höre ich Vilius sagen, bevor er an meine Seite tritt und erneut Divinas Temperatur misst, die tatsächlich gestiegen ist. Auf 30,7.

»Fünf Herzschläge pro Minute. Es wird langsam.« Er sieht ebenfalls etwas erleichtert aus, als er ihre Werte überprüft. Langsam lasse ich mich zwischen dem

Couchtisch und dem Sofa auf den Teppich sinken und atme durch.

Hoffentlich übersteht sie es.

Hoffentlich kommt es zu keinen Komplikationen.

Hoffentlich verzeiht sie mir.

13

DIVINA

Es herrscht eine beklemmende Stille in meinem Kopf. Dabei bin ich mir sicher, nicht allein zu sein. Mein Körper fühlt sich schwerelos an, ein bitterer Geschmack von Mandeln liegt auf meiner Zunge, während ich mir vorkomme, als könnte ich meinen Körper nicht spüren.

Doch dann kitzelt etwas meinen Rachen entlang. Etwas rinnt wie Wasser meine Kehle hinunter. Zuerst glaube ich, es auf meiner Haut zu spüren, doch dann spüre ich das Brennen. Als ich tief Luft hole, schlucke und das Kratzen in meinem Hals kaum mehr unterdrücken kann, ist es schon zu spät und ich huste im Halbschlaf. Verdammt. *Ich bekomme kaum Luft.*

Röchelnd drehe ich mich auf die Seite, fasse an meinen Hals und huste so angestrengt, dass ich glaube, mich jeden Moment zu übergeben. *Was verflucht …*

»Divina«, höre ich eine vertraute Stimme, bevor etwas Schweres neben mir Platz nimmt und der weiche Untergrund unter meinem Körper bebt.

»Ich …«, krächze ich mit kratzigen Stimmbändern,

als ich einen Moment die Luft anhalte, um den Husten zurückzudrängen. »Bekomme …«

»Warte.« *Worauf denn?* Das Gewicht verliert sich auf das Polster, während ich mich aufrichte, aufstehen will und mein Körper schlapp macht. Ich kippe zur Seite und glaube, immer noch zu ersticken.

»Scheiße, bleib liegen.« Auf dem Teppich huste ich ohne Unterbrechung weiter, die Attacke treibt mir Tränen in die Augen und ein Stechen zwischen den Rippen. *Verdammt, ich spüre meinen Körper kaum noch.*

Ehe ich reagieren kann, höre ich, wie jemand etwas auf dem Glastisch abstellt. Danach klopft eine Hand auf meinen Rücken.

»Geht es?«

Röchelnd hole ich Luft, bis diese Hustenattacke allmählich ein Ende nimmt und ich schlaff vor der Couch zusammensinke.

Schniefend wische ich mir übers Gesicht und reibe die Tränen aus meinen Augenwinkeln.

»Was zu trinken … Bitte«, verlange ich, bevor mir eine Tasse entgegengehalten wird. Der Raum, in dem ich mich befinde, ist nur von einer Stehlampe erhellt, während zwei Augenpaare auf mir ruhen. Links und rechts befinden sich plötzlich zwei Personen.

»Leg sie wieder hin, nun kannst du damit beginnen, sie mit Heizkissen oder Wärmflasche aufzuwärmen. Sie hat jetzt 34 Grad.« Ein hohes Piepen ist in meinem Ohr zu hören, während mein Hirn sich wie in Watte gepackt anfühlt.

Noch vollkommen benebelt schaue ich nach rechts und sehe Vilius. »Wie kannst du hier sein … Im Wald?«, lalle ich.

»Du bist nicht im Wald, sondern im Haus. Tjark hat dich gefunden, nachdem wir dich über eine Stunde gesucht haben.«

Haus? »Wir befinden uns im Haus?« *Ich komme nicht mehr mit.*

»Trink das, aber langsam.« Weiterhin schwebt die Tasse vor meinem Gesicht. Ich blicke nach links und sehe Tjark, der mir einen besorgten Blick schenkt.

»Nicht dieser Funke, der wieder verschwindet«, murmele ich.

Sofort wandern Tjarks Augen skeptisch von mir zu Vilius. Wieder verschwimmt mein Sichtfeld, aber ich umfasse schwerfällig die Tasse.

»Ist das normal?«, höre ich Tjarks raue Stimme.

»Unterkühlungen sorgen unter anderem für Wahnvorstellungen und Orientierungslosigkeit. Manchmal lallen sie wie Betrunkene. Das bessert sich, Tjark. Keine Sorge.«

Tjark nickt neben mir, bevor seine dunklen Augen auf mir ruhen und ich ihnen ausweiche. Sie wirken verärgert, böse wie die funkelnden schwarzen Turmaline einer Katzenstatue, die ich mal gesehen habe.

Eine Hand hebt den Tee an meinen Mund, bis ich einen Schluck davon nehme.

»Trink, soviel du kannst«, höre ich Vilius sprechen. Es schmeckt nach nichts. Die Geschmacksknospen meiner Zunge scheinen gelähmt zu sein. Ich spüre nicht einmal, ob das Getränk heiß oder kalt ist. Doch wieder setzt dieses Zittern ein, sodass ich den Tee verschütte.

»Mach schon, Tjark. Ich hab ein Auge auf sie.«

»Nicht anfassen.« Ich rutsche von ihm weg, da Vilius viel zu nah ist. »Ich komme zurecht …« *… glaube ich.*

Als ich nicht mehr trinken kann, Tjark plötzlich verschwunden ist, ziehe ich mich eher umständlich auf das Polster, das kurzzeitig aussieht wie ein Bett, hoch. Ich starre auf die zerwühlte Decke, blicke an mir hinab und sehe Wasser meinen Körper hinuntertropfen. Es läuft in Bächen aus meiner Kleidung, sodass ich wimmere und noch mehr friere.

»Leg dich wieder hin.«

»Ich brauche ein Handtuch … um das Wasser aufzuwischen.«

»Welches Wasser?«, fragt mich Vilius.

Sieht er es nicht? Es läuft die Fliesen entlang direkt in den Abfluss im Boden. Auf dem Weg dorthin vermischt es sich mit Blut. Die zersprungenen Fliesen sind dieselben wie im Keller. Heftig mache ich einen Satz von dem Abfluss zurück und rempele gegen etwas. Hände halten mich fest, sodass ich mich nicht mehr bewegen kann. Sofort fahre ich herum und sehe den glatzköpfigen Typen hinter mir stehen und auf mich herabgrinsen.

Panisch schreie ich zitternd auf und stoße ihn von mir.

»Ich will nicht …« Er kippt um und landet neben dem Couchtisch auf dem Flokatiteppich. Bevor ich ihm rückwärtsgehend ausweichen kann, schlingen sich Arme um meinen Oberkörper und halten mich fest.

»Beruhige dich wieder. Geht es dir gut, Vilius?« *Tjark?*

»Muss wohl und gibt wohl einen blauen Fleck. Meine Güte besitzt sie für eine zierliche Frau viel Kraft.« Er reibt sich seinen Hintern, als er wieder aufgestanden ist.

Als ich blinzele, ist der Glatzkopf fort. *Habe ich ihn mir bloß eingebildet? Aber …* Ich lege den Kopf in den Nacken und höre jemanden kurz auflachen.

»Ja, die hat sie.« Über mir entdecke ich Tjarks Gesicht, bevor ich hochgehoben und auf die Couch bugsiert werde.

Anschließend verfolge ich, wie zwei Wärmflaschen auf mir landen. Eine auf meinem Bauch, die andere unter meinen Füßen.

»So ist gut. Schlaf noch ein paar Stunden, Divina«, höre ich Vilius sprechen. »Oder soll ich ihr etwas geben?«

»Nein, ich bleibe hier. Wenn etwas ist, kontaktiere ich dich.« Tjark richtet sich neben der Couch auf, während ich verwirrt der Stehlampe entgegenblinzele und mit den Zähnen klappere.

Vilius schenkt mir einen freundlichen Blick. »Ich schau sie mir in wenigen Stunden an.«

»Danke dir. Für alles. Fahr vorsichtig.« Vilius umfasst Tjarks Schulter, bevor er den Raum verlässt.

»Nun zu dir.« Es muss eine Minute vergangen sein, als sich eine Hand um meine Wange legt. Ich rolle die Augen in seine Richtung und zittere am gesamten Körper.

»Wie heißt du?«, fragt mich Tjark, was mir komisch vorkommt.

Träume ich doch? »D-Divina.«

»Wie heiße ich?«

»T-Tjark. Warum fragst du mich d-das?«, will ich wissen, umfasse unter der Decke die Wärmflasche auf meinem Bauch und spüre trotz zitternder Finger allmählich, wie die Wärme in meine Gliedmaßen zurückkehrt.

»Gut. Trink noch mehr.«

Ich schüttele den Kopf. »Ich will n-nicht. Nur schlafen.«

Mit etwas Mühe rolle ich mich auf der Seite zusammen, während ich überlege, wo wir sind. Im Haus … das ich verlassen habe, oder? Ich war im Wald, hatte ihn erreicht und konnte mich vor Kälte kaum bewegen. Tjark ist mir doch gefolgt? Hat mich gefunden?

»Wie alt bist du?«

»Lass die Fragen. Mir geht es … g-gut.« Unter der Decke rolle ich mich zusammen und warte darauf, meine Gliedmaßen wieder zu spüren. Meine Füße fühlen sich taub an, fast so, als besäße ich keine.

»Am besten, du schläfst heute Nacht hier.« Tjark nimmt auf einem Sessel Platz und wirkt selbst ziemlich mitgenommen. Anders als ich ihn sonst sah, trägt er dunkle Augenringe in seinem ansonsten makellosen Gesicht. Drei schwarze Haarsträhnen haben sich in seiner Stirn verloren, während er in seinem geöffneten Mantel die Ellenbogen auf die Knie abstützt und sich zu mir vorbeugt.

Ich schließe müde die Augen. »Wie spät ist … ist es …?«

»Kurz nach Mitternacht.«

Okay … Er macht mir zumindest keine Vorwürfe oder schenkt mir seine gekränkten herablassenden Blicke, die er sehr wohl beherrscht und mit denen er mich oft genug bestraft hat. Ich ziehe die Decke bis hoch zum Kinn, atme gleichmäßig aus und wieder ein und hoffe, ein bisschen Schlaf zu finden.

»Wann hört es a-auf …«

»Was?«

»Dieses Zittern.«

»Bald. Du hast dich schneller erholt als erwartet«, antwortet er mit gedämpfter rauer Stimme. »Dennoch dachte ich, als ich dich im Wald gefunden habe, du wärst tot. Soll ich …« Als er mich beobachtet und ihm anscheinend nicht gefällt, wie sehr ich zittere, stoppt er seinen Satz.

»Was denn?«, wispere ich in die Decke.

»Soll ich mich zu dir legen? Oder willst du ein Bad?«

Nein, nicht bewegen. »Ich … Kein Bad.« Ich kneife die Augen zusammen, kämpfe gegen das Zittern und Zähneklappern an und warte darauf, bis es vorbei ist.

»Du kannst …« Mehr sage ich nicht, keuche und rolle mich auf der Seite zusammen.

Als hätte er meine Worte nicht verstanden, passiert nichts und er hält den Blick nachdenklich gesenkt. Während ich die Augen öffne, schaut er zu mir. »Willst du nicht mehr?«

»Doch. Ich war mir nicht sicher, ob ich es richtig verstanden habe.«

Plötzlich richtet er sich auf, hebt eine Decke, die er vom Schlafzimmer heruntergetragen haben muss, von der Sessellehne und legt sie über mich. Danach zieht er seinen Mantel aus, wird die Schuhe los und auch den Pullover. Ehe ich so richtig begreife, was er vorhat, steigt er auf die Couch und legt sich hinter mich.

Ich habe keine Ahnung, was ich anhabe. Vermutlich das, womit ich zuletzt in die Kälte gerannt bin. Ein Arm legt sich eher zurückhaltend über meinen Oberkörper, während ich seine Brust auf meinem Rücken spüre.

»So erträglich?«, erkundigt er sich wie nie zuvor.

Zwar fühle ich mich etwas eingeengt, aber es ist

okay. Daher nicke ich, hebe die Hand zu seiner, umfasse sie und ziehe sie an meine Brust.

»Geh nicht … oder wecke mich zuvor bitte«, flüstere ich mit geschlossenen Augen.

»Ich gehe nicht«, raunt er in mein Ohr. »Ich warte, bis du wieder wach wirst. Keiner geht ohne den anderen, richtig?«

Richtig. Doch ich habe gegen diese Regel verstoßen. Wie soll ich mir das je verzeihen …

~

Hinter mir höre ich jemanden in meinen Nacken atmen. Der fremde Atem kitzelt auf meiner Haut, während ich mich kaum bewegen kann. Ein Arm ruht schwer auf mir, den ich nicht so leicht von mir schieben kann. Es ist bereits hell. Somit kann ich dem gehörnten Dämon auf dem Unterarm direkt vor meiner Nase in die flammenden Augen blicken, wie auch die Worte in dem Banner unter der verzerrten Fratze lesen:

Folge mir in die tiefschwarze Nacht.

Tiefschwarze Nacht … Sofort flackern die Bilder vor meinen Augen auf, als ich über die gefrorene Schneedecke direkt in den dunklen Wald gerannt bin. Vor ihm weggerannt bin. Vor den Aufgaben geflohen bin. Verzweifelt habe ich einen Weg zurück gesucht und bin gescheitert. Irgendwann konnte ich nicht mehr und die Kälte hat mich von innen aufgefressen, mich aufgeben lassen.

Ich weiß nicht, wie er mich finden konnte. Ich weiß nicht einmal, wie ich hierhergekommen bin. Ich weiß nicht, warum ich überhaupt noch lebe. Denn eigentlich müsste ich tot sein.

Das Zittern meines Körpers hat aufgehört. Außerdem spüre ich meine Finger wieder und – ich wackele mit den Füßen – auch etwas meine Füße. Habe ich Erfrierungen davongetragen?

Gerade ist es egal … *So egal.* Träge schließe ich die Augen wieder. *Dieser Duft … Er riecht so gut.*

Tjarks Geruch ist wie eine Droge, von der ich einfach nicht loskomme. Auch wenn er sich an nichts erinnert, sollte ich ihn nicht aufgeben. Er strengt sich an. Ohne ihn würde ich vermutlich nicht mehr leben.

»Bist du wach?«, höre ich seine tiefe verschlafene Stimme und ihn gleich darauf gähnen.

Ich nicke. »Bin ich.« Schon verlagert sich sein Arm. Er zieht seine Hand aus meiner und hebt seinen Arm von mir. Haben wir die gesamte Nacht in derselben Position auf der nicht mal ein Meter breiten Couch geschlafen?

»Irgendwann treibst du mich noch in den Wahnsinn, mein Liebling. Das solltest du wissen«, murmelt er verschlafen und richtet sich stöhnend auf. »Mir tut jeder Knochen weh.«

»Dasselbe könnte ich auch über dich sagen.« Ein müdes Lächeln huscht über meine Lippen, als ich mich ebenfalls langsam bewege.

»Ach wirklich?«, fragt er spöttisch. Als ich mich auf den Rücken rolle, blickt er oberkörperfrei und mit zerwühltem Haar auf mich herab. Er sieht dermaßen fertig aus, wie ich ihn kein einziges Mal zuvor nach dem Schlafen gesehen habe. Obwohl, genau so sah er aus, als er nachts in mein Zimmer platzte, um sich die Schmerztabletten unter den Nagel zu reißen.

»Ja, wirklich. Trotzdem … danke, Tjark.« Er weiß sicherlich besser als ich, dass er mir das Leben gerettet hat.

»Danke mir nicht zu früh, meine kleine Hure. Nach der bühnenreifen Aktion, bei der ich dachte, dass du alles vorzeitig beendet hast, wirst du selbstverständlich eine Bestrafung erhalten. Glaub mir, sie wird dir nicht gefallen.«

Was hat er gesagt? Ich streiche meine widerspenstigen Strähnen aus dem Gesicht, runzele die Stirn und hieve mich auf den Unterarmen ein Stück hoch.

»Kleine Hure?« Ist es ihm nur herausgerutscht, weil ich ihm gestern im Whirlpool davon erzählt habe, oder erinnert er sich?

»Du hast richtig gehört. Ich weiß es wieder …« Unvermittelt beugt er sich zu mir herab, umfasst mein Kinn und blickt in meine Augen. »Jedes noch so schmutzige Detail.«

Verblüfft weite ich die Augen. *Stimmt das wirklich?*

»Du erinnerst dich? An alles? An mich?«

»Ganz besonders an dich«, bringt er mit einem warmen Lächeln trotz des überlegenen Strahlens in seinen Augen über die Lippen.

Mein Herz, das sich zwar immer noch in der Auftauphase befindet, schlägt plötzlich schneller. Es kommt mir vor, als würden Seile, die meinen Oberkörper die letzten Wochen fest zusammengeschnürt haben, endlich von mir genommen werden.

Ehe ich antworten oder überhaupt einen weiteren klaren Gedanken fassen kann, schlinge ich die Arme um seinen Rücken und ziehe mich fest an ihn. Auch wenn ich nicht mehr weinen wollte, kann ich nicht anders. Ich vergrabe mein Gesicht an seiner Schulter nah an seiner Halsbeuge und schluchze.

Im nächsten Moment rollt er sich auf den Rücken und zieht mich auf sich. »Ich hoffe, du verzeihst mir irgendwann.«

Fürsorglich streichelt er über meinen Kopf, während ich immerfort weine und keinen Ton hervorbringen kann. Auch wenn es nur ein Traum sein sollte, ist es seit Ewigkeiten der Schönste überhaupt.

»Es tut so weh, dich so zu sehen. Du hast früher nie geweint.«

Und gerade kann ich nicht aufhören. All die verdammt finsteren Jahre habe ich jeden Schmerz, jede Demütigung, jede Misshandlung stumm ertragen. Doch das Schlimmste, was mir passiert ist, war, dass Tjark mich vergessen hat. Alles andere war auszuhalten. Aber von dem Menschen, den man liebt, vergessen zu werden, ist das Grausamste, was ich jemals durchleben musste.

Gefühlt weitere fünf Minuten vergieße ich, ohne mich beruhigen zu können, Tränen. Es kommt mir vor, als würde ich nur so den Schmerz, der mich so viele Wochen gequält hat, fortspülen.

»Es tut mir leid«, höre ich ihn leise sagen.

»Muss es nicht. Du kannst nichts dafür.« Ich gebe ihm nicht die Schuld daran. Wie könnte ich auch? »Ich verzeihe dir, obwohl es nichts zu verzeihen gibt.«

Mit vermutlich roten Augen und tränenverschleiertem Blick hebe ich den Kopf an und sehe ihn schnell meinem Blick ausweichen. Seine Augen glänzen ebenfalls.

»Ich war ein selbstgerechtes Arschloch. Als du mich wirklich gebraucht hast, war ich nicht da. Glaub mir, ich hasse mich selbst am meisten dafür.«

»Nein. Sag das nicht. Ich mache dir keine Vorwürfe. Auch wenn es mir die letzten Tage echt schwergefallen ist, deine arrogante Art zu ertragen, ist doch jemand anderes schuld. Für mich war nur wichtig, dass es dir gut geht und du lebst. Mehr nicht.«

Fragend blickt er mir ins Gesicht und verzieht die Lippen.

»Du bist viel zu selbstlos. Ich habe dir schon damals gesagt, denke einmal an dich.«

Sofort stütze ich mich über seinen Schultern höher. »Das habe ich versucht.«

»Aha, sehe ich.« Seine Blicke wandern von meinem Gesicht über meinen Körper. »Ohne mich scheinst du tatsächlich aufgeschmissen zu sein. Dir fehlt wohl wirklich meine straffe Erziehung, ansonsten hättest du dich bald in Luft aufgelöst.«

»Was hast du gesagt? Ich brauche keine Erziehung, du Idiot.«

Herausfordernd hebt er eine Braue.

»Wie war das? Kaum bist du auf mir, schon glaubst du, mir Kontra geben zu können? Das sollten wir ändern.«

Ohne Vorwarnung greift er in meinen Nacken, zieht mein Gesicht bestimmend zu seinem und küsst mich. Überrascht keuche ich, bevor ich lächele und den Kuss erwidere.

Sanft bewegen sich meine Lippen auf seinen, bis ich

sie öffne und seine Zunge meine sucht. In dem Kuss liegen so viele ungesagte Worte, so viele Gefühle und so viel Hoffnung. Sofort spüre ich dieses verlangende Flattern in meiner Magengegend, da ich diesen Mann, ob mit Erinnerung oder ohne, so abgöttisch liebe. Mehr noch liebe als Dalius damals. Und vielleicht sollte es so sein und ich habe es nicht sofort begriffen, aber Dalius hat mich zu ihm geführt. Ohne Dalius wäre ich Tjark nie begegnet.

Nach nur wenigen Sekunden verschmelzen unsere Zungen zu einem sinnlichen Tanz und neben seiner Erleichterung kann ich auch sein Verlangen nach mir spüren. Nach ungefähr einer Minute löst er die Lippen von meinen, und ich spüre seinen Schwanz unter mir zucken, als er meinen rechten Mundwinkel küsst.

»Gleiche Situation wie gestern. Gib mir einen Moment, bevor ich mich nicht mehr ausbremsen kann.«

Keuchend rollt er den Kopf auf das Kissen zurück und schließt die Augen. Feine Fältchen bilden sich über seiner geraden Nase und um seine Augen. Er nimmt sich zurück, für mich, obwohl kaum zu übersehen ist, wie sehr er mich will.

»Ich könnte … dir vielleicht helfen«, biete ich an und meine es absolut ernst.

»Nein. Denn ich habe andere Pläne mit dir. Und die sehen nicht so aus, dich am Morgen, nachdem du den Kältetod überstanden hast, zu vögeln. Wenn, dann koste ich es aus, mein Liebling. Da wirst du dich leider noch gedulden müssen.« Er umfasst bestimmt mein Kinn und reibt seinen Daumen über meine Unterlippe, die von der Kälte schmerzhaft aufgesprungen ist.

Er hat Pläne? Anscheinend ist er wirklich wieder der

alte Tjark. Der Tjark, der alles genaustens im Griff haben will und die Kontrolle braucht. Denn er überlässt selten etwas dem Zufall.

»Ich lasse mich überraschen«, sage ich müde.

»Am besten, du schläfst noch etwas und ich mache uns ein Frühstück.«

»Das bedeutet, du willst so weitermachen wie bisher? Hier in dem Haus bleiben und …«

»Nojus' Aufgaben befolgen? Ja. Bis Weihnachten bleiben wir hier. Es sei denn, du willst wieder fliehen? Und das ohne mich?« Schlagartig wird sein Blick todernst und verfinstern sich seine Gesichtszüge. Verdammt, damit wird er mich wohl die nächsten Tage öfter aufziehen. Obwohl sein Blick bedrohlich wirkt, kenne ich ihn mittlerweile sehr gut.

»Sicher nicht. Ich bleibe, versprochen«, antworte ich entschlossen. Mit einem Strahlen in seinen dunklen beeindruckenden Augen umfasst er meine Wangen und zieht mich wieder zu sich hinab.

»Das freut mich, freut mich wirklich sehr, Divina.« Erneut treffen seine Lippen besitzergreifend meine.

14

DIVINA

So richtig fit fühle ich mich ehrlich gesagt nicht. Dafür wesentlich besser als gestern Nacht.

Nachdem Tjark eine Dusche genommen, mehrmals von oben heruntergerufen hat, ob ich noch da bin, erscheint er in tiefsitzenden schwarzen Jogginghosen und Handtuch um die Schultern. Sein Haar glänzt vom Wasser, als er zu mir auf die Couch kommt.

»Wieder nur Kelloggs?«, verarscht er mich, als er neben der Couch in die Hocke geht und über mein Gesicht streichelt. Dieser provokante Blick lässt mich leise fauchen.

»Nein.«

»Dachte ich mir. Gut, ich lass mir etwas einfallen, so lange hast du deine Aufgabe nachzuholen.« Unter dem Glastisch holt er ein schwarzes Kuvert, auf dem mein Name steht, hervor und reicht es mir. »Wenn du nicht mehr schlafen kannst, lies den Brief.«

Fragend richte ich mich auf. Es ist der Brief von Oriana. Hat er ihn bereits gelesen? Obwohl ich ihn nicht lesen wollte, weil sie mir vermutlich Tipps geben wird, was Tjark mag, wie er so tickt und was sie mit ihm erlebt hat, schnappe ich ihn mir.

»Meinetwegen«, seufze ich.

»Deine Eifersucht gefällt mir.« Besitzergreifend umfasst er mein Kinn. »Aber hör gut zu. Das, was du gestern gesehen hast, war Teil von Nojus' Aufgabe. Ich liebe Oriana, ja. Aber ich liebe sie nicht auf dieselbe Weise wie dich. Und das wird sich niemals ändern. Sie hat Rysand. Er würde mich und vermutlich die Organisation ausrotten, sollte ich seine Frau auch nur einmal verführen, klar? Ich will nur dich, nur dich allein, verstanden?«

Die Worte dringen in meinen noch schläfrigen Verstand. Ohne meinen Blick von ihm abzuwenden, spüre ich dieses Kitzeln in der Nase und Brennen in den Augen.

»Verstanden. Ich vertraue dir.«

Kurz sieht es so aus, als würde er auf weitere Worte von mir warten, doch … er will den Moment abwarten, in dem wir wieder miteinander schlafen und ich will auf den Augenblick warten, um ihm wieder zu sagen, wie sehr ich ihn liebe.

»In Ordnung. Bleib so lange liegen. Wenn du auf Toilette willst –«.

»Bist du sofort an meiner Seite.«

»Ganz genau«, antwortet er gespielt durchtrieben. »Bitte lass zu, dass ich mich ab sofort um dich kümmere, so wie du es gleich verdient gehabt hättest.«

Sein Ernst? »Solange du mich nicht bemutterst«, bringe ich mit einem leisen Lachen hervor und öffne den Umschlag.

»So weit wird es nicht kommen. Außerdem habe ich das nie gelernt.«

Sofort hebe ich meinen Blick von dem Kuvert zu ihm.

»Ich habe meine Mutter nie kennengelernt. Es wird Zeit, dass du etwas mehr über mich erfährst. Stück für Stück. Aber das solltest du dir erarbeiten, kleine Hure.« Er knufft meine Wange wie die eines Kleinkindes, lacht dunkel und richtet sich dann auf. »Lies den Brief. Und lies ihn aufmerksam. Du könntest daraus etwas lernen und uns noch besser verstehen.«

Mit diesen ernst gemeinten Worten verlässt er den Wohnbereich, greift zum Handtuch und trocknet sein Haar im Gehen ab. Dabei beobachte ich ihn, sehe die zwei Grübchen unterhalb seines muskulösen Rückens, sehe seine schlanke Hüfte, seinen geilen Arsch und diese anbetungswürdigen langen Beine. Barfuß steigt er die Stufen zur Küche hoch, dreht sich noch einmal zu mir um und verschwindet anschließend hinter der Tür.

»Du denkst doch nicht sofort an Sex, wenn du mich so siehst?«, hakt er nach, obwohl ich ihn nicht mehr beobachten kann.

»Nein. Gar nicht«, lüge ich und verdrehe die Augen.

»Das ist gut. Dann macht es dir nichts aus, mich so zu sehen?«

Ich weiß, dass er mich seit gestern, wann immer ihm danach war, wieder angefasst, festgehalten und berührt hat. Er wollte den Abstand nicht mehr einhalten und auch nicht ständig Kleidung tragen. Er ist eben so und will mich nicht testen, sondern wollte, dass ich mich an ihn gewöhne. Und es ist seine Art, öfter nur in Jogginghosen durchs Haus zu rennen oder ins Bad zu platzen, wenn ich dusche.

Daher schmunzele ich über seine Worte, bevor ich

das Klappern einer Pfanne höre. Vorsichtig lege ich mich auf die Couchkissen zurück, ziehe beide Decken bis hoch zu meinem Kinn und entfalte Orianas Brief.

Obwohl ich ihn nicht lesen will, tue ich ihm den Gefallen.

Hallo Divina,

Bisher kamen wir nicht dazu, uns wirklich kennenzulernen. Der Tag wird sicher kommen, wenn ihr euch Zeit genommen habt, um euch aufeinander einzulassen. Auf den Tag freue ich mich schon sehr.

Ich will von Anfang an ehrlich zu dir sein und dir erzählen, wie ich Tjark kennengelernt habe.

Als mich Rysand damals in die WG von Arūnas, Tjark und ihm mitschleifte, um meine Schulden abzuzahlen, traf ich Tjark zum ersten Mal. Du wirst es mir nicht glauben, aber er hockte Bier trinkend, in schmutzigen Klamotten auf der Couch, hatte Augenringe bis zur Kniekehle, wirkte ungepflegt und antriebslos. Er hat nur gezockt, gepennt, war kaum ansprechbar und war ansonsten nicht mit dem Tjark zu vergleichen, den du jetzt kennst. Damals brach ihm Jolinda auf sehr brutale Weise das Herz. Arūnas wie auch Rysand beschlossen, für Abwechslung zu sorgen, damit Tjark sich nicht vollkommen aufgab. Somit stellten sie mich als ihr Mädchen für gewisse Dienste ein.

Die ersten Tage waren nicht leicht. Ich war nur ein Sexobjekt für sie. Denn mal ehrlich, die drei Schwachmaten haben im Unterricht, als es um Gefühle ging, ge-

pennt. Doch Tjark, den ich als Zayn kennenlernte, half mir in vielen Momenten. Er war der Erste der drei, der mich in den Arm nahm, mir zuhörte, sich um mich kümmerte und vor Rysands herrischer Art in Schutz nahm. Er veränderte sich zusehends und kämpfte sich aus der Depression heraus. Doch ich kenne auch Tjarks andere Seite. Einmal habe ich ihn so sehr enttäuscht, dass ich seinen Zorn sehr hart zu spüren bekam. Er ist der Mann, der von allen dreien die Liebe nicht aufgab, obwohl er mehrmals sehr enttäuscht wurde.

Er wurde in eine Welt geboren, die er abgrundtief verabscheute. Gäbe es Arūnas und Rysand nicht, will ich nicht wissen, was aus ihm geworden wäre.

Diese drei Männer sind die kompliziertesten Männer, die ich je traf. Und das kann ich behaupten, da ich mit sehr vielen in meinem Leben zu tun hatte. Während du in einem Bordell arbeiten musstest, tanzte ich früher in einem Nachtclub und unterhielt die Gäste. Ich schlief nur mit Kunden, die mir gefielen, du konntest es dir nicht aussuchen. Somit kann ich ansatzweise dein Leben verstehen.

Ich will dich nicht belügen, ich habe früher mit Tjark geschlafen, ihn geküsst, war sein Kätzchen und habe mich auch zu ihm hingezogen gefühlt. Er ist etwas Besonderes. Obwohl er eiskalt sein kann, er es dir nicht immer leicht machen wird, solltest du ihn nicht aufgeben. Er hat ein gutes Herz.

Die drei – Arūnas, Rysand und Tjark – haben nur Kälte kennengelernt, haben viel verloren: ihre Familie, ihr Zuhause, ihr Vertrauen in die Menschen. Sie haben Frauen nur gebucht, um sie zu vögeln, aber ansonsten die Distanz zu ihnen gehalten und Nähe gemieden.

Wären sie – wie damals in Tjarks Fall – schwach geworden und hätten eine Frau geliebt, wären sie vermutlich gestorben. Sie haben ein Leben auf der Flucht geführt, waren misstrauisch, hatten nur sich. Es dauerte unendlich lange, um Rysands Vertrauen und später seine Liebe zu gewinnen. Er hätte die Liebe zu mir zehnmal mehr verleugnet, als mich in Gefahr zu bringen.

Daher kämpfe weiter! Denn wenn du einmal bis zu ihrem Innern vorgedrungen bist, bist du die glücklichste Frau auf Erden.

Noch heute höre ich »Ich liebe dich« von Rys höchstens alle zwei Wochen. Manchmal nicht ein Mal im Monat. Sie haben es nie gelernt. Aber was bringen dir diese Worte? Ich sehe jeden Tag an seinen Gesten, seinem Verhalten, in seinem Gesicht, wie sehr er unseren Sohn und mich liebt. Er würde alles für uns tun. Mich bis zum Ende beschützen, verteidigen, niemals verraten.

Ich will dich einfach nur ermutigen. Es ist ein steiniger Weg, diese drei zu verstehen und erst einmal ihre Liebe zu gewinnen, aber wenn es dir gelungen ist, ist es der Himmel auf Erden. Denn für sie bist du nicht nur eine Partnerin oder Geliebte, sondern der wichtigste Mensch in ihrem Leben. Ihr Heiligtum.

Oriana

»Heiligtum«, wispere ich mit zusammengezogenen Augenbrauen.

Hat er den Brief selbst gelesen? Als ich den Brief ein weiteres Mal gelesen habe und auf der Decke ablege, erscheint Tjark mit einem Tablett, auf dem Geschirr steht, eine Karaffe mit Saft und fertigem Latte macchiato. Nachdem er das Tablett auf dem Esstisch abgestellt hat, bringt er mir den Latte. »Für dich, kleine Hure.«

Ein berechnender Zug huscht um seine Augen, als ich ihm das Glas abnehme.

»Sag mal, hast du den Brief gelesen?«, frage ich ihn und richte mich unter dem Deckenberg auf.

»Nein, er ist an dich gerichtet und war Teil deiner Aufgabe. Wenn ich jedoch raten dürfte, wird Oriana dir geschrieben haben, welch ein armes Würstchen ich bin, das regelmäßig Streicheleinheiten für sein Ego braucht.«

»So hat sie es nicht formuliert.« Nachdenklich zupfe ich an der Papierecke.

»Ah.« Interessiert beugt er sich vor, schaut auf den Brief, ohne ihn an sich zu nehmen, und schnaubt. »Also doch etwas in die Richtung. Hoffentlich hat sie nicht irgendwas geschrieben, was dein gottgleiches Bild über mich ins Wanken bringt«, amüsiert er sich über mich.

»Es gibt nichts, was meine Gefühle zu dir oder mein Vertrauen in dich jemals ins Wanken bringen wird«, sage ich ehrlich, ohne lange darüber nachdenken zu müssen. Sofort wechseln seine zuvor amüsierten Gesichtszüge in überraschte, als er die Lippen öffnet. Anschließend schluckt er, und ich verfolge, wie sich sein Adamsapfel auf und ab bewegt.

»Meinst du das ernst?«, fragt er und geht wie schon zuvor neben der Couch in die Knie. Keinen Tag zuvor hat er sich vor mich gekniet – nehmen wir die Scheinverlobung aus, die ja nur gespielt war.

»Ich meine es todernst. Und … wenn ich ehrlich bin.« Schnell weiche ich seinem Blick aus, falte den

Brief, damit meine Finger etwas zu tun haben, und kaue auf der Unterlippe. »Es war der dümmste Fehler von mir, gestern abzuhauen. Ich wollte dich nie zurücklassen oder aufgeben, das musst du mir glauben. Eigentlich wollte ich zurückkommen, wenn die Kälte nicht gewesen wäre. Ich … wollte nicht … kampflos aufgeben, aber gestern, als ich dir von dem Keller erzählt habe und dir Vorwürfe gemacht habe, dass du nicht da warst, als ich dich gebraucht hätte … das war falsch von mir. Du konntest nichts ausrichten. Und es tut mir –«.

»Schon gut. Ich weiß, wie sehr du dich bemühst und das alles ertragen hast.« Mit zwei Fingern dreht er mein Gesicht zu sich, studiert meine Augen und umfasst dann meine Schulter. Mit einer lockeren und doch unberechenbaren Bewegung drückt er mich auf die Couch, nimmt das Latte-Glas aus meinen Fingern und lächelt geheimnisvoll.

»Keine hätte das für mich getan. Keine sich mit mir hier einsperren lassen, ohne einen Hintergedanken zu hegen, und dafür liebe ich dich, meine Kleine.« Seine Hand rutscht zu meinem Hals, über den er mit dem Daumen streichelt, und mich anschließend küsst. Der Kuss ist allerdings anders als der vor einigen Minuten. Er ist verlangender und hungriger und ich spüre seine tiefgehende dunkle Seite, die ich so sehr liebe.

Obwohl ich zuerst zögere, hebe ich meine rechte Hand zu seinem Kopf und schiebe die Finger in sein Haar. Ich erwidere den Kuss, lasse mich von ihm führen und ziehe mich nicht zurück. Zart beißt er in meine Unterlippe, bevor er wieder meine Zunge sucht und ich seit gefühlt Ewigkeiten dieses Kitzeln in meinem Becken spüre. Mein Körper springt wirklich auf die Reize an.

Mich lässt es nicht kalt. Es wird kein Ekel ausgelöst und ich fühle mich auch nicht gehemmt.

Erleichtert keuche ich vor seinen Lippen, ziehe ihn fester an mich und streiche über seinen linken Arm, den er neben meiner Schulter abstützt. Ich kann jeden seiner angespannten Muskeln spüren, seine rauen Bartstoppeln, die meine spröden Lippen leicht aufreißen, und seine vereinnahmende Präsenz.

Als er merkt, dass ich mich ihm vollkommen hingebe und die Lage genieße, schiebt er eine Hand unter die Decke und erreicht meine Hüfte. Anders als erwartet, wandern seine warmen Finger nicht zwischen meine Beine, sondern gleiten unter den Pullover. Er testet mich weiter und geht wirklich langsam vor. So kenne ich ihn gar nicht. Doch es schmeichelt mir. Im Nacken ziehe ich ihn näher zu mir herab, ich beiße in seine Unterlippe und streichele über seinen Rücken bis zu seinem perfekten Arsch. Dass er wieder hart sein dürfte, muss ich nicht sehen, um es zu wissen. Allein dass er mich immer noch begehrt und will, lässt dieses beflügelnde warme Gefühl in mir explodieren.

»Ich …«, keuche ich nach dem heftigen Kuss und öffne die Augen. »Ich … Aš tave myliu. Mehr als alles auf dieser Welt«, spreche ich endlich aus, was ich die gesamte Zeit loswerden wollte.

Über mir erhebt er sich ein Stück und forscht in meinen Augen. Es sieht kurz so aus, als würde er überprüfen wollen, dass ich ihn nicht belüge. Nach Orianas Brief und seiner Erzählung von Jolinda kann ich es verstehen. Er will nicht erneut den Fehler begehen und sich täuschen lassen.

»Ich weiß«, antwortet er schließlich, streicht meine

Haarsträhnen aus dem Gesicht und küsst meine Stirn. »Ich habe es so oft gesehen.«

Er glaubt mir, glaubt mir wirklich. »Dennoch …« Mit einem finsteren herrischen Blick richtet er sich auf und meine Hände rutschen von seinem Nacken und seiner Hüfte. Er nimmt auf der Couch neben mir Platz und streichelt mit seiner Hand weiter über meinen Bauch höher zu meinen Brüsten. »Dennoch hast du gegen mehrere Regeln verstoßen, meine kleine Hure. Mag sein, dass ich mich eine lange Zeit nicht daran erinnern konnte, weil ich im Koma lag. Aber jetzt, da ich es wieder weiß, glaubst du doch nicht ernsthaft, ich würde das dulden?«

Hat er einen an der Waffel oder doch bleibende Schäden abbekommen?

»Was meinst du? Ich habe gegen keine Regel verstoße… Ah!« Unvermittelt erwischt er meine Brustwarze, die er leicht ertasten konnte, da sie sich prickelnd während des Kusses zusammengezogen hat.

»Widersprichst du mir etwa?«, knurrt er eiskalt. Er dreht meine Brustwarze fester, sodass ich die Augen weite und die Luft anhalte. Gelassen senkt er den Blick und reckt das Kinn vor. »Erster Regelverstoß: Du hast Dalius kontaktiert, um mich zu retten. Divina, wirklich. Hab ich dir nicht klar und deutlich eingetrichtert, dass du nie wieder zu Dalius wie ein streunendes Kätzchen zurücklaufen sollst?«

»Was?« Er verdreht absichtlich die Tatsachen, um mich bestrafen zu können. »Was geht plötzlich in dir vor? Bist du krank oder so was?« Ich hebe die Hand und lege sie auf seine Stirn. Hat sein Verstand gestern was von der Kälte abbekommen?

»Es heißt: Bist du krank oder was, *mein Herr*?« Er dreht meine Brustwarze fester, bevor er mit der anderen Hand meinen Pullover hochschiebt. Sofort zische ich auf. »Von wegen, du brauchst keine Erziehung. Soweit ich weiß, ist der Vertrag erloschen, als Dalius getötet wurde, richtig? Doch bedauerlicherweise hast du zuvor noch eine weitere Regel missachtet. Ich habe dir im Keller befohlen, allein zu fliehen und mich zurückzulassen. Laut dem Vertrag hättest du es tun sollen. Hast du es getan?«

»Natürlich nicht.« Ich umfasse seine Hand, damit er den Blödsinn bleiben lässt.

»Du gibst deine Fehler also zu?« Bedrohlich beugt er sich nah vor mein Gesicht und grinst schief.

»Hey, es war kein Fehler. Es ging um Leben und Tod und um keinen Vertrag. Wäre ich nicht gekommen und hätte …« Abrupt hält er mir mit seiner Hand den Mund zu.

Warum rechtfertige ich mich auch noch? Er will mich doch absichtlich provozieren und auf den Arm nehmen.

Genau das zu erwartende süffisante Funkeln tritt in seine Augen und ist klar und deutlich zu erkennen.

»So oder so, danke.«

»Danke?«, wiederhole ich nuschelnd, bevor er seine Hand von mir nimmt. Er gibt meine Brustwarze frei und greift nun nach meiner Hand.

»Trotzdem folgt selbstverständlich eine Strafe. Zuvor essen wir.« Neben mir steht er von der Couch auf, beugt sich zu mir herab und hebt mich auf seine Arme.

»Du fesselst mich jetzt nicht wieder am Stuhl, damit ich alles aufesse?«

»Viel besser.« Warum nur wirkt er gerade wie ein kaum aufzuhaltender Sadist, der mich den gesamten Tag für etwas quälen will, was eigentlich sein Leben gerettet hat? Aber gut. Ich ahne, was das hier wird. Soll er es versuchen. Er weiß besser als ich, dass ich es jedes Mal wieder tun würde. Ich pfeife auf einen Vertrag, wenn es um Leben und Tod geht. Ob jemand anderes in meiner Situation nicht so gehandelt hätte?

Vielleicht kennt Tjark solche Menschen. Personen, die ihn im Stich gelassen haben und zurückließen, als er sie brauchte.

»Träumst du? Ich will deine volle Aufmerksamkeit.« Er will also wieder dort weitermachen, wo wir in seinem Anwesen kurz vor dem Flug nach Kiew aufgehört haben. Er ist der dominante Part und ich sein untergebenes Kätzchen, das alles machen soll, was er befiehlt? Fein, ich mache keinen Rückzieher.

»Die hast du immer erhalten, mein Liebster«, antworte ich frech. Er setzt mich auf dem Stuhl ab und schiebt ihn anschließend mit mir an den Tisch.

»Ich weiß. Mehr noch als ich verdient habe. Wie fühlst du dich? Und sei ehrlich.«

»Etwas schlapp, aber ansonsten ganz gut.«

»Das höre ich gern. Wir bekommen dich schon wieder fit. Zuvor solltest du essen.« Ich blicke mich auf dem Tisch, auf dem er nun Geschirr und Besteck verteilt, um. Bisher steht eine Karaffe mit Wasser und Orangensaft vor mir. Mein Latte wartet vermutlich kalt und vereinsamt auf dem Couchtisch.

»Okay und was?«, erkundige ich mich mit einem Stirnrunzeln.

»Es kommt jeden Moment. Bleib sitzen.« Tjark

wendet sich von mir ab und geht zur Küche. »Eigentlich wäre es ja dein Job, mich zu bedienen, aber ich will heute mal eine Ausnahme machen. Außerdem konnte der Tisch ja nicht fertig eingedeckt sein, weil du vorhin deine Finger nicht von mir lassen konntest«, beschwert er sich.

»Sicher«, antworte ich schnaubend, hebe den rechten Fuß auf das Stuhlpolster und lächle. Wer die Finger von wem nicht lassen kann, stellt sich hier die Frage.

»Widersprich mir nicht ständig. Da hast du dein Frühstück. Der Nachtisch kommt zum Schluss.« Er serviert mir einen großen Teller belegt mit frisch aufgeschnittenen Früchten, gerösteten Baguettescheiben und Rührei mit Käse. Sogar Tomate-Mozzarella befindet sich auf einer Seite des Tellers. Das hat er in der kurzen Zeit hinbekommen?

An der Stirnkante neben mir stellt er seinen Teller ab. Wie meistens trinkt er einen Espresso und seinen Shake und isst sein Omelett, dazu ebenfalls Obst und geröstete Baguettescheiben.

»Für gewöhnlich gibt es nach dem Frühstück keinen Nachtisch«, wispere ich und weiß, ihm wieder zu widersprechen.

»Für dich schon. Nach dem Fauxpas von gestern Abend, wo mir nichts Essbares serviert wurde und ich hungern musste, habe ich beschlossen, dass es eine Nachspeise gibt. Eine besondere.«

Mit einem verschwörerischen Blick nimmt er auf seinem Stuhl Platz, schnappt sein Besteck und schaut zu mir.

»Aber erst iss alles auf.«

»Wie du wünschst«, spiele ich sein Spiel mit, außerdem habe ich Riesenhunger nach der Wanderung gestern Nacht. Ich greife ebenfalls zum Besteck, als sich Tjark räuspert.

»Fuß runter und was ist mit deinen Haaren? Mir fällt ein, ich wollte dir noch etwas schenken.« Unerwartet steht er auf, geht Richtung Diele und kommt zurück. Mittlerweile habe ich den Fuß vom Polster geschoben.

»Was willst du mir denn schenken?«, hake ich nach.

»Schließ die Augen.« Genau das mache ich, aber mir gefällt nicht, was er vorhaben könnte. Plötzlich spüre ich, wie etwas hinter meine Ohren geschoben und mein Haar aus der Stirn gestrichen wird.

»Ein Haarreif?«

»Ein ganz besonderer«, höre ich seine amüsierte Stimme hinter mir. »Öffne die Augen wieder.«

Wieder nimmt er auf seinem Stuhl Platz, um mich anzusehen. Ich hebe die Hände zu dem Haarreif. Er ist mit einem samtigen Stoff überzogen und besitzt …

»Katzenohren?«

»O Baby, das turnt mich an. So siehst du noch appetitlicher aus und dein Haar nervt dich nicht.« Wieder greift er zum Messer, aber hebt gleichzeitig die Tasse mit dem Espresso an seine Lippen, ohne mich aus den Augen zu verlieren. Ich hebe einen Löffel, um mich in ihm zu spiegeln.

Klasse. Ich habe kleine schwarze Katzenohren, die aus meinem fast gleichschwarzen Haar hervorragen.

»Ich höre nichts«, murmelt er und nimmt einen Schluck aus seiner Tasse. Provokant hebt er die dunklen Brauen in die Stirn und starrt mich an.

»Vielen Dank, Tjark.« Genau das will er hören. Er macht mich zum Cat-Girl und ich soll ihm dankbar dafür sein. Aber das bin ich, denn mittlerweile ist seine Nähe nicht mehr unerträglich, selbst die Katzenohren lösen keine Ängste in mir aus und kein Kuss katapultiert mich gedanklich sofort wieder zurück in den Keller.

Irgendwas heckt er jedoch aus. »Was stand alles auf deiner Aufgabenkarte?«, frage ich ihn, bevor ich mir ein Stück Ananas in den Mund schiebe und kaue.

»Ich habe keine Aufgabe erhalten. Als Bonus habe ich die Kondome bekommen, mit denen wir sicher eine unterhaltsame Party schmeißen können. Du hast die letzte Aufgabe erhalten.«

»Ich sollte dir etwas kochen, was du liebst.«

»Ging nach hinten los.« Er räuspert sich gekünstelt. Trotzdem zucken seine Mundwinkel amüsiert. »Das erste Mal, dass dir ein Gericht so richtig misslungen ist. Aber so wie du gestern gebrodelt hast, war es auch kein Wunder.«

Instinktiv trete ich gegen sein Schienbein. »Ups, tut mir leid, mein Herr«, entschuldige ich mich aufgesetzt. Ich würde ja gern wissen, was er denkt, wenn ich Rys so angehimmelt hätte wie er gestern Oriana. Obwohl, ich weiß es bereits. Als ich ihm gestern vorgeschlagen habe, Rysand irgendwann auch mit einem Kuss auf die Lippen zu begrüßen, konnte er seine sonst so düstere teilnahmslose Ausstrahlung nicht aufrechterhalten. Ihn würde es ebenso stören. Dabei finde ich es jetzt, da ich die Hintergründe von Oriana kenne, nicht mehr so schlimm.

Sie scheint wirklich etwas wie eine Freundin und Schwester für ihn zu sein.

»Was war das gerade eben für ein spastischer Aussetzer, Fräulein!«, knurrt er. Er weiß genau, dass ich ihn absichtlich getreten habe.

»Ich sagte ja, tut mir leid.«

»Wirklich? Dann mach es wieder gut, mein Kätzchen.«

Meine Augen huschen von meinem halb leeren Teller zu ihm. Er kaut, schiebt den Stuhl zurück und streckt sein Bein locker aus. Es ist sein voller Ernst.

»Wenn du das möchtest?« In Jeans und Pullover rutsche ich vom Stuhl, schiebe die Ärmel hoch und gehe vor seinem Bein in die Knie. Unvermittelt verliert sich seine Hand in meinem Haar, während ich seine Jogginghose hochschiebe.

»Es war genau da.« Tjark deutet auf sein Schienbein, während ich aufpassen muss, um nicht zu lachen. Natürlich zeigt er ein Stück tiefer, als es war, damit ich mich weit hinunterbeugen muss.

»Diese Perversion mit der Katze lebe ich zum ersten Mal mit dir aus, nur damit du das weißt.« Es gab viele verrückte Freier und sicher mussten wir zu Silvester oder anderen Anlässen Katzen- oder Hasenohren tragen. Aber mehr, als dass uns in den Hasenschwanz geknufft wurde, passierte nicht. Tjark hingegen liebt dieses Spiel und lässt mich nun schon das zweite Mal wie eine Katze verhalten.

Mit der Zunge lecke ich über die Stelle, die nicht mal rot ist. Dafür sind seine Schienbeine echt haarig, aber so muskulös.

»Es ist keine Perversion, wenn man es richtig macht, Kätzchen.« Plötzlich krault er mir den Nacken. »So machst du es gut. Schnurren darfst du später. Jetzt iss wieder.«

Als ich mich auf den Knien aufrichte, hält er mir ein Stück Apfel entgegen. Ich beiße davon ab und will mich dann erheben, was er nicht zulässt. Stattdessen hält er mich zwischen seinen Beinen gefangen an der Schulter fest.

»Ich liebe es, wenn mir mein Kätzchen aus der Hand frisst.«

Mit großen unschuldigen Augen blicke ich zu ihm auf. Ich weiß, dass er drauf steht, daher spiele ich mit, esse jeden Bissen, den er mir entgegenhält, umfasse manchmal sein Handgelenk und beiße zart in seine Finger, als ich von dem Melonenstück abbeiße.

Immer wieder forscht er in meinen Augen, ob mir das Spiel wirklich gefällt oder ich jeden Moment von einer Panikattacke überfallen werde. Doch es geht mir gut. Zwar fühle ich mich wirklich noch etwas träge, schlapp und müde, aber ansonsten geht es mir gut.

»Sehr brav. Ich muss sagen, ich bin wirklich beeindruckt. Du hast fast alles aufgegessen, bis auf den Joghurt.« Löffelweise füttert er mich, nimmt dann das Glas und wischt die Reste vom Rand mit zwei Fingern ab. Ohne zu murren, lächele ich, öffne den Mund und lecke seine Finger ab, bis ich sie mit den Lippen umschließe und an ihnen lutsche.

Mir ist wieder nicht entgangen, wie sehr ihn dieses Spiel anmacht. Selbst ich finde es anregend, obwohl ich noch meine gewöhnliche Kleidung trage. »Das machst du sehr gut. Ist dir auch so heiß?«

Er neigt den Kopf, als er mir die Frage stellt, während ich seine langen Finger lutsche und er meinen Hinterkopf hält.

Ja oder nein. Trau dich. Ich weiß, warum er fragt. Er würde mir jederzeit die Chance geben, auszusteigen.

»Ja«, antworte ich nach einem kleinen Moment. Er dürfte gemerkt haben, wie ich kurz ins Grübeln geraten bin. »Ja, mir ist warm«, antworte ich und suche seinen Blick. Er nimmt eine Serviette, wischt seine Finger trocken und nickt mit einem erleichterten Gesichtsausdruck.

»Dann werde den Pullover los. Den BH behalte an.«

Als ich mich zwischen seinen Beinen aufrichte, den Saum des Pullovers umfasse und über meinen Kopf ziehe, klingelt es an der Tür. Tjark flucht leise. »Was soll das. Sehen sie nicht …«

»Ich geh zur Tür«, beschließe ich und will mich erheben.

»Nein«, sagt er entschieden und hält mich fest. »Du wartest hier und rührst dich nicht vom Fleck.« Mit einem verärgerten Stöhnen steht er auf, greift in seine Jogginghose und verschwindet zur Diele. Er muss dermaßen hart von dem Spiel geworden sein.

Dann höre ich ihn mit jemandem sprechen. Jemandem, den ich kenne. Vilius. Sofort ziehe ich den Pullover wieder hinunter, erhebe ich mich und nehme auf dem Stuhl Platz.

»Guten Morgen, Divina. Ich mach einen sporadischen Kontrollbesuch.« Vilius zieht die Handschuhe aus und nimmt seine beschlagene Gleitsichtbrille von der Nase. Hinter ihm steht Tjark, der mürrisch die Augen verdreht.

»Ihr geht es ausgezeichnet.«

»Ich will mich selbst davon überzeugen. Hübsche Ohren.« Vilius kommt auf mich zu, während Tjark die Arme verschränkt und auf den Boden deutet. Sein Blick ist unmissverständlich. Ich hätte nicht ohne seine Genehmigung aufspringen sollen. Schließlich lauteten seine Worte: Rühr dich nicht vom Fleck. *Mist, das gibt wieder Minuspunkte.*

»Zeig mir deine Füße und Hände.« Vilius öffnet den Mantel, stellt seine Tasche ab und nimmt die Mütze von seinem Kopf.

»Eigentlich waren wir beschäftigt«, bringt Tjark hüstelnd hervor. »Sehr beschäftigt.«

»Sehe ich. Ich habe euch wohl beim Essen gestört. Oder etwas anderem?«, hakt er mit einem berechnenden Blick über die Schulter nach.

»Du hast es erraten«, antwortet Tjark.

»Nun, deine Triebe werden kurz warten müssen.«

In mich hinein schmunzelnd, hebe ich die Füße auf das Polster und werde die Socken los. Tjark schnaubt und sucht anschließend die Küche auf. »Willst du was trinken, Vilius?«

»Ein Kaffee, gerne.«

»Ein Nein wäre mir lieber gewesen«, antwortet Tjark mit einem sarkastischen Unterton und sadistischen Feuer, das in seinen Augen aufflammt.

Vilius ignoriert ihn komplett und schaut sich stattdessen jeden meiner Zehen einzeln an. »Du hast wirklich Glück, das du keine Erfrierungen davongetragen hast, Divina. Noch ein paar Minuten länger –«.

»Sie hat Glück, dass sie mich hat. Nicht wahr, mein Kätzchen?«, ertönt eine Stimme aus der Küche.

Vilius hebt die buschigen Brauen, reicht mir dann die Socken und setzt seine Brille wieder auf.

»Er steht mächtig unter Druck«, antworte ich Vilius flüsternd.

»Ich weiß. Lass mich deine Hände sehen. Danach prüfe ich deine Vitalwerte und schon bin ich weg.«

»In Ordnung«, stimme ich zu. Er holt ein Thermometer hervor, das er mir ans Ohr hält.

»36,6 Grad. Sehr gut.« Anschließend prüft er mit einem Gerät an meinem Finger meinen Puls und misst auch meinen Blutdruck.

»Bist du mit deinen Doktorspielchen an meinem Kätzchen fertig? Ihr geht es ausgezeichnet.«

Vilius seufzt theatralisch. »Nein, ich bin noch nicht fertig. Sie muss sich bis auf die Unterwäsche ausziehen.«

»So weit waren wir vorhin nicht. Hier, dein Kaffee.« Tjark stellt die Tasse auf den Tisch und tritt hinter meinen Stuhl. »Wenn hier einer an ihr rumspielt, bin das ich, klar?«

»Dich so besitzergreifend zu erleben, ist mir neu. Ich untersuche sie und will sie nicht zum Spaß ausziehen.« Vilius nimmt auf Tjarks Stuhl Platz und notiert sich irgendwas auf einem Zettel, bevor er einen Schluck von dem Kaffee nimmt.

»Außerdem soll ich was von Nojus bringen. Wartet kurz …« Er beugt sich zur Tasche hinunter, aus der er eine schmale Box zieht. »Für euch. Sieh es dir an, während ich mir deine Frau anschaue.«

Frau?

Tjark funkelt mit den Augen, bevor er sich die Box schnappt, auf der sein Name steht. »Einverstanden. Und du miaust, wenn er was anfasst, was mir gehört«, spricht er in diesem samtigen vibrierenden Bariton zu mir, umfasst meine Schultern und küsst mein Ohr.

Sofort schaut Vilius weg, nimmt einen weiteren Schluck von seinem Kaffee und wartet darauf, bis Tjark den Raum verlassen hat.

»Ich bekomme das hin, keine Sorge«, versichere ich ihm. Zugleich schmeichelt mir seine besorgte und doch beschützende Art. Es gab wenig Männer, die sich um mich gekümmert haben.

Als Tjark mit der Box in die erste Etage gegangen ist, erhebe ich mich vom Stuhl.

»Wie fühlst du dich?«, fragt Vilius. »Setzt er dich unter Druck?« Seine grauen Augen huschen reflexartig zu den Katzenohren.

»Nein. Er bemüht sich sehr. Auf seine Art.« während ich das sage, kann ich mir mein Lächeln nicht verkneifen.

»Dann ist gut. So unbeherrscht habe ich ihn lange nicht erlebt. Nicht bei einer Frau. Ich will dich nur abhören und dann sehen, ob der Rest deines Körpers unversehrt ist.«

Ich nicke, ziehe den Pullover aus und atme tief ein und wieder aus. Bisher habe ich mich zwar nur nackt vor Tjark gezeigt, aber ich will jetzt nicht zurückweichen. Obwohl es mir verdammt unangenehm ist, knöpfe ich meine Jeans auf und schiebe sie hinunter. Nur noch in Panty und BH bleibe ich vor ihm stehen. Vilius hat mich die gesamte Zeit nicht angeschaut, sondern weitere Notizen gemacht, sein Handy geprüft und vermutlich absichtlich Blicke in meine Richtung vermieden.

Er holt sein Stethoskop, klemmt es in seine Ohren und beginnt dann, mich abzuhören. Verdammt, es ist wirklich gewöhnungsbedürftig, und ein innerer Instinkt in mir schreit: Flieh! Aber ich schließe die Augen, atme tief durch und lasse ihn seine Untersuchungen fortführen. Als ich mich auf die Couch legen soll, balle ich die Finger zu Fäusten, aber bleibe ruhig liegen. Trotzdem ist es kaum auszuhalten. Er prüft meine Reflexe an Füßen, Knien und Händen, klopft meinen Körper ab und kontrolliert Augen, Ohren, Rachen.

»Sieht sehr gut aus. Alles intakt. Du kannst dich wieder anziehen.« Mit einem freundlichen Lächeln reicht er mir meinen Pullover und die Jeans.

Im nächsten Moment erscheint Tjark, der wohl – statt ins Schlafzimmer zu gehen – oben auf dem Treppenabsatz gewartet hat.

»Ihr dürft jetzt weiterspielen. Sorg dafür, dass sie genug trinkt und sich weiterhin ausruht«, richtet er seine Worte an Tjark, der von mir, die sich gerade den Pullover übergezogen hat, zu Vilius schaut.

»Geht klar. Danke dir.«

Nachdem Vilius seine Tasche aufschultert, seine Mütze aufsetzt und Handschuhe überstreift, verabschiedet er sich von mir. Er ist wirklich freundlich. Eigentlich auch eine Sorte Mann, die man selten antrifft.

»Alles in Ordnung?«, erkundigt sich Tjark, nachdem die Tür zugefallen ist und ich von der Couch aufstehe.

»Bestens. Dein Kätzchen ist kerngesund laut dem Arzt.«

»Ich bin stolz auf dich.« Unerwartet zieht er mich in seine Arme, bevor ich die Hose anziehen konnte. »Du hast das hervorragend gemeistert.«

»Und du uns die gesamte Zeit belauscht.«

»Wer ist dein Herrchen?«

»Das bist nur du.«

»Somit sag nicht so dummes Zeug. Natürlich passe ich auf mein Eigentum auf.« Er bettet sein Kinn auf mein Haar und gibt mich nicht frei. An seiner Brust schließe ich die Augen und spüre seinen ruhigen Herzschlag.

»Und jetzt erklär mir, warum du meine Anweisung missachtet hast?«

Ich wusste, dass es Konsequenzen geben wird. Genervt verdrehe ich die Augäpfel unter den geschlossenen Lidern.

15

NOJUS

Es ist riskant, trotzdem habe ich keine andere Idee.

»Los, hoch mit dir.« Sie ist kaum mehr ansprechbar. Nach der Flucht von Divina konnte ich erst heute Morgen zurück zur Schule fahren. Rysand hat mir meinen blutbefleckten Mantel an die Türklinke im Anwesen gehängt.

Als ich heute Morgen zur Schule fuhr, um nach ihr zu sehen, hat man ihr zwar eine Decke und heißen Tee gegeben, aber mal ehrlich, das wird sie auch nicht lange durchhalten lassen. Ihr Körper ist zudem mit mehreren Blessuren überzogen.

Rys würde zwar nie eine Frau vergewaltigen, aber dass er ihr ein paar blaue Flecken hinterlassen würde, war mir klar.

Mittlerweile hockt sie nicht mehr zusammengekauert auf dem Teppich vor dem Schreibtisch, sondern wurde an dem klapprigen Bürostuhl festgebunden. Im Raum befindet sich zudem auch ein alter Heizlüfter, der sicher schon bessere Zeiten erlebt hat.

Polina hängt den Kopf nach vorn gerollt wie ein schlaffer Sack unter der grauen alten Decke. Ich habe die Kabelbinder von ihr losgebunden, aber ihre Handgelenke erneut mit Handschellen auf dem Rücken gefesselt. Sicher ist sicher. Ich kenne Polina. Sie wird sich irgendwann mit Händen und Füßen wehren, wenn sie wieder bei Bewusstsein ist. Nur gerade ist sie nicht wach zu bekommen.

Ich wickele die Decke um ihre Schultern und hebe sie anschließend mit einem Keuchen auf die Arme.

Rysand hat nichts aus ihr herausbekommen. Da ich sie die letzten Wochen ständig überwacht habe, wir jeden Ort, den sie aufgesucht hat, überprüft haben, war klar, dass sie bloß auf der Flucht war und sich verstecken wollte. Sie hat zwar über Monate hinweg Informationen an Dalius weitergegeben, aber als sie checkte, dass Tjark nur an Divina interessiert ist und sie keine Chance mehr bei ihm hat, hat sie die Biege gemacht. Anders als wir dachten, ist sie nicht zu Dalius gekrochen, sondern hat sich unter falschen Namen in Hotels eingecheckt. Die nächsten Tage hat sie ihre Verwandten und Geschwister besucht, als wollte sie sichergehen, dass es ihnen gut geht.

Sie wusste nicht einmal, dass sich Dalius in Kiew verkroch.

Daher … wenn Rys nichts aus ihr herausbekommen hat, wird sie auch nichts wissen. Zumindest glaube ich es.

Mehrmals blicke ich mich auf den leeren Schulgängen, von dessen Wänden die alte Ölfarbe abplatzt, um, bis ich Zydrunas begegne und zwei Söldnern, die mich mit fragenden Blicken anstarren.

»Ist sie tot?«, fragt Zydrunas und nippt an seinem Thermobecher. Dabei starrt er auf Polina, die wie tot auf meinen Armen hängt.

»Sieht so aus«, antworte ich, schiebe mich an ihnen vorbei und steige die Stufen im Treppenhaus hinunter. Im Erdgeschoss angekommen, höre ich seine Rufe: »Brauchst du Hilfe, Mann?«

»Nein, ich kümmere mich darum«, antworte ich grimmig. »Und du hältst durch«, zische ich unbemerkt zu Polina.

Zwar wird mir Rys jeden Finger einzeln abschneiden, wenn er checkt, dass sie lebt und ich sie fortgebracht habe, aber ich foltere keine Menschen, die nichts wissen oder die zum Teil selbst Opfer waren.

Keine Ahnung, warum sie Dalius weiterhin geholfen hat, um Tjark auszuspionieren. Aber ich bin mir sicher, dass Dalius sie mit irgendwas in der Hand hatte. Sie wird vermutlich aufgeatmet haben, als sie erfuhr, dass er tot ist. Falls sie es denn erfuhr.

Und wer weiß, vielleicht ist sie sogar noch nützlich. Soll sich Tjark später in Ruhe an diesem blutkotzenden Artjom rächen, bis dahin ist Polina verschwunden und er kann ihr kein Haar krümmen.

Obwohl ich leicht aus der Puste komme, erreiche ich auf dem Parkplatz meinen Audi Q8, öffne eher umständlich die hintere Tür, bis mir einfällt, dass mich die anderen beobachten könnten. *Fuck. Wenn sie tot sein soll, gehört sie in den Kofferraum.*

Mein Blick wandert zu den Fenstern hoch, wo ich tatsächlich Zydrunas stehen sehe.

»Verdammt … Kann er nicht woanders hinglotzen.« Ich gehe auf den Kofferraum zu, bewege meinen

Fuß unter der Stoßstange, damit sich die Klappe öffnet, und lege Polina ins Wageninnere. Als wäre sie Müll, schiebe ich ihre Beine grob in den Kofferraum und werfe die Decke über sie. Ich muss zuerst zusehen, dass wir aus der Sichtweite der anderen Vanags kommen.

Daher schließe ich den Kofferraum, steige auf der Fahrerseite ein und mache einen gespielt lächerlichen Abschiedsgruß zu Zydrunas.

Er grinst blöde und scheint mir abzukaufen, dass ich sie irgendwo im Meer versenken werde. Im Wald vergraben, ist bei der Arschkälte unmöglich.

Wenn sie im Meer landet, kann ich ohnehin keine Auskünfte geben, wo ihre angebliche Leiche gerade treibt.

Ich schließe die Autotür, starte den Motor und schalte alle Heizungen an, aber nicht zu heiß. Von Vilius habe ich gestern gelernt, was ich beachten muss, wenn ein Körper unterkühlt ist. Sie bewegen musste ich. Wie sollte ich sie sonst aus der Schule tragen?

Anschließend setze ich den Wagen rückwärts und fahre davon.

Ich stelle die Temperatur auf 24 Grad und werfe immer wieder Blicke in den Rückspiegel. Doch da ist nichts. Sie richtet sich nicht auf und sagt auch keinen Ton.

Als ich aus Kaunas herausfahre, biege ich auf die lange Auffahrt eines landwirtschaftlichen Betriebes ein, das sich über hundert Meter entfernt im Nirgendwo befindet. Mehrmals vergewissere ich mich, dass ich nicht verfolgt oder beobachtet werde. Dann halte ich an, lasse den Motor laufen und steige aus. Skeptisch werfe ich einen Blick durch die verdunkelte Heckscheibe. Sie liegt da, wie ich sie abgelegt habe.

Daher verziehe ich das Gesicht, öffne die Heckklappe und umfasse ihre Schulter. »Hey. Wach auf.«

Vorsichtig rüttele ich an ihr. Dabei rutscht die Decke über ihren Arm und entblößt ihre Brüste. Ihre Füße sehen leicht gelblich aus, während ihre langen schönen Beine von Blutergüssen überzogen sind.

»Fuck. Was mache ich hier überhaupt!« Planlos fahre ich durch mein Haar und wende mich von ihr ab. »Wohin zur Hölle bringe ich dich bloß?«

Wenn ich sie in meine privaten Räume im Anwesen bringe, wird sie irgendwann gesehen werden. *Obwohl … Niemand betritt meinen Flügel, wenn ich es nicht will. Ich könnte sie festbinden und mich … um sie kümmern?*

Habe ich das gerade echt gedacht? Soll ich sie denn wirklich verrecken lassen?

Wieder drehe ich mich zu ihr um. Ihr dunkles Haar ist über die Wangen gerutscht. *Verdammte Scheiße. Sähe sie nicht so scharf aus … Okay, schöne Frauen kann ich einfach nicht sterben lassen.*

»Ich habe etwas gut bei dir, damit du das weißt«, knurre ich, decke sie ordentlich zu und schiebe sie auf die Seite gerollt tiefer gegen die Rücklehne. Anschließend werde ich meine schwarze Jacke los und lege sie über ihren Körper. Um keinen Verdacht im Anwesen zu erregen, ziehe ich die Abdeckung des Kofferraums zu. Ich sollte mir überlegen, wie ich Polina ins Anwesen befördere.

Das Personal ist einfach überall und im wahnhaften Weihnachtsrausch. Sie wollen alles für Tjarks

Rückkehr herrichten. Margit steht ständig in der Küche, um jeden Tag mehrere Gerichte zu kochen und von den anderen kosten zu lassen. Dabei füttert sie bloß die Söldner fett. Die anderen sind nicht besser und lassen ständig nervige Weihnachtslieder dudeln.

Wie ich Weihnachten hasse.

Aber mir fällt etwas ein, um sie abzulenken. Es ist zum Glück nur ein Viertel des Personals geblieben, der Rest wartet auf Tjarks Rückkehr.

Als ich die Heckklappe vorsichtig schließe, stöhne ich nachdenklich. Mir liegt die Zeit im Nacken, daher sollte ich mich beeilen.

Wieder im Wagen sitzend schnalle ich mich an, wende und fahre zum Anwesen.

Eine Idee, Nojus. Lass dir was einfallen, Mann. Ich kann schlecht sagen, dass ich eine Leiche ins Haus trage. Und jeder kennt Polina. Sie als fremde Frau vorstellen, die ich irgendwo aufgegabelt habe, glaubt mir kein Schwein.

Je näher ich dem Anwesen komme, desto unruhiger rutsche ich auf dem Sitz mit der herrlich angenehmen Sitzheizung hin und her.

»Ah! Ich habs!«, stoße ich hervor und balle triumphierend die rechte Hand über dem Lenkrad zu einer Faust. Mir kommt eine gute Idee. Je länger ich über sie nachdenke, desto breiter wird mein Grinsen und desto mehr gebe ich Gas. Die Straßen sind mittlerweile einwandfrei gesalzen, sodass ich mühelos zum Anwesen durchkomme.

Auf der Auffahrt halte ich den Wagen, steige aus und verriegele den Audi, der nur mir gehört. Aber da er erst neu ist, kenne ich die Jungs, die ich immer wieder dabei erwische, wie sie um das Teil schleichen.

Theo schippt vor dem Gartenhaus Schnee, während Iresa irgendwelche beleuchteten Girlanden an der Tür richtet, bevor sie die Post reinholt.

»Na, du scharfes Schnittchen«, flirte ich sie an und überwinde die Stufen problemlos. »Wo ist denn dein Macker?«

Mir ist bewusst, dass ihr meine Blicke auf ihr pralles D-Körbchen und ihren runden Arsch nicht entgehen. In dem Dienstmädchen-Outfit kommen ihre Rundungen noch mehr zur Geltung.

»Verzieh dich, du perverser Sack. Mein Macker bläst dir sonst dein Hirn weg«, regt sie sich auf und will mich mit den Briefen schlagen. Schnell schnappe ich ihr Handgelenk, bevor sie mich tatsächlich verprügelt.

»Er schießt mir gar nichts weg. Ich bezahle deinen Stecher. Aber du könntest etwas von mir blasen, wie siehts aus?« Es ist vielleicht nicht gerade meine erfolgreichste Anmache, dafür meine schäbigste, auf die wohl keine Frau eingehen würde.

Sofort hält sie die Luft an und huscht ins Haus wie ein aufgescheuchtes Vögelchen. Vermutlich wird sie sich gleich bei Margit darüber beschweren, wie böse der gemeine Nojus zu ihr war.

Als ich die Haustür hinter mir schließe, entdecke ich zuerst zwei Söldner mit irgendwelchem Gebäck in den Pfoten. Der Duft von frisch gebratener Ente, Rotkohl und Klößen lässt selbst mir das Wasser im Mund zusammenlaufen.

»KINNERS!«, rufe ich lautstark, damit mich ein Teil der Belegschaft überhaupt wahrnimmt. »Es gibt einen

Notfall! Jeder bewegt sich sofort zum vereinbarten Treffpunkt im Garten.« Im nächsten Moment schlage ich die Scheibe des Feuerwehrmelders ein und drücke die Taste. Tjark bestand auf diese Installation. Wird Zeit, zu prüfen, ob sich die teure Investition überhaupt gelohnt hat.

Sofort schrillen die Sirenen auf und eine nette Dame mit Computerstimme wiederholt immer: »Notfall. Bitte begeben Sie sich zum Ausgang. – Notfall. Bitte begeben Sie sich zum Ausgang.«

Gefällt mir. Denn Margit höre ich aus der Küche aufgeschreckt schreien. Iresa sehe ich wie ein panisches Hündchen zu mir sprinten, während den Söldnern die Kekse aus den Händen rutschen.

»Los! Los! LOS! Bewegung. ALLE RAUS!« Ich halte die Haustür auf, durch die Iresa als Erste rennt, und ich kann es mir nicht nehmen lassen, ihr einen Klaps auf ihren Hintern mitzugeben.

Entsetzt keucht sie auf, aber rennt in ihren Pantoffeln hinters Haus. Auch die anderen setzen sich in Bewegung, aber ich glaube, es vergehen gefühlt zehn Minuten, bis die letzten endlich das Anwesen verlassen.

»Das darf alles nicht wahr sein. Du wärst bereits tot, Dylan«, sage ich, als er an mir lässig vorübergeht und ins Freie läuft. »Du auch, Nina. Dein Hund lebt. Du bist auch Geschichte, Anna. Was ist nur los mit euch! Was wollt ihr bei einem Bombenangriff machen? Soll Tjark bereits nach neuem Ersatzpersonal Ausschau halten?«

Henrik grummelt, nimmt seine altmodische Steppjacke vom Garderobenhaken und zieht sich in aller Seelenruhe an.

»Beweg dich, Henrik, Iresa war als Erste draußen und dürfte sich wegen dir vermutlich ihre runden

Weichteile abfrieren, weil du nicht in die Gänge kommst.«

»Klappe! Ich schalte die Gänge höher, wenn es wirklich ernst ist. Ich bin auch keine fünfzig mehr.« Murrend geht er vorüber. Ich habe dreizehn Personen gezählt. Jemand fehlt. Jemand Wichtiges. Nur wer?

Gedanklich gehe ich alle Gesichter durch, bis mir auffällt, dass ich zwar Margit schreien gehört, sie aber nicht aus der Küche huschen gesehen habe.

»MARGIT!«, brülle ich ihren Namen. *Dieses Weib!*

»Ich komme ja schon! Bin auf dem Weg«, ruft Margit abgehetzt aus der Küche. »Ich konnte nur die Ente nicht anbrennen lassen.« Sie trägt tatsächlich einen ovalen dampfenden Schmortopf nach draußen.

»Du bist auch tot, Margit. So tot wie das Federvieh in deinem Topf. Ich nehm dir das mal ab.« Ich schnappe mir gentlemanlike den Topf, bevor sie noch mit dem Ding stolpert.

»Ich komme gleich zum Treffpunkt. Ihr wartet auf die nächste Anweisung«, erkläre ich ihr und schaue auf sie hinunter, da sie nun nach ihren Schuhen im Regal sucht. »Du kannst den anderen ausrichten, dass sie ansonsten kein Mittagessen bekommen.«

»Das bestimme ja wohl ich.« Sofort schaut sie mit hochrotem Gesicht und krausem blondem Haar auf.

»Wer gibt dir das Geld für die Lebensmittel, he?« Mit einem charmanten Lächeln beuge ich mich zu ihr hinab.

»Frecher Bengel!«, beschimpft sie mich und knufft meine Wange. Wie auch Henrik schlüpft sie in ihre Stiefeletten, als ginge es nicht um Leben und Tod, zieht ihre

Strickjacke an, schnappt ihren Topf und läuft ums Haus zum Treffpunkt.

Ich glaube, wir sollten diese lebensrettenden Übungen öfter durchführen, ansonsten fällt die Überlebensquote sehr niedrig aus. Die meisten haben viel zu lange gebraucht.

Als ich mir jedoch sicher bin, dass jeder das Anwesen verlassen hat, von der Köchin bis zum Hausmeister, jogge ich zum Wagen zurück, öffne die Heckklappe und schaue mich um.

Niemand ist zu sehen. Sie sind alle hinterm Haus und frieren sich die Eier ab. Schnell hebe ich Polina auf meine Arme, schließe die Heckklappe und trage sie vorsichtig ins Haus. Mit einem Fuß stoße ich die Haustür zu und steige die Stufen zur zweiten Etage hoch. Aus den Fenstern sehe ich die anderen bibbernd zwischen den Schneebergen stehen.

Ich muss lachen, als ich sie beobachte und sie mich gerade für meine Aktion verfluchen. Es ging nicht anders, ansonsten hätte ich keinen von ihnen aus dem Haus scheuchen können.

»Können wir wieder rein?«, ruft Dylan durchs Haus, als ich Polina im Gang vor meiner Tür ablege und die Schlüssel aus der Jackentasche krame.

»Nein, verdammt! Ich muss erst … alle Räume absuchen!«, brülle ich runter und ächze angestrengt. Mann bin ich nach den vier Treppen aus der Puste. Polina rührt sich immer noch nicht.

»Verarsch uns nicht so vor Weihnachten, Nojus. Der Scheiß ist doch nur auf deinem Mist gewachsen und hat nichts mit der Anweisung unseres Bosses zu tun.«

»Doch, Tjark will, dass Divina … in Sicherheit ist,

wenn sie zurückkommen«, lüge ich, stoße die Tür auf, greife unter Polinas Kniekehlen und Rücken und bugsiere sie anschließend in meine Räume.

»Und ihr habt verdammt schlecht abgeschnitten. Alle, bis auf die Söldner und Iresa sind gestorben! Warte draußen!«

Schon werfe ich die Tür laut hinter mir ins Schloss, schnaufe angestrengt und trage Polina durch meinen Wohnbereich ins Schlafzimmer. In dem Moment flattern ihre Augenlider.

»No-Jus«, stammelt sie und bewegt ihren Kopf.

»Halt noch einen Moment durch.«

»Musst du nich… machen …«

»Nein, muss ich nicht. Machst du einen Mucks oder fliehst, finde ich dich, verstanden!«, drohe ich ihr, lege sie aufs Bett ab und löse die Handschellen auf ihrem Rücken. Ich schiebe alles von meinen Nachttischen aus ihrer Reichweite, von der Lampe bis zum Pornoheft. Ich will nicht, dass sie irgendwas zu fassen bekommt, um sich zu befreien. Anschließend befestige ich die Handschelle an der massiven Strebe meines Bettes. Dass sie standhalten wird, konnte ich bereits vor ihr mit mehreren Frauen testen.

Mit meinem Ergebnis zufrieden umfasse ich ihre Schultern und lege sie vorsichtig auf den Rücken, um sie anschließend zuzudecken. Ich nehme meine Jacke und die schäbige Decke vom Bett und richte mich auf.

Aus dem Fenster sehe ich die anderen sich hüpfend und umherlaufend warm halten.

»Ich komme gleich zurück«, sage ich zu Polina, vergewissere mich, ob ich nichts übersehen habe, und öffne dann mein Fenster zum Garten.

»Alles sauber, ihr könnt reinkommen!«, rufe ich zu ihnen hinunter. »Die Toten von euch erhalten kein Weihnachtsgeld!« Sofort sind alle Blicke auf mich gerichtet. Natürlich ist das nur ein Scherz, aber sie sollten sich das nächste Mal mehr ins Zeug legen. Aber hoffen wir mal, dass es kein nächstes Mal geben wird. Selbstzufrieden grinse ich in mich hinein, schließe das Fenster und verlasse anschließend meine Räume.

16

TJARK

»Und jetzt zeig es mir noch mal«, befehle ich ihr, lehne mich mit verschränkten Armen im Sessel zurück und schaue Divina dabei zu, wie sie die Magnum zusammensetzt, das Magazin mit Patronen befüllt, den Schlitten zurückzieht, die Waffe entsichert und dann wieder sichert, um erneut die Verriegelung des Stangenmagazins zu lösen, es herausrutschen lässt und die Patronen herausnimmt. Anfänglich kam sie mehrmals durcheinander. Nach dem zwanzigsten Versuch stellt sie sich gar nicht mal so schlecht an.

»Fertig«, sagt sie schließlich mit einem triumphierenden Leuchten in den Augen und legt ehrfürchtig die schwarze Pistole auf dem Glastisch ab.

»Sicher?«, hake ich nach, hebe eine Braue und forsche in ihren Augen.

»Ganz sicher.«

»Dann hast du die Patrone, die sich im Lauf befindet, also nicht vergessen?« Ich schnappe mir die Magnum, schiebe den Schlitten vor und lasse die Patrone auf meine Hand fallen.

»Verdammt«, zischt sie.

»So wichtig es ist, jede Patrone auch wieder zu entnehmen, so sicher solltest du im Notfall auch sein, dass sich eine im Lauf befindet. Beenden wir es für heute.«

Ich will sie nicht noch mehr überfordern. Es stand zwar nicht im Brief, ihr den Umgang mit Waffen beizubringen, aber ich will, dass sie lernt, wie man in Notfällen damit umgeht. Und zwar richtig. Da wir hier Unmengen an Zeit totschlagen müssen, ist es der perfekte Moment.

»Ich dachte, wir gehen noch nach draußen und würden mit den Schießübungen beginnen?«, erkundigt sie sich.

»Falsch gedacht. Das Wetter ist heute ohnehin nicht dafür geeignet.« Denn seit einer Stunde schneit es wieder pausenlos. »Und bevor du einen Hasen erlegst, den du nicht zubereiten kannst, verschieben wir das besser auf morgen«, necke ich sie, schnappe ihr Kinn und ziehe sie zu mir. Nur in ihrem BH und Panty sitzt sie bis zur Hüfte eingewickelt in einer Decke auf der Couch.

Obwohl ich nun, dank meiner Erinnerungen, den perfekten Vergleich zu ihrem früheren Aussehen habe, ist sie für mich weiterhin die begehrenswerteste Frau, die es gibt. Sie wird sich wieder ganz erholen. Das Strahlen in ihren azurblauen Augen wird irgendwann wieder klarer und heller. Selbst die Narben auf ihrem Körper werden verblassen, und sie wird lernen, sie mit Stolz zu tragen. Und ich helfe ihr, dass ihre Seele heilt. Sie ist auf einem guten Weg dahin.

Dumm nur, dass Arūnas die nächste Aufgabe festgelegt hat. Er musste mir weitere Accessoires für das Katzenoutfit geben. Einen Harnisch sowie Schwanz und Netzstrümpfe. Das Halsband mit dem Glöckchen soll sie als Nächstes tragen. Aber ich denke, sie würde es überfordern. Selbst wenn es nur ein Spiel ist, will ich sie nicht unter Druck setzen. Trotzdem ist es nahezu unerträglich, sie nur ansehen und kaum berühren zu dürfen.

Die letzten Stunden habe ich sie mir mehrfach unter mir vorgestellt, wie sie stöhnt, ich sie wieder so nehmen kann wie damals nach der Verlobung. Ich will sie auf dem Tisch vögeln, gegen die Wand ficken und sehen, wie sie ein Hohlkreuz macht, die Finger in meinem Haar vergräbt und meinen Namen stöhnt, während ich sie lecke.

Fuck, bei dem Gedanken kämpfe ich wieder gegen meinen Schwanz an. Es ist die reinste Folter.

»Tjark?«, fragt sie, umfasst meinen Arm und zieht ihre geschwungenen Brauen über ihrer kleinen geraden Nase zusammen. Sie ist so jung und so unschuldig. Jedes Mal, wenn ich in ihre Augen blicke, sehe ich, was sie alles durchmachen musste, vor dem ich sie nicht beschützen konnte.

»Ja, was, mein Liebling?«

»Was war in der Box?«

»Ich kann es dir zeigen, wenn du das willst.« Ich habe nicht vor, es vor ihr zu verheimlichen. Allerdings ist es besser, wenn sie es sieht. Daher erhebe ich mich aus dem Sessel, schenke ihr einen Kuss auf ihr Haar und schnippe gegen ihr linkes Katzenohr. Anschließend gehe ich ins Schlafzimmer und hole die Box. Verdammt, wenn ich mir nur vorstelle, wie sie es trägt und sich anschließend devot zu meinen Füßen legt, wird mir unendlich heiß. Aber wenn ich einmal beginne und der

Damm bricht, wird sie sich die nächsten Stunden nicht mehr aus meinen Fängen befreien können. Ich würde sie wieder und wieder spüren und vögeln wollen.

Am Tisch angekommen, verziehe ich keine Miene und stelle die schwarze Schachtel wieder verschlossen vor ihr ab.

Aufmerksam verfolge ich jeden Handgriff von ihr, starre hin und wieder zu ihren hochgepushten Brüsten, die zwar etwas kleiner geworden sind, weil sie so sehr abgenommen hat, dafür immer noch meine Gier wecken. Sie sind perfekt, genau wie ihr makelloser Arsch, ihre schlanke Taille, Beine, die eine weiche Form haben und …

»Ich werde es tragen«, reißen mich Divinas Worte aus meiner Fantasie. *Scheiße, sie muss gesehen haben, wie ich ihre Brüste anstarre.*

Sofort halte ich die Luft an. *Was hat sie gesagt?*

»Nein«, antworte ich entschieden und eise meine Blicke von ihrem Körper, der mich um den Verstand bringt, los.

Wieder wird mein Schwanz schwerer, spüre ich die Wärme und die Geilheit.

»Ich möchte es. Wirklich«, sagt sie eindringlich und legt ihre Hand auf meine Wange. Sofort hole ich tief Luft.

»Nein, das willst du nicht. Denn wenn wir einmal anfangen, weiß ich, bist du nicht mehr sicher vor mir«, versuche ich, es als Scherz auszudrücken, und hoffe, sie versteht, dass ich das nicht will.

Draußen wird es bereits dunkel, als die Beleuchtung ein warmes Licht über ihr Gesicht zeichnet und das Blau ihrer Augen golden schimmert.

»Ich weiß, dass du nicht zu weit gehen wirst. Außerdem muss der Moment kommen – oder willst du ewig warten?« *Hat sie Angst, mich zu verlieren, bloß weil ich warten muss?*

Geht es um ihre Psyche, steht für mich Sex hinten an. Ich habe miterlebt, wie lange Oriana brauchte, um sich endlich wieder Rysand nähern zu können. Sie sollte es freiwillig wollen, nicht weil Arūnas' Aufgabe so aussieht.

»Ich kann es auch nur anziehen und wir sehen, was passiert?«

»Ich kann dir sagen, was passiert, und du kannst es dir denken. Nein. Lass es. Außerdem hat der Idiot wieder einen seiner Plugs dazugelegt. Er checkt es einfach nicht.« Schnell nehme ich ihr den Karton aus den Händen. Arūnas checkt es sehr wohl, da ich Katzenschwänze liebe und am meisten, wenn ich sie damit vögeln kann. *Hab. Dich. Endlich. Unter. Kontrolle.*

»Ich lass dir einen Moment.« Obwohl in mir der reinste Tornado herrscht, erhebe ich mich langsam vom Sessel und gehe zur Diele. Ich brauche frische Luft, eine kalte Dusche oder sollte mich sportlich betätigen.

Es gibt in der ersten Etage auch einen Sportraum. Am besten, ich reagiere mich am Boxsack ab und nehme im Anschluss eine kalte Dusche. Danach dürfte es ohnehin nach 22 Uhr sein und wir werden schlafen gehen.

Wenn ich ehrlich bin, freue ich mich sehr darauf, wieder neben ihr einzuschlafen. Es war gestern Nacht die dritte Nacht, in der ich neben ihr geschlafen habe. Dass sie in den nächsten Minuten fliehen wird, glaube ich nicht. Sie gab mir ihr Versprechen. Daran halte ich fest. Genauso wie an der Aussicht, dass sie sich bald wieder erholt und auch ich die Bilder aus meinem Kopf aussperren kann.

Obwohl ich sie bedingungslos will, wieder Sex mit ihr in vollen Zügen genießen möchte, kann ich nicht so schnell vergessen, was ich mit ansehen musste. Wie sie behandelt, missbraucht, geschlagen, vergewaltigt und erniedrigt wurde. Nur meinetwegen. Weil ich den unachtsamen Fehler beging und Dalius unterschätzte. Wie könnte ich mir das je verzeihen. Ich hatte es ihr doch versprochen. Ihr versprochen, dass ich sie beschütze und sie niemals wieder vor ihrem Zuhälter Angst haben muss. Und ich konnte mein Versprechen nicht halten.

Mag sein, dass sie mir verzeiht, aber es wird ein langer Zeitabschnitt vergehen müssen, bis ich mit mir im Reinen bin.

17

DIVINA

Tjark ist eine ganze Weile weg. Während ich mich durch die Fernsehkanäle zappe und nichts Unterhaltsames für mich entdecke, ziehe ich die schwarze Box zu mir.

Von oben höre ich immer wieder in Abständen, wie er in einem Zimmer auf etwas einschlägt oder herumschiebt. Ich weiß, dass es in der ersten Etage einen Sportraum gibt. Vermutlich reagiert er sich ab. Er will mich nicht unter Druck setzen, aber wenn ich ehrlich bin, will ich es beenden. Dieses Umeinander-Herumschleichen, diese krankhafte Sorge um mich, dieses Wir-müssen-Aufpassen, dass ich nicht wieder eine Panikattacke bekomme.

Ich will, dass es aufhört. Und ich will es versuchen. Ich will Tjark und ich will wieder ihm gehören. Alles, wirklich alles mit ihm teilen. Er war der erste Mann, der mir – vielleicht nicht anfangs, aber später – zeigte, wie besonders Sex sein kann. Was man dabei empfinden kann, wenn man mit der Person ungezwungen schläft, die man mag, der man vertraut, der man alles von sich schenkt.

Daher werde ich es heute versuchen. Ich zwinge mich nicht und ich überwinde mich nicht dazu, ich will es aus freien Stücken.

Ich lasse den Fernseher laufen, während ich die Box öffne und den Harnisch mit den feinen Lederriemen heraushebe. Ich schnappe mir als Nächstes die Packung mit den Strümpfen, die auf der Beinrückseite in Bänder übergehen. Sie sehen sehr sexy aus. Und dann hole ich den langen Plüschschwanz heraus. Der Schwanz ist getigert wie das Fell einer Katze und fühlt sich sehr weich an. Einen Moment betrachte ich den silbernen Plug. Er ist nicht groß, eigentlich was für Anfänger mit circa drei Zentimetern.

Entschlossen rolle ich die Sachen in den Pullover ein, verschließe die Box wieder und stehe von der Couch auf. Bevor ich es anziehe, brauche ich eine frische Dusche.

Weiterhin den Katzenhaarreif tragend, da er sehr praktisch und auch bequem sitzt, gehe ich in die erste Etage und suche das Badezimmer auf. Unter dem Hocker verstaue ich den eingerollten Pullover.

»Nur damit du es weißt, ich nehme eine Dusche«, rufe ich zur Tür, hinter der auch Musik zu hören ist.

»Geht klar. Ich platze nicht rein.« Das habe ich nicht verlangt. Aber es spielt mir in die Karten. Im Regal neben dem Waschtisch finde ich einen Rasierer, stelle mir die Zahnbürste und das Make-up zurecht. Anschließend werde ich meine Kleidung los und springe mit dem Rasierer unter die Dusche.

Je länger ich damit zubringe, um mich vorzubereiten, desto unruhiger werde ich. Früher war es reine Routine, nach einem Freier zu duschen. Ich habe teilweise nur so die ekelhaften Gerüche von mir spülen können. Eine Dusche war wie eine Erlösung. Gerade jetzt stehe ich irgendwie unter Anspannung und bin nervös. Nervös wie Ewigkeiten nicht mehr.

Ich fahre über meine Stirn und streiche mein feuchtes Haar zurück, bevor ich den rechten Fuß gegen die Fliesenwand stemme und mein Bein sorgfältig rasiere. Es ist auch das erste Mal seit Langem, dass ich mich so um mich kümmere.

Wie merkwürdig. Dabei war es mir in den letzten Monaten egal, ob meine Beine rasiert waren oder nicht.

Als ich die letzten Reste von Shampoo, Conditioner, Rasierschaum und Duschgel fortspüle, steige ich aus der Dusche. Das halbe Bad ist in der Zwischenzeit beschlagen, trotzdem ist Tjark kein einziges Mal ins Badezimmer geplatzt.

Sehr gut, somit wird die Überraschung umso größer.

Ich schlinge ein Handtuch um meinen Körper, bevor ich Festiger in mein Haar einmassiere und es föhne. Anschließend creme ich meinen Körper mit einer Lotion, die er liebt, ein. Denn sie duftet nach Rose.

Ich habe mehr als fünfundzwanzig Minuten gebraucht. Tjark wird sicher jeden Moment duschen wollen. Daher spute ich mich, putze die Zähne, trage etwas Make-up auf, aber nicht zu viel, schminke meine Wimpern, lege Rouge auf und zupfe die Brauen nach.

Als ich mit meinem Ergebnis zufrieden bin, räume ich schnell alles weg. Ich schiebe wieder den Haarreif in mein Haar und etwas vor, sodass der kurze Haarschnitt sogar niedlich aussieht. Anschließend gehe ich zum Hocker und hole den Pullover. In dem Moment klopft es an der Tür.

»Sag Bescheid, wenn du fertig bist. Oder bist du ertrunken?«

»Nein, bin gleich so weit.« Mist, er soll nicht sehen, dass ich mich geschminkt habe. Ich gehe auf die Tür zu und öffne sie. Tjark ist nicht dahinter zu sehen. Dafür höre ich ihn im Schlafzimmer.

»Du kannst. Das Bad ist frei. Ich bin dann wieder unten.« Ehe er mich sehen kann, husche ich barfuß auf die Treppe zu.

»Bis gleich. Such schon mal einen Film raus.«

Wenn er wüsste, welchen Film ich aussuchen werde.

»Klar, mach ich.«

Vermutlich will er sich mit einem entspannten Filmabend darüber hinwegtrösten. Als die Badtür zufällt, stoppe ich auf der Treppe und warte, bis ich Wasser rauschen höre. Es dauert etwas, doch dann höre ich es und husche schnell wieder nach oben. Auf dem Bett des Schlafzimmers lege ich den Pullover ab.

Verdammt. Er ist schnell mit dem Duschen, was, wenn er mich beim Umziehen erwischt? Daher schaue ich zur Tür des Spielzimmers. Dort würde er mich nicht so schnell vermuten. Ich krame alles zusammen und gehe durch die Tür. Als ich das Licht anschalte, überkommt mich kurzzeitig eine beklemmende Angst.

Wovor hast du Angst? Dass die Paddle sich von allein auf dich zubewegen? Die Seile dich ans Spielbett fesseln?

Über die Vorstellung muss ich schmunzeln, bevor ich alles aufs Spielbett lege. Während ich das Handtuch loswerde und eine Weile brauche, um den Harnisch richtig anzuziehen, schaue ich mich immer wieder in dem Raum um. Über mir verlaufen LED-Bänder in der Decke, selbst im Boden sind welche zu entdecken. Die Vorhänge sind zugezogen und schwarz. Alles ist dunkel gehalten, aber zugleich nicht düster oder unheilvoll. Das Bett ist mit roten Laken bezogen und ebenfalls nobel beleuchtet.

Nachdem ich die Strümpfe angezogen habe, prüfe ich den Harnisch vor dem silbergerahmten Spiegel. Die Riemen verlaufen um meine Brüste, zwei liegen über meiner Schulter, weitere bedecken meinen Bauch. Ich trage passend dazu einen schwarzen String mit Spitze, die Strümpfe und High Heels, von denen in diesem Raum fünf Paar in einer Garderobe zu finden waren. Die schwarzen Plateauheels sehen unsagbar gut aus. Nur jetzt kommt der schwierigere Teil.

Da mich in diesem Zimmer niemand beobachtet – hoffe ich zumindest –, schnappe ich das Gleitgel aus der Kommode und knie mich auf allen vieren auf den weichen Teppich vor den Spiegel hin.

Ich verteile das Gel auf den Plug, ohne das Fell des Schwanzes damit zu verkleben, und hebe den Plug zu meinem Po. Ich gebe zu, es ist nicht so einfach, wie ich dachte. Denn kaum dass die Spitze des Plugs meinen Anus berührt, höre ich mich schreien. Spüre Dalius' Schwanz roh in mich eindringen und sehe vor Schmerz kaum noch die Fugen der Fliesenwände um mich herum.

Schließ nicht die Augen und entspann dich. Gleichmäßig atme ich aus und wieder ein. *Denk an Tjark, seine Küsse, seine Berührungen, seine Blicke* – beruhige ich mich selbst.

Als ich mich nur darauf konzentriere, drücke ich den Plug sehr langsam in mich und gebe mir Zeit. Nach gefühlt fünf Minuten habe ich es tatsächlich geschafft und er sitzt perfekt. Es tat auch nicht weh. Als ich mich aufrichte, höre ich Tjark nach mir rufen.

Shit! Er findet mich unten nicht. Nicht, dass er glaubt, ich wäre wieder abgehauen.

»Wo steckst du? Divina?«

Mit jedem Rufen wird er ungehaltener und flucht.

Ich gehe zum runden Bett gegenüber vom Spiegel und knie mich in einer einstudierten Pose hin. Mit einer Hand stütze ich mich ab, die andere ruht auf meiner Brust. *Atmen nicht vergessen.* Mir ist wirklich etwas schwindelig.

»Ich bin hier!«, antworte ich schließlich, damit er nicht das gesamte Haus zerlegt, um mich zu finden.

»Wo ist hier? Geht es etwas genauer? Whirlpool, Sportraum, Besenkammer?«

Nein, finde mich. Er ist nicht mehr weit weg, vermutlich schon oben auf der Galerie. Mein Herz rast unglaublich schnell vor Anspannung.

Nach einer Minute stößt er die Tür des Spielzimmers auf. Er trägt wieder frische Jogginghosen und hat noch feuchtes Haar, während ein verwirrter Blick in sein Gesicht tritt, als er mich sieht. Kurz wirkte es auch so, als würde er gleich wieder umdrehen wollen, da er mich niemals in diesem Raum vermuten würde.

»Was zur Hölle machst du hier?«, fragt er überrascht und leicht verärgert.

Okay, ich habe mit einer anderen Reaktion gerechnet.

»Auf dich warten?«, antworte ich ihm und gebe mir einen Ruck, um über das Bett auf ihn zuzukrabbeln.

»Nein, vergiss es. Zieh das Zeug aus und …« Sein Blick wandert zu dem Katzenschwanz, den er erst jetzt sieht. »Komm schon, Divina«, bittet er mich und sieht etwas hilflos aus.

Stur schüttele ich den Kopf. »Noch einmal bekomme ich es nicht hin. Ich will es, will es wirklich. Ich mach dir nichts vor oder will dir was beweisen.« An der Bettkante angekommen, setze ich mich auf und spüre den Druck des Plugs. Er trägt sich wirklich sehr angenehm.

Erwartungsvoll schaue ich zu ihm auf.

Würde ich wie bei anderen verklemmten Freiern versuchen, ihn am Hosenbund zu mir zu ziehen oder mich an ihn zu schmiegen, ist er sofort weg. Tjark tickt anders. Er will sich holen, was er will, und es nicht serviert bekommen.

»Scheiße, Divina …« Er schaut mich weiterhin an, betrachtet meine Brüste, meinen Bauch und fährt sich mit sich ringend durch sein feuchtes Haar. Selbst das Halsband entgeht ihm nicht. Nachdem er mich so ansieht und sich die Lippen leckt, wird sein Blick hart. Ich wusste, es würde nicht klappen. Aber ich hätte nicht gedacht, dass es an ihm liegen würde.

»Hast du nicht etwas vergessen?«, fragt er unvermittelt und geht plötzlich am Bett vorbei. Ich verstehe seine Frage nicht, runzele die Stirn und drehe mich um.

»Was vergessen?«

Von einem der Haken, an der sich mehrere Spankinghilfsmittel befinden, denn Folterwerkzeuge klingt gleich viel zu brutal, nimmt er eine Leine.

Als er zurückkommt und mein Kinn schnappt, um mein Gesicht zur Decke zu drehen, klickt er den Karabiner ins Halsband ein. In dem Moment rast mein Herz verdammt schnell. *Er macht also keinen Rückzieher*?

»Wie heißt es?« Er umfasst mein Kinn gröber.

»Danke, mein Herr.« Nun schaue ich in sein Gesicht.

»Du willst also spielen, Divina. Ich versprech dir gleich, dass es nicht leicht wird. Du sagst sofort, wenn du nicht willst oder nicht mehr kannst, verstanden?«

»Du kennst mich, ich würde es dir sagen«, versichere ich ihm und umfasse seinen Unterarm. Ein angenehmer Duft geht von ihm aus, der seinen eigenen überdeckt.

»Fein, ich werde dich auch nicht schonen.«

»Das möchte ich auch nicht.«

Fragend hebt er die linke Braue, aber spricht die Frage nicht aus.

»Dann steig vom Bett, bevor du alles mit deinem Schwanz voll haarst.« Dieser düstere zynische Blick tritt in seine Augen. Er ist gut darin, es zu überspielen.

Ich mache, was er sagt, steige mit den hohen Plateauschuhen vom Bett und werde gleich drauf auf die Knie hinuntergedrückt.

»Sehr gehorsam. Wie willst du dich für die Leine, die ich dir geschenkt habe, bedanken? Such es dir aus.«

Demonstrativ wickelt er die Leine um seine Hand und strafft sie etwas. Er lässt mir wie heute Morgen die Wahl.

In Ordnung, ich will weitergehen, daher hebe ich vor ihm kniend die Hände zu seinem Jogginghosenbund und lecke zugleich über seine Bauchmuskeln.

»Sei nicht so gierig.«

Wieder lächele ich knapp, schiebe seine Hose hinunter und spüre seinen halb erigierten Schwanz. Er streichelt über meinen Nacken, fährt mit den Fingern unter dem Halsband entlang und behält mich die gesamte Zeit im Auge. Als ich seinen großen Schwanz umfasse und mich ihm mit dem Mund nähere, friere ich in der Bewegung ein.

»Schau mich dabei an. Du musst das nicht tun.« Sofort blicke ich zu ihm auf und schlucke hart.

Meine Augen suchen seine, als ich mich überwinde. *Geh weiter. Mach schon. Du kannst es.*

Ich befeuchte seine Schwanzspitze und nehme anschließend seinen Schwanz in meinen Mund. Dabei löse ich für keinen Moment den Blickkontakt, als würde ein Band zwischen uns bestehen. Sein leises Keuchen gefällt mir, als er die Lippen öffnet und genießt, was ich mache. Ich streichele über seine Hoden und nehme seine Härte, die immer praller wird, tiefer in meinen Mund auf, bis ich mich wieder zurückbewege.

»Du müsstest dich sehen. Du siehst so unsagbar heiß aus.« Ich kann mich sehen. Im Spiegel neben uns. Und er hat recht, selbst ich gefalle mir. Daher beginne ich langsam und mit tiefen Stößen seinen Schwanz zu blasen. So geladen wie er ist, braucht er nicht lange.

An seiner Hüfte halte ich mich fest und löse für keinen Moment den Blick von seinen Augen. Der Anblick müsste ihm noch mehr gefallen, und mir hilft es, zu wissen, welchen Schwanz ich blase. Ich werde immer schneller, umfasse seine Hüfte fester und lasse mich von ihm dirigieren.

Nach nur wenigen Minuten schiebt er mich von sich. »Gar nicht mal so schlecht.«

Er war kurz davor zu kommen und bezeichnet es als »gar nicht mal so schlecht«? Grimmig funkele ich ihm mit den Augen entgegen, während er seinen harten Schwanz unter der Jogginghose zurechtschiebt und durchatmet.

»Was schaust du so? Los, beweg dich aufs Bett.« Als ich mich aufrichten will, übt er leichten Druck auf meine Schulter aus. »Können Katzen auf zwei Beinen laufen?«

Ich schmunzele, schüttele den Kopf und krabbele auf allen vieren auf das Bett. »Also ich muss wirklich sagen, du bist echt aus der Übung, meine hübsche Hure. Leg dich auf den Rücken und zappel nicht rum.«

Hab ich jemals irgendwann herumgezappelt? Ich weiß zwar, dass er ebenfalls unter Druck steht, aber das zu sagen, bringt mich noch mehr zum Lächeln. So was hat er nie zuvor gebracht.

Aber ich verstehe, was das wird, er will weiterhin mit mir sprechen und nicht nur den Sex. Als er auf das Bett steigt, bindet er je eines meiner Handgelenke mit schwarzen Seilen am Kopfende fest. Wieder wandert sein Blick zu mir. Nun sehe ich ihn grinsen, da er meine fragenden Augen entdeckt.

Ich umfasse die Seile, winkle die Beine an und will mich etwas hochziehen, als er sich im nächsten Moment über mir abstützt und mich unter sich gefangen hält.

»Angst?«, raunt er gefährlich nah vor meinen Lippen, um mich etwas einzuschüchtern.

»Nein.«

»Sehr gut.« Schon treffen seine Lippen auf meine und seine rauen Bartstoppeln reiben über mein Kinn. Ich erwidere den Kuss, der ziemlich schnell hungrig und verlangend wird. Unsere Zungen verschmelzen miteinander, während ich seinen warmen Körper auf mir spüre. Kurz darauf, als ich glaube, wir würden uns länger küssen, beißt er in meine Unterlippe und lacht dunkel. Er rutscht über mir herunter, leckt über meine Halsseite und saugt an meiner Haut. Verdammt fest, sodass er einen Knutschfleck hinterlässt. Ich will zwar meine Hände zu ihm ziehen, aber kann sie in den Fesseln nicht bewegen.

Als er zwischen meinen Brüsten entlang leckt, anschließend an meiner rechten Brustwarze saugt, schieben sich Finger unter meinen String und streicheln über meine Schamlippen. Allein der feste Druck um meine Brustwarze löst jede Hemmung allmählich auf. Denn im Keller hat mich keiner so berührt und war niemand daran interessiert, mir etwas zurückzugeben.

Daher spreize ich meine Beine weiter, während seine Finger meine Schamlippen auseinanderschieben.

»Wir sprechen später darüber, dass du diese Aktion hinter meinem Rücken geplant hast, klar?«, raunt er über meiner Brust, streichelt meine Bauchseite entlang und beißt zart in meine Brustwarze.

Ich nicke, und im selben Moment erhebt er sich, dreht meine harte Brustwarze fester und dringt mit zwei Fingern langsam in mich ein.

Obwohl ich mich noch nicht ganz fallen lassen kann, schmerzt es nicht. Aber dass ich nicht vollkommen entspannt bin, entgeht ihm nicht.

»Mach bitte weiter«, sage ich, als er mich mit einer ausdruckslosen Miene anschaut und etwas die Lippen öffnet.

Er wirkt irgendwie hilfloser als ich. Und so will ich

ihn nicht sehen. Aber ich will ihm auch nichts gekünstelt vorstöhnen.

Er leckt über die Lippen, bevor er sich wieder herabbeugt, meine Hautpartien zwischen dem Leder küsst und den Harnisch zwischen meinen Brüsten umfasst.

Als er das Gesicht zwischen meinen Beinen vergräbt und seine Finger den Slip vorsichtig zur Seite ziehen, spüre ich auch, dass ich lange noch nicht feucht genug bin. *Verdammt, ich sollte irgendwas machen. Vielleicht Gleitgel verwenden?*

»Dieses Mal schließt du die Augen und gibst keinen Ton von dir, bis ich es erlaube«, sagt Tjark unmissverständlich in einem harten Tonfall und reißt mich aus meiner Überlegung. »Höre ich ein Wimmern, ein lautes Keuchen oder auch nur Stöhnen von dir, breche ich ab.«

Meint er das ernst? Warum sollte er das tun?

»Was ist das für eine merkwürdige Regelung?«, frage ich ihn. *Will er nicht eigentlich das Gegenteil erreichen?*

»Mach, was ich sage, Kätzchen, den Rest überlass mir.«

Etwas merkwürdig finde ich das schon. Aber letztendlich beuge ich mich seiner komischen Aufforderung, lege den Kopf zurück auf das Kissen, schließe die Augen und spüre dann, wie er seine Finger von meiner Pussy nimmt und ich den Slip loswerde. Dabei küsst er meine Beininnenseiten, streichelt hauchzart über meine Beine, sodass ich Gänsehaut bekomme. Dass er so sanft und langsam vorgehen kann, hätte ich nicht gedacht. Als er den Slip über meine Fußknöchel hebt, streifen seine Lippen kitzelnd meine Fußrücken über den Heels.

Ich nehme jede Berührung von ihm wahr, spüre sie hinter den geschlossenen Augen so viel intensiver und habe keine Angst. Zwar schleicht sich immer noch die Befürchtung in mir ein, ihm nicht das geben zu können wie früher, dennoch tritt die Angst immer mehr in den Hintergrund. Denn er bedrängt mich nicht, fordert nichts Unmögliches von mir und lässt mich selbst den Moment bestimmen, an dem er aufhören soll. Doch das will ich gerade nicht. Es fühlt sich so gut an, wie er mich berührt.

Nachdem sein Atem wieder meinen Venushügel trifft, leckt er langsam durch meine Spalte, schiebt die Schamlippen vorsichtig auseinander und befeuchtet meine Klit. Es kitzelt und fühlt sich nicht künstlich an. Zwar würde ich jetzt leise durchatmen, aber unterdrücke das Geräusch.

Ich werde seine Anweisung auf jeden Fall problemlos einhalten können. Vielleicht will er es mir auf diese Weise leichter machen, damit ich mich nicht verkrampfe und mir Zeit gebe. Das ist wirklich aufmerksam von ihm und hat kein Mann je von mir gewollt. Erleichtert lächele ich und spüre seine Berührungen. Sie sind nicht schlimm und lösen auch keine Erinnerungen aus.

Allerdings … Je länger er meine Klit mit der Zungenspitze umkreist, seine Finger in mich langsam eindringen und sich in mir bewegen, desto wärmer wird mir. Auch meine Pussy wird feuchter und das schwache Pochen in meinem Becken nimmt immer mehr zu. Besonders als er mit einer Hand meine Brüste massiert und mit dem Daumen meine linke Brustwarze umkreist, dann etwas zwirbelt. Er weiß, dass ich darauf sofort anspringe und dieses Prickeln ein Ziehen in meinem Becken auslöst.

Okay, nicht stöhnen. Dabei … kann ich gerade bildhaft vor meinen geschlossenen Augenlidern sehen, wie ich das letzte Mal unter ihm gestöhnt habe. Es war Sex, wie ich ihn nie zuvor erlebt habe. So berauschend. So intensiv. So berührend. Er weiß genau, was er tun muss, um jeden Sinn bei einer Frau zu wecken.

Meine Klit schwillt mehr an, während er sie fester umkreist, dann mit dem Daumen Druck ausübt und seine warme feuchte Zunge meine Schamlippen entlanggleitet.

»Ich bin wirklich stolz auf dich«, höre ich ihn irgendwann sagen. Doch zugleich rast mein Puls und ich spanne die Arme in den Seilen an.

Statt zu antworten, nicke ich mit zusammengepressten Lippen, was ihm ein amüsiertes Raunen entlockt. Und verdammt, jetzt beginnt er, noch mehr Druck auszuüben, und ich stehe in wenigen Minuten tatsächlich davor, zu kommen. Ich bin sogar so weit, mein Becken rhythmisch zu seinen Fingern zu bewegen. Denn ich will nicht, dass er aufhört. Wenn er aufhört, weiß ich nicht, ob wir noch mal so schnell an den Punkt gelangen. Wobei … Es ist Tjark, er weiß, was er will, und er bekommt es für gewöhnlich.

Angestrengt unterdrücke ich zwar den Impuls meines Körpers, aber will ihn zugleich so sehr.

Nicht stöhnen! Nicht keuchen! Nichts sagen! Gott! Ich halte das nicht lange aus. Meine Oberschenkel zittern bereits, während ich die Zähne zusammenbeiße und das Gesicht auf die Seite drehe.

»Wird dir etwas warm, mein Herz?«, fragt er, dreht meine linke Brustwarze noch fester und reibt meine Klit mit feuchten Fingern. Ich kann es mir bildhaft vorstellen. Er weiß genau, was Sache ist, und kann besser als ich meine Körperreaktionen ablesen.

Wieder nicke ich nur, bis meine Oberschenkel noch mehr unkontrolliert zittern, seine Finger schneller in mich stoßen, ich den Plug, der mich anmacht, spüre und nein … nein … nein …!

Ich presse die Lippen fester zusammen, als ich zum Höhepunkt komme und ein Hohlkreuz mache und meinen Körper anspanne. *Das kann nicht sein, halt es auf. Komm schon!*

»Jetzt darfst du wieder einen Laut von dir geben und für mich kommen, mein Kätzchen«, befiehlt er mit einem tiefen samtigen Bariton und küsst meinen Venushügel. Sofort stoße ich die angestaute Luft zwischen den Lippen aus und stöhne tief und absolut zwanglos wie unter Strom stehend. Meine Pussy kontrahiert um seine Finger, meine Beine zittern, während ich alles bis auf ihn um mich herum vergesse.

Wie … wie … kann das sein? Während ich laut komme, wie ich es nie für möglich gehalten hätte, den Kopf in den Nacken lege und die Augen zusammenkneife, höre ich sein Raunen.

»Ich liebe dein Stöhnen so abgöttisch. Es ist unvergleichbar.« Mir schmeicheln seine Worte.

Aber er hört nicht auf, meine Klit zu massieren. Dadurch, dass ich zuvor die Lust zurückgehalten und angestaut habe, gelingt es ihm tatsächlich, dass ich nach der ersten Orgasmuswelle, die verdammt lang anhält, ein zweites Mal verdammt intensiv komme. Ich kralle mich fester an den Seilen fest, die mich nicht fesseln, sondern mir gerade jetzt Halt geben.

»Gott! Verdammt, wie …«

»Ich will, dass du meinen Namen stöhnst«, höre ich ihn sprechen und blinzele. Seine Augen treffen meinen verwirrten und erhitzten Blick, als mein Stöhnen in ein Schreien übergeht. Ich schreie, wie er will, seinen Namen. »Gott, Tjark! Verdammt, wie … wie hast du das …«

Bevor ich zu Ende sprechen kann, lege ich den Kopf auf die Seite, spanne meinen Körper an und gebe mich dem heißen Gefühl, das durch meinen Körper rauscht, hin.

Obwohl er mich sinnlicher leckt, höre ich sein Lachen an meiner Pussy. Mein Herz schlägt so verdammt schnell, während das Blut in meinen Ohren rauscht und mein gesamter Körper bebt.

Vorsichtig zieht er die Finger aus meiner Pussy und leckt sie ab. In seinem Gesicht kann ich ablesen, wie sehr ihm gefällt, was er sieht. Er wirkt sogar erleichtert und sieht so wunderschön aus. »Es lief besser als gedacht. Und jetzt kommt der Part, in dem du mir gehörst«, kündigt er mit tiefer unheilvoller Stimme an.

Schlagartig tritt wieder seine harte Dominanz in seine Augen, die er sehr lange für mich zurückgehalten hat.

18

TJARK

Es ist simple Psychologie. Und sie hat hervorragend bei ihr funktioniert. Verbietet man etwas, will man es erst recht haben. In ihrem Fall hat sie sich erst entspannt, als sie wusste, dass nicht von ihr verlangt wird, zu stöhnen.

Und verdammt, ihr ekstatisches Stöhnen ist nicht nur Musik für meine Ohren, sondern löst sämtliche Ängste in mir auf. Teilweise glaubte ich, sie würde nie wieder Lust empfinden, nie wieder zum Höhepunkt kommen. Sich nie wieder so anfassen lassen wie früher. Aber ich habe mich geirrt und bin vermutlich erleichterter, als sie es ist.

Ich erhebe mich vom Bett, löse die Seile und gebe ihr einen Moment, um ihre Gedanken zu sortieren und durchzuatmen. Allein die Verblüffung in ihren tiefblauen Augen zu sehen, gefällt mir und ist die schönste Belohnung überhaupt.

Zart streichele ich über ihre Handgelenke, auf denen kaum Seilabdrücke zu erkennen sind. Anschließend hebe ich ihre rechte Hand zu meinen Lippen und küsse ihre Finger. Sie hebt die Hand zu meiner Wange, blinzelt mehrmals und zieht sich zu mir hoch.

»Woher wusstest du, dass es klappt?«, fragt sie mich mit noch erhitztem Blick, der mich immens anmacht.

»Ich wusste es nicht. Es war einen Versuch wert. Selbst wenn es nicht geklappt hätte, hättest du das Spiel gewonnen.«

Langsam dränge ich sie wie meine Beute zurück in die Kissen. Über ihrer linken Schulter abgestützt, umfasse ich ihren Hals und küsse sie hungrig. Denn fuck, ich kann mich wirklich nicht mehr zurückhalten, keine Scheißminute mehr. Sie wollte den Kuss vorhin so sehr, jetzt hat sie ihn sich verdient.

Obwohl sie zum Höhepunkt kam, folgt jetzt der schwierigere Teil. Sie macht es mir nicht gerade leicht mit dem Plug. Ich liebe das Toy, gar keine Frage, aber es wird sie noch mehr meinen Schwanz spüren lassen, was sogar schmerzhaft sein könnte. Und ihr den Katzenschwanz jetzt rausnehmen, halte ich für keine gute Idee. *Warum musste sie Arūnas' Aufgabe so ernst nehmen? Aber ich weiß warum. Sie tat es für mich.* Und das rechne ich ihr hoch an. Sie jetzt sitzen lassen. Niemals.

Während ich sie küsse und sie den Geschmack ihrer geilen Pussy schmecken dürfte, greife ich unter ihren Rücken und hebe sie behutsam in den Sitz. Ich ziehe sie, ohne die Lippen einen Moment von ihr zu nehmen, zur Bettkante und stehe auf. Anschließend umfasse ich ihre schmale Mitte und hebe sie an mir hoch. Sie fühlt sich so viel leichter an als vor Wochen. Das gefällt mir nicht. Denn jedes Mal glaube ich, ich könnte sie verletzen.

»Halt dich fest, kleines Kätzchen.« Sofort öffnet sie die Augen und macht, was ich sage, schlingt die Arme um meinen Nacken und verschränkt die Fußgelenke gehorsam um meine Hüfte. An ihrem kleinen Po halte ich sie fest an mich gepresst, während mein Schwanz wieder schwerer wird und ich es kaum erwarten kann, sie zu spüren.

»Was hast du vor?«, fragt sie, als sie merkt, dass ich das Zimmer verlassen will.

»Das wirst du gleich sehen.« Ich will sie nicht in dem Spielzimmer vögeln, sondern im Bett. In dem Bett, in dem ich sie vielleicht heute Nacht oder morgen früh erneut nehmen werde. Falls sie es denn nicht zwischenzeitlich abbricht.

Auf dem Bett im Schlafzimmer, in dem die Lichter gedimmt sind, lege ich sie ab, hebe ein Bein von ihr über meine Hüfte, während ich sie erneut sinnlich küsse und dabei spüren lassen will, wie viel sie mir bedeutet. Sie verliert sich komplett in dem Kuss, beißt sogar in meine Unterlippe und zieht sie zu sich. Schief grinsend fahre ich über ihre Wange und erhebe mich anschließend, um meine Jogginghose loszuwerden.

»Bist du wirklich sicher?«, frage ich sie noch mal, um auszuschließen, irgendwelche Anzeichen übersehen zu haben. Sie schluckt hart, aber greift nach meiner Brust. Ihre Finger malen sanft die Konturen der Tätowierungen nach. Dabei sehe ich die kleine zarte Rose auf ihrem Unterarm. Sie sticht wie schwarze Tinte auf strahlend weißem Papier hervor.

»Ich bin mir bei dir absolut sicher. Ich will dich. So wie früher.« Mit einem Blick auf ihr Gesicht umfasse ich ihre Hand auf meiner Brust und beuge mich dann zum Nachttisch.

»Schließ wieder die Augen.« Da ich sie nicht sehen

lassen will, wie ich den Gummi überstreife. Ich schnappe mir das Kondom, das extrafeucht ist, reiße es auf und schaue nur zu ihr.

Es gab selten einen Moment, wo ich mich so zurückgenommen habe. Wo ich dachte, ich könnte jemandem schaden, weil ich falsch vorgehe. Ich habe mich immer für unfehlbar im Bett gehalten. Bis jetzt.

Als ich fertig bin, die Jogginghose aus dem Bett befördere, beuge ich mich zu ihr hinab, vergrabe mein Gesicht an ihrer Halsbeuge und lecke ihr Ohr entlang. Zärtlich beiße ich in ihr Ohrläppchen und spüre, wie sie darauf reagiert. Mit den Fingern prüfe ich anschließend, ob sie immer noch bereit für mich ist, und bringe ein überwältigendes Lächeln über die Lippen, als ich ihre Feuchte spüre.

»Okay, du schaust mir die gesamte Zeit in die Augen. Selbst wenn du kommst, weichst du meinem Blick nicht aus«, raune ich vor ihren vollen Lippen. Sofort öffnet sie die Augen und legt ihre Hände um meine Schultern.

»In Ordnung«, bringt sie nervös über die Lippen.

»Braves Kätzchen«, necke ich sie, küsse ihren Mundwinkel und stütze mich neben ihren Schultern auf, um sie nicht mein Gewicht spüren zu lassen oder sie einzuengen. Sie winkelt ihre Beine an, bevor ich komplett mit der Hüfte zwischen ihre Schenkel rutsche. Mit meinem Schwanz fahre ich durch ihre Spalte und lese in ihren Augen. Bisher sehe ich weder Furcht noch Panik in ihnen – nur die Nervosität vor dem nächsten Schritt. Die werde ich ihr schnell nehmen.

Mein Gesicht schwebt nah über ihrem, bevor ich sie wieder sanft küsse, ihre vollen Lippen auf meinen spüren will und dann in sie eindringe. Als meine Eichel bereits in ihr ist, hebe ich das Gesicht. Sie schiebt ihre Finger in mein Haar und legt die andere Hand auf meine Hüfte, bevor ich tiefer in sie eindringe. Und fuck, dieses Gefühl, sie endlich wieder unter mir zu sehen und sie nur für mich zu haben, ist überwältigend.

Zugleich spüre ich, wie eng sie ist, da sie den Plug trägt. Trotzdem gleite ich komplett in sie und warte einen Moment, damit sie sich an die Größe meines Schwanzes gewöhnt.

»Es ist alles gut«, versichert sie mir und fährt durch mein Haar, ohne den Blick von mir zu lösen.

»Sicher?«, frage ich keuchend. Als ich ihr Nicken sehe, kann ich mich nicht länger zurückhalten und ziehe meinen Schwanz über die Hälfte aus ihr und dringe das nächste Mal tiefer in sie. Sie legt den Kopf ein Stück zurück, öffnet die Lippen und zeigt mir ihre perfekten Zähne. Dabei schaut sie in meine Augen. *Sehr gut, sie macht es wirklich großartig.*

Allmählich überwinde ich meine Zweifel und bewege mich schneller in ihr, beschleunige das Tempo und spüre ihre kleine Pussy, die wie für mich geschaffen ist, feuchter werden. Ein besseres Zeichen gibt es nicht. Allerdings macht es mich noch wahnsinniger, als ich sie keuchen höre. Ich nehme sie immer schneller, da sie nur mir gehört und ich bedingungslos alles für sie tun würde.

Sie umfasst meine Pobacke fester, was mir gefällt. Dann schlingt sie ein Bein um meine Oberschenkel und hält den Widerstand. Diese unermessliche Hitze breitet sich in mir aus, als ich tief in sie stoße und sie anschließend am Rücken umfasse und auf mich rolle.

Ich will nicht, dass sie auf mir reitet, aber dass sie oben ist und ich ihren kompletten Körper sehen kann. Sehen kann, wie ihre Brüste sich bewegen, das Glöckchen an ihrem Hals klirrt und ihren schneeweißen Körper mit dem Harnisch betrachten kann. Sie beugt sich zu mir vor, umfasst meine Wange und bewegt ihre Hüfte im selben Rhythmus zu meinen Stößen.

»Egal, was passiert ist, du bist immer noch die schönste Frau für mich. Diese Augen … Ich könnte mich jeden Tag neu in sie verlieben.« An der Hüfte halte ich sie umfasst, während sie ihre Hände auf meiner Brust abstützt. Ich suche ihre rechte Hand und schiebe meine Finger zwischen ihre.

»Und du bist der Mann, den ich immer wieder und wieder retten würde«, antwortet sie nah vor meinen Lippen, keucht und küsst mich. »Schon damals, als Morano dich töten wollte, habe ich dich warnen wollen.«

»Ich weiß. Ich habe es nicht übersehen«, antworte ich und fasse in ihr kurzes Haar. Ich erwidere den Kuss, nehme sie schneller und rolle sie zurück auf ihren Rücken. Die letzten Stöße will ich sie unter mir liegen sehen und kann meine Gier einfach nicht länger zurückhalten. Mit jeder Sekunde ziehen sich meine Hoden stärker zusammen, höre ich sie schwerer atmen und spüre ich meinen Schwanz mehr zucken. Ich komme so hart, dass ich tief in ihren Mund stöhne, als mein Schwanz pumpt. Fuck, dabei wollte ich es noch etwas länger genießen.

Mein Herz rast, während mir unendlich heiß ist. Sie umfasst mein Gesicht, küsst mich und verströmt wie immer diesen magischen Duft von fruchtiger Rose und Mandelblüte.

»Ich liebe dich so sehr, Divina«, stöhne ich mit kehliger Stimme vor ihren Lippen. Es war vielleicht nicht der schmutzigste Sex, nicht der ausgefallenste, dafür der, der sie zurückgeholt hat und ihr hoffentlich einen Teil ihrer Ängste nahm.

»Niemals mehr als ich dich«, antwortet sie frech, schlingt ihre Arme um meinen Rücken und zieht mich eng an sich. Anscheinend hat sie nicht die Befürchtung, dass ich sie erdrücken könnte.

Unerwartet höre ich sie an meinem Ohr schniefen und glaube zuerst, dass sie nur tief Luft holen will. Aber dann geht das Schniefen in einen Seufzer über und ihre Lippen beben an meiner Halsbeuge.

»Weinst du?«, frage ich sie ruhig. Scheiße, habe ich doch etwas falsch gemacht? Ich hätte am Ende nicht zu schnell werden sollen.

»Nein, nicht so richtig.« *Was?*

»Es gibt da kein Richtig oder Falsch«, erkläre ich ihr und will mich hochstemmen, um zu sehen, was los ist, was sie jedoch nicht zulässt.

»Mir geht es sehr gut, Tjark. So gut wie seit Langem nicht mehr. Die verfluchten Tänen kommen nicht wegen dem Sex oder weil ich traurig bin.«

Wie ein Äffchen klammert sie sich an mir fest. Sie braucht vermutlich ein paar Minuten, um sich zu sammeln. Ich nehme ihre Hand aus meinem Nacken, schiebe meine Finger erneut zwischen ihre schmalen und drücke sie ins Laken. Ich gebe ihr die Zeit, die sie braucht. Alle Zeit der Welt. Denn eine gebrochene Seele heilt nicht an einem Tag.

19

DIVINA

So oft wie ich die letzten Tage geweint habe, habe ich in den letzten vier Jahren nicht geheult. Mich stört es, und doch hilft es mir, um alles zu verarbeiten.

Wir haben es geschafft und ich konnte sogar den Sex genießen. Ich weiß nicht, warum ausgerechnet ich dieses Glück verdient habe. Dabei arbeiten tagtäglich weitere Prostituierte unter den grausamsten Bedingungen im Bordell. Keiner sieht, wie es in ihnen aussieht. Keiner will es wissen oder ihnen helfen.

Wenn ich ehrlich bin, habe ich mir immer einen Retter gewünscht. Gewünscht, dass einer der Männer, mit denen ich schlafen musste, mir helfen würde. Doch da gab es keinen einzigen. Dalius' Einfluss war viel zu groß. Hätte uns einer geholfen, wäre er sofort verschwunden und seine Familie während eines Unfalls auf mysteriöse Weise ums Leben gekommen. Niemand konnte Dalius die Stirn bieten. Niemand, bis Tjark kam. Er war der Erste, der seinen Deal ausschlug und damit seinen Zorn auf sich zog. Er tötete Leonas und entführte mich.

Er hätte genauso gut Jurate, Dalia, Mary-Ann, Lyria, Maria, Paulina und die anderen retten können. Aber er wählte mich und befreite die anderen.

Dabei, weiß ich, erstreckt sich das Netz des Menschenhandels über den gesamten Erdball. Es gibt unzählige Bordelle, in denen Frauen geschlagen, erpresst, angefixt, eingeschüchtert und wie Ware für alle möglichen Abarten verkauft werden. Die Welt ist von Grund auf schlecht, ansonsten würde es so was nicht geben. Und es würden nicht so viele wegsehen und es unterstützen.

Und jetzt bin ich frei und habe zum ersten Mal die Chance, mein Leben so zu leben, wie ich es will. Nur aus diesem Grund kommen die Tränen hoch. Weil ich lebe, weil ich lieben kann und weil ich jemanden an meiner Seite habe, der mich nicht im Stich lassen würde.

Tief durchatmend löse ich mein Gesicht von seiner Halsbeuge und senke meine Hand von seinem Rücken. Bisher habe ich keine Person vorher so fest an mich gezogen. Nie zuvor Nähe so gemocht und zugelassen.

Er stemmt sich mit einem forschenden Blick auf, aber hält meine Hand weiterhin fest.

»Schau nicht so besorgt, mir geht es prima, Tjark.« Er macht sich immer noch Sorgen, wenn er etwas nicht sofort versteht oder ich weine. Das liebe ich an ihm. Er achtet mich und er sieht nicht weg.

»Wenn das so ist.« Langsam zieht er sich aus mir zurück, steigt vom Bett und wird den Gummi los. Langsam schiebe ich mich auf die Unterarme hoch. Kuscheln scheint nicht zu seinen Vorlieben zu gehören.

»Folgt jetzt natürlich deine Strafe. Du hast mich hinterhältig und berechnend – was mir doch sehr imponiert hat – verführt. Das lasse ich nicht unbestraft.«

Sofort ziehe ich die Beine an meinen Körper und richte mich komplett im Bett auf. »Habe ich gern gemacht.«

»Du leugnest es also nicht?«, hakt er nach, zieht seine Jogginghose an und schenkt mir diesen düsteren Tjarkblick. »Lächele nicht so, als wärst du noch stolz darauf.«

»Oh, das bin ich. Sehr sogar.« Ich hebe den rechten Fuß zu mir, um die schwarzen Peeptoes auszuziehen und die Strümpfe loszuwerden.

Als ich jedoch an den Schnüren zerre, kommt er auf mich zu und hebt mich vom Bett.

»Was wird das? Ich wollte mir gerade die Schuhe ausziehen.«

»Interessiert mich das?«

»O Mann, du machst mich echt fertig mit deinen Überraschungsmomenten«, rutscht es mir raus, während er mich aus dem Schlafzimmer trägt und über den Gang zur Außenterrasse läuft.

»Ach wirklich? Dabei beginnt der Spaß doch erst jetzt.« Er öffnet die Terrassentür und läuft mit mir durch den Schnee zum Whirlpool, der angeschaltet wurde. *Läuft er schon die ganze Zeit?* Außerdem steht auf einem Holzhocker, von dem die Schneeschicht geschoben wurde, eisgekühlter Champagner. Wobei … er muss ja bei den Temperaturen nicht mehr gekühlt werden.

»Ich dachte, ich sollte einen Film aussuchen?«, frage ich perplex und zittere in der Kälte.

»Nicht nur du hattest deine eigenen Pläne. Denk nicht, ich hätte dich nicht zuvor durchschaut, als du plötzlich im Bad für eine halbe Ewigkeit verschwunden warst.«

Ach ja? Ich weiß, dass er nichts gecheckt hat.

»Ach tatsächlich? Warum unterstellst du mir dann, ich hätte dich absichtlich verführt, wenn du doch jeden Moment einen Rückzieher hättest machen können?«, frage ich geradeheraus. Er schaut schief grinsend zu mir und hebt eine Braue.

»Ich bin eben ein Gentleman.«

»Bist du das?« Ich kichere und kassiere mir sein gespielt gekränktes Gesicht, bevor er mich einfach so, ohne dass ich zuvor den Harnisch, die Strümpfe oder Schuhe losgeworden bin, in den Pool steigt. Er behält auch seine Hose an und hält mich auf seinem Schoß gefangen.

»Ich bin der geborene Gentleman. Mir entgeht nie der unausgesprochene Wunsch einer Frau«, lässt er mich wissen, umfasst mein Kinn und küsst mich. Küsst mich so verspielt und magisch anziehend, dass mir schwindelig wird. »Das wird eine lange Nacht für dich, nachdem du den Startschuss gegeben hast, das ist dir sicher klar?« Sinnlich leckt er über meine Lippen und begegnet meinem Blick.

»Mit etwas anderem habe ich nicht gerechnet.«

Ein Raunen verlässt seine Lippen, als er auf dem Rücken die Lederriemen umfasst und mich zurückzieht.

»Dann solltest du dafür sorgen, dass wir uns in der Zwischenzeit ausreichend erholen.« Er dreht den Kopf zu der Champagnerflasche und greift nach ihr. Als er sie öffnet und zwei Gläser einfüllt, hält er mir zuerst eines entgegen, aber zieht es wieder weg, als ich danach greifen will.

»Brav die Lippen öffnen«, befiehlt er mir, woraufhin ich kurz die Augen verdrehe, aber dann den Kopf in den Nacken lege und den Mund öffne. Erst dann schüttet er vorsichtig den milden, wirklich aromatisch schmeckenden Champagner zwischen meine Lippen.

»Eigentlich wollte ich, dass du ihn aus einer Schüssel trinkst wie damals, als Arūnas da war. Aber dann dachte ich, dass sich ein Kätzchen bei der Kälte womöglich sein hübsches Schwänzchen verkühlt.«

Nachdem ich schlucke, er mein Glas an den Rand stellt und seines an die Lippen hebt, umfasst er den Schwanz und drückt den Plug vorsichtig in mich. Ich keuche und kralle mich an seiner Schulter fest.

In seinen Augen erkenne ich dieses berechnende Funkeln. »Du trägst ihn gern, nicht wahr?«

Mit einem niedlichen Lächeln, das ich mir nicht verkneifen kann, nicke ich. Immer noch liegt der Geschmack von dem Champagner auf meiner Zunge.

Und wieder spüre ich, wie er den Plug in mir leicht bewegt. Dann fühle ich, wie der Schwanz unter Wasser zwischen seinen Finger gleitet.

»Er trägt sich angenehmer als gedacht. Ich weiß, wie sehr du ihn liebst.«

»Dann weißt du aber auch, was im Anschluss folgt?«, fragt er weniger verwegen.

Zwar war Analsex immer eine Sache, die ich früher gehasst habe, weil einige Männer verdammt roh waren, aber mit ihm war es etwas anderes. Daher nicke ich.

»Das freut mich. Dann zieh mir die Hosen aus und

werde deine Kleidung bis auf die Ohren, das Halsband und den Harnisch los.«

Seine Hand schmeichelt nun meiner Mitte, als ich von seinem Schoß rutsche und seinen Hosenbund umfasse. Neben dem Hocker sehe ich auch Handtücher. Er hat wirklich an alles gedacht. Vielleicht wollte er mich mit dem zweiten Bad im Whirlpool auflockern.

Ich ziehe seine Hose hinunter, nachdem er die Hüfte anhebt, und schaue zu ihm auf. Nun umfasst er meine rechte Brust und reibt mit dem Daumen über meine Brustwarze, die auf seine Berührung anspringt. Ich lege die triefend nasse Hose in den Schnee, bevor ich mit den Fingern über seine Brust streichele, tiefer zu seiner Hüfte. Ich klettere neben ihn auf den Platz und umfasse seinen halb erigierten Schwanz, als ich mich mit der rechten Hand abstütze.

Während er mich ansieht, seine Mundwinkel zucken, was ich nicht so richtig deuten kann, massiere ich seinen Schwanz.

»Du legst es echt drauf an, was?«

»Du wolltest, dass ich dafür sorge, dass du dich entspannen kannst.« Langsam legt er den Kopf auf den Wannenrand und schließt die Augen.

»Ich will nicht lügen, du machst das sehr gut. Aber etwas anderes habe ich von einem Profi auch nicht erwartet.« Er macht mir ein Kompliment, das mich zum Schmunzeln bringt.

Mein Blick wandert über seinen Hals, zu seinem ausgeprägten Adamsapfel. Von dort an zieht sich sein gepflegter dunkler Bartschatten über seinen perfekt gezeichneten Kiefer zu seinen Lippen. Ich erinnere mich jetzt noch an die Momente, in denen ich abwog, ihn zu erwürgen oder zu töten.

Während ich seine Härte weiter massiere, öffnet er keinen Moment die Augen. Das tat er früher nie. Er wollte immer sichergehen, dass ich ihn nicht verletze.

»Danke, das freut mich sehr.«

»Das darfst du auch, denn das sage ich nicht oft.« Seine Worte schmeicheln mir. Als ich weiterhin seinen Schaft umfasse, spüre, wie groß sein Schwanz geworden ist, hebt er den Kopf und hält mir erneut den Champagner entgegen. »Ruh dich etwas aus. Denn ich habe auch etwas geplant, wofür du fit sein solltest.«

Ich nehme ihm das Glas ab, gebe seinen Schwanz frei und lasse mich von ihm an seine Seite ziehen. Als ich einen Schluck trinke, greift er nach meinem rechten Fuß und hebt ihn aus dem Wasser, um mir den Schuh auszuziehen.

»Es scheint so, als hätte mein Schwanz dich deine Aufgabe vergessen lassen«, stellt er amüsiert fest, löst die Riemen und zieht den Schuh von meinem Fuß. Anschließend stellt er ihn außerhalb des Pools ab und streichelt über mein Bein, um mir danach den Strumpf hinunterzuschieben.

»Er ist einfach einmalig schön«, antworte ich ihm, was nicht gelogen ist. Aus den Augenwinkeln schaut er zu mir.

»Du musst es ja wissen«, sagt er mit einem süffisanten Blick und hebt meinen zweiten Fuß aus dem Wasser, um ihn ebenfalls von dem High Heel zu befreien und dann meinen Strumpf auszuziehen. Er leckt über mein Bein und fährt mit den Fingern tiefer zu meiner Pussy.

»Deine Pussy ist auch die geilste, die ich je vögeln, lecken und berühren durfte. Und ja, ich weiß auch, wovon ich rede«, raunt er mir ins Ohr. »Ich kann verstehen, warum du im Bordell immer die Nummer eins warst.« Zärtlich knabbert er an meinem Ohr, bevor er über meine Schamlippen streichelt und meine Klit erreicht. Sofort zucke ich zusammen, da sich meine Perle von vorhin noch ziemlich sensibel anfühlt.

Die leichten Bisse an meinem Ohrläppchen lassen meinen Körper von einem heißen Schauder durchfluten und mich ungewollt keuchen. Er leckt besitzergreifend meinen Kiefer entlang, bevor er meinen Mundwinkel küsst. »Ich liebe alles an dir, nicht nur deine Pussy.«

Das hat nie jemand vor ihm gesagt. Dalius hat immer bloß meine Pussy geliebt.

Ich drehe mein Gesicht zu ihm, umfasse seine Wange und neige das Gesicht. »Und ich liebe nur deinen Schwanz. Es gab keinen, den ich zuvor mochte.« So dämlich es sich anhören mag, aber es ist so.

Er umfasst meinen Kiefer und schiebt mit dem Daumen meine Lippen auseinander.

»Ich weiß, ich habe es vorhin beim Blowjob gesehen.«

»Der gar nicht mal übel war, richtig?«, necke ich ihn und beiße mit einem intensiven Blick zu ihm in seinen Daumen.

»Wenn ich dir sofort sage, wie gut du bläst, wirst du dich die nächsten Male nicht anstrengen«, antwortet er.

»Deswegen hast du mir auch verboten, zu stöhnen?«, hake ich nach und lutsche an seinem Daumen.

Plötzlich wird sein Blick finster, als ich ihn durchschaue.

»Mir ging es darum, dass du dich nicht unter Druck setzt und keine zu hohen Erwartungen an dich stellst. Was, glaubst du, wäre passiert, wenn du nicht gekommen wärst? Du hättest dich schlecht gefühlt und dich womöglich beim nächsten Mal noch mehr unter Druck gesetzt. Ich will keine Frau, die im Bett denkt, sondern sich fallen lässt. Und es hat doch perfekt funktioniert.«

Hat es. Mehr, als ich je erwartet hätte. »Du bist eben ein Profi und weißt, wie du Frauen berühren musst.«

»Ich hab es nur an anderen geübt, um es bei der Frau, die ich liebe, richtig zu machen.«

»Lügner«, flüstere ich kichernd und stoße ihn an. Er versteht sich echt gut darin, aus allem einen Vorteil zu ziehen. »Trotzdem … Ich danke dir«, hauche ich, umfasse sein tätowiertes Handgelenk und küsse seine Handfläche.

Ein überwältigendes Lächeln tritt in sein Gesicht, das ich so zuvor nicht gesehen habe.

»Ich danke dir, Divina.«

Er legt seine Hand um meinen Hals. »Entspann dich noch etwas, die Nacht wird lang.«

»Richtig, ich kenne deine Ausdauer und Potenz. Meinetwegen bleiben wir die gesamte Nacht wach«, antworte ich, hebe das beschlagene Glas mit dem perligen Champagner an meine Lippen und nehme einen großen Schluck.

»Du scheinst mich verdammt gut zu kennen«, stellt er fest, greift ebenfalls zu seinem Glas und stößt mit meinem an. »Es ist die beste Idee von Nojus gewesen, uns hier einzusperren.« An meiner Hüfte zieht er mich an seine Seite, bevor ich die Wange an seine Schulter lege und nicke.

»Die beste überhaupt.« Das heiße Wasser steigt dampfend in die eiskalte Nachtluft, während ich mich nie wohler gefühlt habe als in den letzten Minuten. Der sanfte Rausch des Alkohols durchflutet meinen Körper. Tjarks Nähe schenkt mir Vertrauen. Das Vertrauen in mich selbst und dass alles vielleicht doch nicht gestern Nacht enden sollte, sondern erst der Anfang war.

Im nächsten Moment sprudelt das Wasser und ich leere das Glas. Nie zuvor konnte ich einem Mann so nah sein. Immer habe ich Nähe verabscheut und kaum ausgehalten. Mit ihm ist es anders.

Er hebt meine Beine über seinen rechten Oberschenkel und streichelt beschützend über mein Haar. »Du sagst, wenn dir kalt wird.«

»Immer. Mir ist nicht kalt.« Langsam schaue ich zu ihm auf. Auch ohne viele Worte kann ich fast jeden seiner Blicke deuten und sehe ihm an, wie glücklich er ist. Und auch wenn dieser Moment vielleicht viel zu schnell wieder von Problemen oder Feinden zerschlagen wird, will ich ihn so lange auskosten, wie es geht.

~

ALS WIR DIE AUSSENTERRASSE VERLASSEN, er mich in ein Handtuch einwickelt und sich nicht oft genug davon überzeugen kann, dass mir nicht kalt ist, betreten wir das Bad und nehmen eine Dusche.

Während ich mich abdusche, verschwindet er aus dem Bad. Auch wenn ich gedacht hätte, dass es direkt unter der Dusche weitergehen wird, scheint er kurz eine Pause zu brauchen.

Doch als ich fertig bin, meinen Körper wie auch den Fellschwanz abtrockne, steht er unvermittelt am Waschtisch und beobachtet mich. »Willst du die Tätowierung irgendwann loswerden?«, fragt er mich unerwartet und deutet auf meinen Rücken.

Sofort nicke ich. »Will ich. Ich hätte es vielleicht längst getan, wenn ich das Geld gehabt hätte.«

Ich kann in seinem Gesicht ablesen, dass ihm das Tattoo nicht gefällt.

»Wir finden einen Weg.« Mit diesem weichen Blick kommt er auf mich zu, umfasst meine Hüfte und treibt mich mit dem Handtuch zurück zum Waschtisch, bevor er mich bedrängend küsst. Scheint so, als bräuchte er doch keine Pause. »Denn ich will, dass du mir gehörst.«

»Ich gehöre nur dir«, versichere ich ihm und höre im nächsten Moment ein leises Klirren, dann, wie er mein linkes Handgelenk schnappt und es in eine Handschelle legt. Das Einrasten des Schlosses lässt mich sofort von seinen Lippen lösen.

»Du wartest hier, während ich dusche.«

Geheimnisvoll lachend zieht er sich von mir zurück, läuft rückwärts zur Dusche und löst das Handtuch um seine Hüfte. Als er unter die Dusche steigt und das Wasser anschaltet, drehe ich mich zu der Handschelle um, die am Handtuchhalterring befestigt wurde.

»Fuck, was soll das?«, meckere ich und zerre an dem Ding.

»Ich will nur sichergehen, dass du nicht die nächste Verführungsattacke startest und im Haus umherstreunst.«

Spinnt er? »Ich plane nichts.«

»Umso besser«, antwortet er unter dem Rauschen des Wassers hinweg, dreht sich mit einem dunklen Lachen zur Wand und schenkt mir den Anblick seines muskulösen athletischen Rückens. Ich stöhne und lächele zugleich, bevor ich mit der freien Hand den Spiegel frei wische und mir dann den Kamm schnappe. Der Harnisch wie auch das Halsband und die Katzenohren liegen auf dem Wannenrand, den ich nicht erreiche. Soll ich die Sachen nicht mehr anziehen? Sie sind ohnehin tropfnass.

Ich kämme mein Haar durch, während ich im Spiegel den dunkel tätowierten Mann unter der Dusche verfolge, wie er seinen Oberkörper einschäumt und sich wäscht. Anschließend fängt er meinen Blick auf, woraufhin ich wegsehe.

Als ich am Waschtisch auf ihn warte und mich zu ihm umdrehe, tritt er aus der Dusche, schnappt sich ein Handtuch und wickelt es um seine Hüfte. Provokant schiebt er den Harnisch weiter weg.

»Ich zieh es nicht an, um dich zu verführen«, versichere ich ihm.

»Ich kann mir bei dir nicht sicher sein.« Sein Blick huscht zu meinem Handtuch, bevor er den Kopf neigt.

»Den Schwanz trägst du immer noch. Das sollten wir ändern, findest du nicht?«

»Aber du wirst es langsam angehen?«, frage ich ihn nervös.

»Es wird mir schwerfallen, aber ich gebe mir Mühe. Ich würde dir nie wehtun, Divina.«

Ich weiß. Er kennt meine Panik vor Analsex.

Nachdem er sich abgetrocknet hat, ebenfalls sein

feuchtes Haar aus der Stirn kämmt, greift er zu einem Tuch, das unter dem Wachtisch liegt und ich die ganze Zeit übersehen habe.

»Dann beginnen wir. Ich kann es kaum erwarten, mein Kätzchen.«

Vor mir bleibt er stehen und hebt das Tuch zu meinem Gesicht. Schnell umfasse ich seinen Unterarm.

»Du hörst auf, wenn ich Nein sage. Versprich es mir«, sage ich ängstlich. Er atmet geräuschvoll aus und macht ein besorgtes Gesicht.

»Ich verspreche es dir. Ich werde sofort aufhören. Aber wenn du heute nicht mehr weitergehe…«

»Doch, doch. Ich will es.« Ich will, dass er den Plug aus mir nimmt, mir zeigt, dass es nicht schmerzhaft ist und ich es genießen kann.

Ein warmes Leuchten tritt in seine dunklen Iriden, während sich Fältchen um seine Augenwinkel bilden.

»Du wirst es nicht bereuen.« Sanft legt er das Tuch um meine Augen und knotet es auf meinem Hinterkopf zu. Anschließend streifen seine Lippen über meine und ich höre, wie er die Handschelle von dem Handtuchring löst, aber nicht von meinem Gelenk abnimmt. Sofort runzele ich die Stirn. Im nächsten Moment legt er die Handschelle um mein anderes Handgelenk, hebt mich an der Hüfte hoch und befiehlt mir, mich an ihm festzuhalten. Ich hebe blind die gefesselten Handgelenke über seinen Kopf, um mich an seinem Nacken festzuhalten.

»Das machst du sehr gut, meine kleine Hure«, raunt er vor meinem Gesicht, sodass ich seinen warmen Atem spüre. Anders als erwartet, trägt er mich nicht ins Schlafzimmer, sondern nach unten. Ich rieche den Duft seines männlich herben Duschgels, seiner feuchten Haut, seines nassen Haars.

Obwohl ich dieses Mal um einiges mehr Angst habe als vor dem normalen Sex, bleibt er wie gewohnt seelenruhig. Oder lässt sich nichts anmerken. Er ist darin einfach ein Meister.

Als wir den Wohnraum erreichen, liegt ein zuerst unbekannter Duft in der Luft, bis ich ihn enträtsele. Es riecht nach warmem Pudding und heißer Schokoladensoße.

Ah, also will er mich wieder bekochen?

»Da wären wir. Das Candle-Light-Dinner der ganz besonderen Art«, flüstert er in mein Ohr und knotet dann mein Handtuch auf. Als es meinen Körper hinabrutscht, hebt er meine Hüfte unvermittelt an und setzt mich statt auf den Stuhl auf den Tisch.

»Was wird das?«

»Wir essen. Was hast du gedacht? Du hast noch etwas gutzumachen, eigentlich mehrere Sachen. Deine freche Klappe die letzten Tage. Und dann natürlich deine erfolgreiche Verführung. Ich habe dir vorhin gesagt, dass dies Konsequenzen hat. Am besten, du entspannst dich etwas, mein Liebling, bevor ich dich zum Schreien bringe.«

Misstrauisch ziehe ich die Brauen zusammen. Da ich mich nicht auf den Händen abstützen kann, legt er mich vorsichtig auf dem Rücken ab und hebt meine gefesselten Arme über meinen Kopf zur Stirnkante des Tisches. Dort befestigt er sie und löst dann die Augenbinde von meinem Gesicht. Gefangen auf dem Tisch blicke ich mich um. Das gedimmte Licht der Stehlampen verschafft dem Essbereich ein Wohlfühlambiente, wenn mein Körper nur nicht so unter Spannung stehen würde.

Als ich mich jedoch auf dem Tisch umsehe, verschlägt es mir die Sprache. Um mich herum stehen mehrere Schalen oder Teller mit Obst. Von Erdbeeren über Ananasstücken bis hin zu Schokoladensoßen und Sahne ist alles dabei.

Was zur Hölle soll das werden?

Tjark sieht vermutlich meinen erstaunten Blick, bevor er sich eine Sauciere schnappt und am Tisch entlangläuft.

»Etwas mehr Freude hätte ich schon erwartet, Divina.« Mit dem Löffel, den er aus der Sauciere hebt, tröpfelt er dunkle Schokoladenlinien auf meinen Körper, verteilt sie auf meinen Brüsten und beugt sich dann zu mir herab, um sie abzulecken.

»Wir haben vorhin erst geduscht«, stelle ich wortkarg fest.

»Und? Gehen wir danach noch mal duschen«, kontert er mit einem amüsierten Lächeln, leckt sinnlich meine Brüste entlang und greift in die Schale mit Erdbeeren. »Du solltest etwas essen und nicht zu viel nachdenken.«

Schon stopft er mir die Erdbeere in den Mund und lacht über mein Gesicht. Da ich die Frucht erst zerkauen muss, bevor ich sprechen kann, nutzt er die Gelegenheit und verteilt nun Vanillesoße auf meinem Körper, anschließend schüttelt er die Sprühsahne.

»Okay, das machst du aber alles wieder sauber«, sage ich entschieden, hebe den Kopf an und sehe ihn direkt über mir. Er schiebt meinen Kiefer hinunter und sprüht dann Sahne in meinen Mund.

»Wozu habe ich eine Frau?«, scherzt er. »Du wirst natürlich alles sauber machen.« *Klasse.* Ich funkele ihm entgegen, will die Sahne hinunterschlucken, als er mein Gesicht umfasst und mich kopfüber küsst. »Du denkst immer noch zu viel nach, Divina. Genieß es.«

Hungrig sucht seine Zunge zwischen der Sahne meine und lenkt mich von dem eingesauten Tisch ab. Er streichelt über meine Brüste, massiert sie und schiebt die Finger über meinen Bauch zu meiner Pussy. Als er meine Klit nur berührt, keuche ich, da sie leicht ziept. Er verteilt die Soße direkt zwischen meine Beine und umkreist dann sinnlich meinen Kitzler.

Gott, das ist mit Abstand das Verrückteste und Ausgefallenste überhaupt, was ich bisher gemacht habe.

Ich erwidere den Kuss sofort stürmischer, will ihn mit den gefesselten Händen zu fassen bekommen und am Handtuch festhalten, was mir nur schwer gelingt.

Als es mir jedoch gelingt, rutscht sein Handtuch herunter.

»Ah, du kannst es kaum erwarten, was? Dabei war ich noch nicht mit dem Dekorieren meines Festmahls fertig. Aber du kannst dich gern in der Zwischenzeit beschäftigen.«

Und ich ahne schon wie.

Er zieht mich unter den Armen behutsam näher zu sich, sodass mein Nacken über die Kante rutscht. Unter meinen Nacken legt er das Handtuch und hält mir dann seinen halb erigierten Schwanz entgegen. Ohne zu überlegen, da ich schon vorhin die größte Angst überwunden habe und ich diesen Moment einfach nur bizarr und nicht beängstigend finde, öffne ich die Lippen.

Unvorhergesehen sprüht er ein weiteres Mal Sahne

in meinen Mund und lacht. »Jetzt darfst du, mein Liebling. Und nicht schlucken. Noch nicht.« Sein Blick wirkt wieder überlegen, als er verfolgt, wie ich seinen Schwanz in meinen Mund nehme.

Er bestimmt das Tempo und die Tiefe, und er macht es wirklich gut. Ich schließe die Lippen fester um seinen Schaft und fühle, wie sein Schwanz praller wird. Langsam bewegt er sich vor und zurück, während die pure Geilheit in seine Augen tritt und er meine Brüste mit Sahne besprüht.

Aber er kommt nicht weit, um meinen Körper in ein lebendes Schokoladenkunstwerk zu verwandeln, als ich den Druck um seinen Schaft verstärke und er tiefer in meinen Rachen stößt. Wie sehr er es liebt, ist kaum zu übersehen. Am liebsten würde er sich nicht mehr bewegen und sich voll und ganz dem Blowjob hingeben.

Ich schmecke die Sahne vermischt mit dem Geschmack seiner Männlichkeit auf der Zunge und gebe zu, es gefällt mir unglaublich gut und macht mich an, wie er es genießt, was ich tue. Er ragt über mir auf wie eine dunkle Gottheit, während ich gefangen auf dem Tisch ein Bein anwinkele und ein Hohlkreuz mache.

»Fuck. Du bist teuflisch gut«, stöhnt er und wendet sein Gesicht von mir ab, um zur Decke aufzusehen. Er fickt mich tiefer in den Rachen, und kurzzeitig glaube ich, dass er es wirklich durchzieht. Denn ich spüre seinen Schwanz zucken und auch, wie er sein Becken anspannt. Dabei umfasst er gierig meine linke Brust und gibt sich meinen Lippen komplett hin.

»Po velnių! Šūdas! Okay, okay …«

Nur widerwillig zieht er sich aus mir zurück und holt tief Luft.

»Fast wäre es dir gelungen, die Kontrolle des Spiels zu übernehmen. Aber es ist mein Spiel«, erklärt er mir, wischt mit dem Daumen Sahnereste von meinen Lippen und leckt seinen Daumen ab. »Es ist mein Ernst, du bläst unsagbar gut.«

»Ačiū. Danke.« Denn das Kompliment gefällt mir. Besonders, es von ihm zu hören.

»Aber …« Er umrundet den Tisch, greift unter meine Kniekehlen und zieht mich am anderen Ende des Tisches wie sein Eigentum zu sich. »Ich war wie gesagt noch lange nicht mit dir fertig.«

Wirklich nicht? Dabei sieht mein Körper schon aus wie das Kunstwerk von Jackson Pollock.

Ehe ich begreife, was er als Nächstes vorhat, schüttet er Vanillesoße über meinen Bauch und Venushügel. Das Zeug läuft direkt kitzelnd zwischen meine Beine, während er verboten lange zu meiner Pussy blickt und den Anblick genießt.

»Ich denke, dein Katzenschwanz dürfte langsam echt in Mitleidenschaft gezogen werden. Womöglich brauchst du bald einen neuen«, stellt er gespielt grübelnd fest und hebt den Zeigefinger zum Kinn. Anzüglich zieht er die linke Augenbraue in die Stirn, wischt sich dann übers Gesicht und hinterlässt dabei eine Schokoladenspur auf seiner Wange.

Ich lache leise, was ihm nicht entgeht. Wo er zuvor die abartigsten Spiele verlangt hat, tobt er sich nun auf einem anderen Weg aus. Ich habe allmählich die Befürchtung, dass Sex mit ihm niemals langweilig werden könnte. Nicht mal ansatzweise.

»Willst du etwas dazu sagen, Divina?« Es ist sicher eine Aufforderung. »Oder findest du das hier witzig?«

»Ähm …« Ich räuspere mich und hebe den Fuß gegen seine Brust, um ihn auf Abstand zu halten.

»Nichts gegen meinen Schwanz. Ich trage ihn wirklich würdevoll.«

»Sehe ich, mein Schatz. Dann zeig mir wie würdevoll.«

Plötzlich umfasst er meinen Fuß, leckt über die Fußsohle, sodass ich lache, weil ich verdammt kitzelig bin, was ihm nicht entgeht, und stellt den Fuß auf den Tisch. Anschließend dreht er mich auf den Bauch, was nur geht, da die Handschellen in einer Art Kette unter dem Tisch befestigt wurden. Ich richte mich sofort mit dem Oberkörper auf, als er mir einen Klaps auf den Po verpasst.

»Wo willst du hin?« Und wie verdammt fies, im nächsten Moment umfasst er meinen Schwanz, was mich sofort in der Bewegung stoppen lässt. Augenblicklich geht ein Ruck durch meinen Körper. Ich wollte natürlich nicht vom Tisch springen, mich nur etwas aufrichten, aber selbst das lässt er nicht zu.

Seine Hände legen sich um meine Pobacken, bevor er über meinen Oberschenkel leckt und Finger durch meine mittlerweile feuchte Spalte gleiten.

Meine Pussy ist nicht nur feucht von der Vanillesoße, was ihm nicht entgeht, als er meinen Schwanz zurückhält und durch meine Spalte leckt. Dann dringt seine Zunge in mich, während er den Plug in mir bewegt, als würde er seine Finger in meinem Anus bewegen. Während er mich leckt, massiert er meine Klit und ich spüre dieses verlangende Ziehen in meinem Becken.

Am liebsten will ich ihn sofort in mir spüren. Ein Gedanke, der mich noch nie zuvor überkommen hat.

Aber gerade kann ich mir vorstellen, wie er mich mitten auf dem Tisch, umgeben von den Schüsseln, dem Obst und den Soßen nimmt.

Meine Klit pocht, und ich beiße die Zähne zusammen, um das Keuchen zu unterdrücken.

»Dir ist klar, dass du jetzt sehr gerne einen Ton über die Lippen bringen kannst?«

»Ist … mir klar.« Verdammt, mir wird unendlich heiß, während nun seine Finger in mich eindringen und mich dehnen. Zugleich beißt er in meine rechte Pobacke und dreht den Plug.

»Was geht dir durch den Kopf?«, fragt er unvermittelt. »Woran denkst du?«

Meine Beine zittern, während er mich weiter mit den Fingern fickt und ich mich langsam mit dem Oberkörper auf den Tisch ablege. »Ich …« Sofort schlucke ich hart.

»Ja, was?«

»Ich will einfach, dass du mich vögelst.« Fest umklammere ich die Finger um die Kante des Tisches vor mir und kämpfe gegen das irrsinnig heiße Pochen in meinem Becken an.

»Das werde ich tun. So viele Male«, verspricht er mir, bevor er mich zum Höhepunkt treibt und ich tief stöhnend auf dem Tisch komme. *Verdammt, ist er gut.*

Seine Finger und seine Zunge bewegen sich so höllisch im Einklang, dass jeder Gedanke, ich könnte etwas falsch machen, wie fortgeblasen wird.

Vor ihm mache ich ein Hohlkreuz, bewege mein Becken zu seinen Stößen und komme verdammt tief. In dem Moment, als ich überhaupt nicht damit rechne, zieht er den Plug aus mir, aber reibt meinen Kitzler weiter.

Obwohl sich meine Muskeln zusammenziehen, gelingt es ihm, das Toy aus mir zu nehmen und anschließend seine Finger aus meiner Pussy zu ziehen und in meinen Anus zu schieben.

Gott! O Dievai!

»Okay …«, stöhne ich.

»Okay, was, mein Liebling?«

»Es fühlt sich verdammt gut an«, seufze ich, während mein Körper bebt.

»Ich weiß, dabei bin ich noch nicht fertig. Aber dich so zu sehen …« Er knurrt animalisch, bevor er mich mit feuchten Fingern dehnt und ich weder Schmerzen noch ein Brennen spüre. Er lockert meinen Muskel, massiert meine Klit und schafft es, dass ich an nichts denke. Nichts. Nur an die Berührungen, von denen ich nicht loskomme.

Schwer atmend blinzele ich und will mich hochstemmen. Mein Herz rast doppelt so schnell wie sonst. Doch als ich mich aufrichten will, hält er meinen Nacken umfasst und muss auf dem Tisch knien oder stehen. Er zieht seine Finger aus meinem Anus, und bevor ich merke, was er macht, dringt er mit seinem großen Schwanz in mich ein. Immer weiter streichelt und massiert er meine Klit, sodass ich fast auslaufe und meine Pussy sich um seine Härte schmiegt. Mit tiefen Stößen nimmt er mich, was mich erleichtert seufzen lässt. *Wie kann er so gut so … Wie!*

»Das machst du wunderbar«, lobt er mich, massiert meinen Nacken und streichelt über meinen Rücken.

Nach weiteren Stößen übergießt er meinen Körper

mit noch mehr warmer Soße, was mir so egal ist, weil es sich so angenehm anfühlt und irgendwie versaut. Die Schokolade dürfte in jeden Winkel meines Körper fließen. Kurz muss ich schmunzeln. Als ich einen Blick über die Schulter werfe, wird er schneller.

»Ich will, dass es niemals endet«, keuche ich. *Wo war er all die Jahre?*

»Keine Sorge, das ist erst der Anfang. Ich habe noch so viel mit dir vor.« Sein Blick wird kurz weich, als er in mir stoppt und dann seinen Schwanz aus mir zieht, um seine Finger, die ich kaum mehr in meinem Anus gespürt habe, mit seiner Härte zu ersetzen.

»Schließ die Augen und lass los. Denk dran, dass ich alles von dir will und alles liebe.«

Ich versuche es. Schon dringt er in meinen Anus und schiebt seinen Schwanz langsam in mich. Wieder streichen Finger durch meine Spalte, schieben meine angeschwollenen Schamlippen auseinander und lenken mich ab. Dann dringt er Stück für Stück in meinen Anus, sodass ein heißkalter Schauder über meinen Rücken wandert. Mit einer Hand massiert er meine Pobacke, mit der anderen meine Klit, und er ist so geschickt darin, mich vergessen zu lassen, was er wirklich will: mich anal vögeln.

»Sehr gut. Ich liebe deinen Arsch. Wie fühlst du dich?«

»Gut. Es ist … okay. Du kannst tiefer eindringen.«

»Ich bin längst komplett in dir«, höre ich ihn sagen und dachte, dass er nur bis zur Hälfte … Ich drehe das Gesicht über die Schulter und öffne die Lippen. Er lügt nicht.

»Ging doch leichter als gedacht, nicht wahr?«

»Das ist … unmöglich.«

»Ich zeig es dir gern immer und immer wieder.« Schon beginnt er, sich in mir zu bewegen und seinen Schwanz wieder aus mir zu ziehen, um erneut nicht zu schnell oder zu heftig in mich zu stoßen. Es schmerzt nicht, fühlt sich höchstens etwas beengend an, aber gut. Als er merkt, dass ich ihn nicht aufhalte, sondern mit jedem langsamen Stoß mein Becken zu ihm schiebe, umfasst er meine Pobacken und beginnt, mich härter zu nehmen.

»Verdammt …«, wimmere ich und kneife die Augen zusammen. Sofort stoppt er. »Nein, mach weiter. Es ist so verdammt gut.«

»Das höre ich gern.« Schon macht er weiter; ich höre ihn keuchen, während er ungehaltener meinen Arsch fickt.

Ich kann es immer noch nicht verstehen, nicht kapieren, wie es ihm gelungen ist. Aber als er im Rhythmus meine Perle reibt, mein Körper wieder unter Strom steht und ich kaum noch klar denken kann, komme ich ein weiteres Mal so verdammt tief, dass ich stöhnend vor ihm wimmere und im Anschluss nach gefühlt zwei Minuten sein berauschendes Stöhnen an meine Ohren dringt.

»Gott, Divina!«, stöhnt er meinen Namen, als sein Schwanz in mir pumpt und er in mir kommt.

Erschöpft senke ich die Stirn auf den Tisch. »Ich kapiere es immer noch nicht«, murmele ich. Da ich zu achtzig Prozent gewettet hätte, irgendwann abzubrechen.

Vorsichtig zieht er sich aus mir zurück und keucht tief. »Was ein perfekter Nachttisch.«

Keine Minute später erscheint er vor meinem Sichtfeld. Sein Körper ist vom Bauchnabel abwärts ebenfalls mit Schokolade überzogen, als er die Handschellen öffnet und vor mir locker in die Knie geht. Ebenso fertig wie ich und verschwitzt umfasst er meine Wange und schaut mir in die Augen.

Ohne auch nur ein Wort zu sagen, küsst er mich verlangend. Ich konnte in seinen Augen sehen, wie glücklich er ist und wie sehr er mich liebt. Ich greife in sein Haar und richte mich mit einer Hand auf. Dabei gibt mein Arm etwas nach und er fängt mich auf.

»Geh es langsam an«, murmelt er vor meinen Lippen. »Wenn dir schwindelig ist, sag es mir.«

»Mir ist etwas schwummrig, aber … mir geht es wirklich so gut …« Ich lasse mich von ihm vom Tisch auf seinen Schoß heben. Er saut den Stuhl auch ein, als er sich auf ihn setzt, was ihm wohl scheißegal ist. Eingerollt auf seinen Beinen schmiege ich den Kopf an seine warme Brust und lausche seinem Herzschlag. »Ich könnte auf der Stelle einschlafen, so wohl fühle ich mich«, sage ich und merke erst jetzt, dass ich meinen Gedanken laut ausgesprochen habe.

»Dann lass uns schlafen gehen«, raunt er in mein Ohr und hebt mich hoch. In der Diele angekommen, schaltet er das Licht aus. Obwohl der Tisch aussieht wie ein Schlachtfeld, kann es bis morgen warten. Vorsichtig geht er mit mir die Stufen hoch und setzt mich in der Badewanne ab. Gleich darauf stellt er das Wasser an und steigt zu mir in die Wanne.

»Du siehst herrlich durchgevögelt aus, Divina«, stellt er fest und stupst mich an der Schulter an. Danach spült er mit der Brause meine Schultern ab. Vollkommen erledigt lehne ich mich mit dem Rücken gegen seine Brust und nicke zufrieden lächelnd.

»Dabei müsste ich eigentlich gut im Training stehen.«

»Sex ist nicht gleich Sex«, haucht er in mein Ohr und leckt es entlang. Nachdem er meinen Körper von den Schokoladen- und Sahneresten befreit hat, sich selbst auch abspült, verlasse ich die Wanne und greife mir ein frisches Handtuch. Als ich ihm auch eines reiche, umfasst er mein Becken, zieht mich an sich und küsst noch in der Wanne sitzend meinen Venushügel.

Danach schnappt er sich das Handtuch und behält mich immer im Blick. Es sieht aus, als hätte er die Befürchtung, dass jeden Moment meine Knie nachgeben und ich mit dem Kopf irgendwo aufschlagen könnte.

Ganz ehrlich, ich habe mit vielen Männern geschlafen, aber keiner hat meine Seele und meinen Körper so berührt wie er.

Er schaltet das Licht aus, schnappt mich und wirft hinter uns die Schlafzimmertür zu. Anschließend legt er mich vorsichtig auf die linke Seite des Bettes und geht daneben in die Knie. Er deckt mich fürsorglich zu und streichelt die kurzen Haarsträhnen aus meiner Stirn.

»Schlaf gut, meine Kleine.« Hauchzart küsst er meine Lippen, bevor er zu mir ins Bett steigt und sich zu mir legt. Nackt, erschöpft und ohne irgendwelche Ängste kuschele ich mich an seine Brust und er zieht mich an sich. Ich schiebe mein Knie zwischen seine Beine und vergrabe mein Gesicht an seiner Schulter. Dabei atme ich diesen Duft ein.

Diesen unvergleichlichen Duft, der mich am Leben erhalten hat.

20

NOJUS

Mit dem Tablett auf den Händen schaue ich mich mehrmals im Gang um. Es ist weit nach Mitternacht. Niemand dürfte mir in die Quere kommen.

Nachdem ich die Blicke nur schwer von meinem Laptop lassen konnte, als ich Tjark und Divina beim erstklassigen À-la-carte-Vögeln beobachten musste und dabei selbst noch etwas gelernt habe, habe ich beschlossen, in die Küche zu gehen. Bis auf die Söldner schläft der Rest in seinen Betten oder ist nach Hause gefahren.

Aus dem Kühlschrank habe ich mehrere Gerichte geholt, Baguettescheiben belegt, Joghurts geangelt und sogar zwei Salate, die vom Abendessen übrig geblieben sind, in kleine Schüsseln gefüllt. Der heiße Tee dürfte ihr auch helfen, damit sie wieder auf die Beine kommt.

Im Gang ist niemand zu sehen, während ich meine Tür öffne. Selbst wenn mich jemand sieht, wissen die meisten, dass ich nachts arbeite und auch Hunger habe. *Was ist also schon dabei?*

Hinter mir verriegele ich die Tür, laufe zum Schlafzimmer und finde Polina aufrecht sitzend im Bett vor. Sie konnte sich in den letzten Stunden unter meiner Beaufsichtigung duschen und trägt ein weißes Hemd von mir und einen Slip von Ona, den ich ihr geklaut habe. Ich hätte nie gedacht, dass unsere liebe Ona solche Reizwäsche in ihren Schubladen hortet.

»Hier. Ich hab dir ein paar Kleinigkeiten mitgebracht«, sage ich fast gleichgültig und stelle das Tablett außerhalb ihrer Reichweite am Fußende des Bettes ab.

Keine Ahnung, wo ich heute Nacht pennen soll. Besser auf der Couch. So bekomme ich sofort mit, wenn sie doch abhauen sollte.

»Es sieht mehr als nur nach ein paar Kleinigkeiten aus, Nojus. Du hast dir wirklich Mühe gegeben. Eine einfache Scheibe Brot hätte gereicht.« *Seit wann ist die Prinzessin so bescheiden?*

»Ich kenn dich doch, du bist nicht mit einer einfachen Scheibe Brot zufriedenzustellen.«

Dabei kann ich mir mein Grinsen nicht verkneifen, gieße den heißen Tee aus der Thermoskanne in eine Tasse und stelle ihn auf den Nachttisch zu ihr. *Wehe, sie schüttet ihn auf mich. Ich traue ihr einfach nicht.* Genau das dürfte sie in meinem Blick erkennen.

»Ich war nicht immer so anspruchsvoll. Eigentlich bin ich das auch jetzt nicht.«

»Tatsächlich? Das kannst du deiner Oma erzählen«, murmele ich. Ich kann mich noch an ihre Auftritte erinnern, an die teuren Klamotten, die sie sich ständig von Tjark erschlichen hat, die besonderen Essenswünsche und das ganze Trallala. Sicher ist sie verzogen und anspruchsvoll. Wobei … Im Puff wird man ihr auch keinen Kaviar serviert haben. Kann ich mir zumindest nicht vorstellen.

»Ich lüge nicht. Mir wurde befohlen, so zu sein, da jeder Tjarks Ansprüche kennt.«

»Ach wirklich? Welche Ansprüche soll er denn haben?« *Das würde mich jetzt brennend interessieren.*

»Schau dich doch mal um. Ein gigantisches Anwesen, reiche Familie, Hochschulabschluss, teure Escortdamen, viele Wagen, mehrere Rolex und das ganze Zeug. Glaubst du echt, ich hätte irgendwie seine Aufmerksamkeit auf mich gelenkt, wenn ich so aufgetreten wäre, wie ich bin?«

Wie bist du denn? Diese Frage stellt sich mir. Denn so richtig durchschaue ich sie noch nicht.

»Tja, Polinchen, ich würde sagen, schlecht recherchiert. Jeder, der ihn kennt, weiß, wie wenig er dieses Zeug – wie du es nennst – wirklich mag. Er hasst eigentlich dieses Haus, in dem er groß geworden ist, und will nicht mit seiner Familie in Verbindung gebracht werden. Sein Studium hat er sich selbst finanziert – und überhaupt, warum erzähle ich dir das. Wäre ja seine Aufgabe gewesen. Iss was und geh dann schlafen.«

Ich reiche ihr den Teller mit den Baguettescheiben, die ich mit Käse, Salami, Schinken und Eiersalat belegt habe. Davon nimmt sie sich zwei.

»Danke«, antwortet sie verhalten und weicht meinem Blick aus. Ah, sie checkt, dass ich nicht auf lieben Freund tue. »Was hast du vor? Ich meine, was soll das hier werden?«

Das weiß ich ehrlich gesagt auch noch nicht. Ich weiß nur, dass ich sie nicht laufen lassen kann. Tjark werde ich irgendwann davon erzählen müssen, dass ich sie hier aufgepäppelt habe. Rys wird toben und Arūnas mich sicher auslachen für meine Blödheit. Aber ich konnte sie nicht in der Schule erfrieren lassen.

»Das werde ich entscheiden, wenn du dich kooperativ zeigst und ehrlich zu mir bist. Wenn du keinen Blödsinn anstellst, bleibst du am Leben. Falls du doch versuchen solltest, abzuhauen oder jemanden anzugreifen, verpasse ich dir höchstpersönlich eine Kugel zwischen deine schönen Augen. Verstanden?«

Um sicherzugehen, dass sie keinen Mist verbockt, ist sie immer noch mit der linken Hand an meinem Bett festgekettet. Es ist zu ihrem und meinem Schutz. In ihren mandelförmigen Augen erkenne ich, dass sie meine Worte versteht. Ein goldener Schimmer von den erhellten Nachttischlampen ist darin zu erkennen. Sie wirkt immer noch müde und geschwächt. Aber wenn sie wieder fit ist, wird sie sich vermutlich einen Plan überlegen, um zu entkommen.

»Verstanden. Auf mich wartet ohnehin keiner.« Nachdenklich beißt sie von dem Baguette ab, kaut und nimmt einen Schluck von dem Tee. Die Füße unter meine dunkel bezogene Bettdecke geschoben, kauert sie am Kopfende und schaut auf ihre Knie. »Kannst du dennoch dafür sorgen, dass meine Verwandten aus allem rausgehalten werden und nichts erfahren?«

»Sie werden nichts mitbekommen, denn bedauerlicherweise hält dich die Welt für tot«, erkläre ich ihr. »Somit hat niemand etwas davon, deiner Familie zu schaden.«

»Für tot?«, fragt sie und macht dieses skeptische ernste Gesicht.

»Ich hatte keine andere Wahl. Die anderen denken,

ich hätte deine Leiche aus der Schule getragen. So soll es vorerst auch bleiben. Nur so lange, bis ich Tjark erzähle, was passiert ist.«

Sie schaut flüchtig in mein Gesicht, beißt wieder ab und keucht. »Warum setzt du dich so für mich ein? Wir waren nie Freunde.«

»Nein, waren wir nicht«, antworte ich ihr, nehme selbst eine Baguettescheibe und beiße von ihr ab. »Aber ich war besser in meiner Recherche als du und weiß, was du die letzten Wochen gemacht hast. Daher sehe ich keinen Grund, dich weiter zu foltern. Wenn, dann hätte Rys alles aus dir herausbekommen.« Meine Augen wandern zu ihren blauen Flecken. Sofort zieht sie die Schultern hoch und senkt den Kopf.

Ich will nicht wissen, was er ihr angetan hat, damit sie so aussieht.

Eine Weile isst sie stumm weiter, trinkt den Tee aus und hat sogar die Hälfte des Tomatensalates und Schichtsalates gegessen. Ich stelle das Tablett in meinen Wohnbereich zurück und gehe anschließend wieder in mein Schlafzimmer.

»Am besten, du schläfst jetzt. Ist dir warm genug oder soll ich die Heizung höher drehen?«, frage ich beiläufig, als ich das Nachttischlicht ausschalte.

»Mir ist warm, danke.«

»Bedank dich nicht immer. Das gefällt mir nicht.« Als ich die zweite Nachttischlampe ausschalte, bekommt sie meinen linken Unterarm zu fassen.

»Wo willst du heute schlafen?«

»Vorn auf der Couch.« *Wo sonst? Auf dem Teppich neben ihr penn ich sicher nicht.*

Jetzt erhellt nur noch das schwache Mondlicht den

Raum. Sie gibt meinen Arm nicht frei, sondern hält mich weiterhin fest.

»Das musst du nicht. Ich könnte auf der Couch schlafen.«

»Dein Ernst? Nein. Kommt nicht infrage.« Langsam erhebe ich mich, als ihre Finger an meinem Unterarm abrutschen und sie plötzlich die Decke rechts unter mir zur Seite schiebt. »Wir können auch beide in dem Bett schlafen?«

»Damit du mich nachts mit dem Löffel killst? Nein, danke.« *Was soll der Blödsinn? Ich penn nicht neben ihr, auch wenn die Versuchung noch so groß ist.* Sie ist eine wunderschöne Frau, gar keine Frage, aber ich würde es bereuen und sicher nicht die Finger von ihr lassen können.

»Ich will dir nicht noch mehr Umstände machen. Mehr nicht. Denk nicht, ich verfolge einen Plan. Ich bin wirklich erleichtert, dass ich noch lebe und du mich rausgeholt hast.«

Ach, Scheiße, Mann! Ich könnte einmal meine Prinzipien über Bord werfen, oder? Seit wann habe ich überhaupt Prinzipien? Und wenn ich welche hätte, habe ich sie bereits mit ihrer Befreiung über Bord geworfen.

Ohne einen Ton zu sagen, verlasse ich das Schlafzimmer und schließe die Haupttür ab, verriegele die Fenster und schalte überall das Licht aus. Den Schlüssel verstecke ich, sodass sie es nicht sehen kann, unter einer losen Diele neben meinem Schreibtisch.

Anschließend gehe ich zurück ins Schlafzimmer und schließe auch das ab. Somit kommt sie eh nicht weit. Wenn, dann muss sie sich von den Handschellen befreien und zwei Schlösser aufbrechen, wozu wohl nur ich in der Lage bin.

Rasch lasse ich den Schlüssel unbemerkt verschwinden und streife mein Langarm-Shirt über den Kopf. Ohne sie weiter anzusehen, werde ich meine Jeans und Boots los, werfe sie in die Ecke neben dem Kleiderschrank, der sich neben dem Bett befindet, und gehe anschließend ins angrenzende große Bad. Als ich die Zähne putze, höre ich das Rascheln der Decke und Klirren der Handschellen. Sie scheint sich hinzulegen. Als ich im Bad fertig bin, schaue ich wachsam zum Bett. Sie hat sich zum Fenster gerollt und mir eine Menge Platz gelassen.

Dass es eines Tages wirklich dazu kommen würde, dass ich mich zu dieser Natter lege, hätte ich mir niemals träumen lassen.

Aber sie hat die letzten Stunden kein einziges Mal ihre Giftzähne gezeigt. *Ob sie wirklich die Wahrheit sagt?*

Keine Ahnung, juckt mich nicht. Ich lege mich zu ihr und schlafe, als befände sie sich nicht neben mir, und hoffe, dass sie keinen Scheiß macht. Im Dunkeln gehe ich auf das Bett zu, schiebe die Decke zurück und lege mich hin.

»Schlaf gut«, höre ich sie sagen. *Sie ist ja immer noch wach.*

Auf dem Rücken liegend schiebe ich den rechten Unterarm unter den Kopf und strecke mich der Länge nach aus.

»Warum hast du keine Angst, dass ich dich nachts vergewaltige?«, frage ich direkt heraus.

»Weil ich dich kenne. Du bist zwar ein echtes Arschloch in Sachen Benehmen und Versaute-Sprüche-Klopfen, aber würdest keine Frau gegen ihren Willen zu etwas zwingen. Ich hab hier viel gelernt.«

Aha, also bin ich solch ein Weichei? »Danke auch. Das stellt mich jetzt als totalen Loser der Vanags dar.«

»Im Gegenteil. Das zeigt, dass du Prinzipien hast und nicht die Grenzen überschreitest.« Unvermittelt dreht sie sich zu mir. »Du hast mit Sicherheit einige Menschen getötet, aber sicher nicht zum Vergnügen.«

»Was hat das jetzt damit zu tun?«, frage ich genervt und schaue in ihre Richtung.

»Sehr viel sogar. Du bist nicht wie Dalius und seine Männer, die ohne Skrupel morden und Menschen verschwinden lassen.«

»Rys ist aber in deinen Augen so, oder? Ich hab gesehen, dass du Scheißangst vor ihm hast.«

Sie zieht die Decke an ihren Körper und klaut mir damit einen Teil meiner Decke. »Ja, er ist gefährlich … Ich hab ja nicht gesagt, dass alle Vanags so sind wie du.«

War das jetzt ein verdrehtes Kompliment oder so was?

»Klau mir nicht die Decke.« Ich ziehe mir ein Stück zurück, woraufhin ich sie ihr versehentlich vom Körper reiße. »Sorry. So viel wollte ich auch nicht haben.«

Ohne etwas zu sagen, liegt sie auf der Seite und lacht, während ich mich aufrichte und die Decke über sie lege. »So, schlafen wir einfach.« In dem Moment umfasst sie meine Schulter, zieht sich an mir hoch und küsst mich.

Fuck. Diese Reaktion trifft mich so unerwartet, dass ich kurz einen Denkaussetzer habe.

Als ich mich umsehe und nichts von einem Hinterhalt bemerke, gebe ich kurz nach. Wie sollte ich auch nicht nachgeben, wenn mich diese Frau, die immer unantastbar war, küsst?

Ich suche ihr freies Handgelenk, das ich in die Kissen drücke, als ich sie küsse und unsere Zungen sich unerwartet schneller bewegen. An meinen Lippen keucht sie, während ich meinen Schwanz zucken spüre. Über ihr stütze ich mich ab und löse mich augenblicklich von ihren Lippen.

»Keine gute Idee«, knurre ich und will mich zurückziehen, als sie über meine Brust streichelt und mir entgegenblinzelt.

Dann sehe ich sie nicken. Ihr scheint es sogar unangenehm zu sein, mich geküsst zu haben, und sie löst ihre Hände von mir. Als sie sich über die geschwungenen Lippen leckt, die ich mir perfekt um meinen Schwanz vorstellen kann, werde ich schwach und beuge mich über ihr abgestützt hinab, um sie dieses Mal zu küssen.

Überrascht keucht sie und blinzelt, bis jede Hemmung fällt und ich mit der Hand unter das Hemd, das sie von mir trägt, über ihren flachen Bauch fahre, höher zu den Brüsten, die ich nur immer in tiefen Ausschnitten und glitzernden Abendkleidern betrachten, aber nie anfassen durfte.

Und Scheiße. Ihre Brüste fassen sich perfekt rund und prall an. Sie schiebt den Shortsbund auf meinem Arsch hinunter und fährt über meinen Rücken. Ich öffne das Hemd und ziehe es ihr aus, bevor ich meine Shorts loswerde. Allein der Gedanke, sie jeden Moment zu vögeln und zu erfahren, wie sie stöhnt, macht mich verrückt.

Ich küsse sie hungrig, bevor ich über ihre Lippen

lecke und ihre vollen Brüste massiere, an deren steifen Brustwarzen ich anschließend sauge. Sie bewegt sich unter mir, atmet lauter und will es genauso sehr wie ich. Ich erreiche ihre Hüfte, als sie in mein Haar greift und den Haargummi löst.

Als ich mit den Fingern unter ihren Slip fahre, spüre ich, wie scheißefeucht sie ist.

Mein Schwanz wird immer härter, während ich mich kaum zurückhalten kann. Ich schiebe den weißen Slip hinunter und sehe ihre perfekte Pussy, die ich schmecken will, vor mir leicht geöffnet. Ich lecke sie und beobachte, wie sie den Kopf in den Nacken legt. Zielsicher erreiche ich ihre Klit und schiebe zwei Finger in ihre Pussy. Allein das Geräusch zu hören, wie ihre Pussy auf meine Finger reagiert, macht mich dermaßen geil.

Sie stöhnt weder gekünstelt noch laut, sondern eher verhalten. Anschließend umkreise ich mit der Zunge ihre Klit. Es geschieht alles so schnell, dass ich einfach nicht mehr stoppen kann. Mein Schwanz wird immer schwerer und das Verlangen, sie hart zu ficken, immer größer.

Wieder über ihr streife ich ein Kondom über, drücke sie an der Kehle umfasst in die Kissen und schwebe mit meinem Gesicht über ihrem.

»Lass es mich nicht bereuen«, raune ich über ihr.

Sie schüttelt den Kopf. »Ich sage zu niemandem etwas. Fick mich, Nojus«, keucht sie bittend und schluckt hart.

Allein diese Worte zu hören, lässt jede Sicherung herausspringen. Ich hebe ihr rechtes Bein über meine Schulter, rutsche zwischen ihre Schenkel und dringe hart in sie ein. Sie ist dermaßen feucht und so bereit, als hätte sie seit Stunden darauf gewartet.

Als sie checkt, dass nicht nur Tjark einen großen Schwanz hat, kneift sie die Augen zusammen und stöhnt tief und so laut beim ersten Stoß, dass ich ihr den Mund zuhalte.

»Ich höre dein Stöhnen gern, aber das dürfen die anderen nicht mitbekommen«, warne ich sie, lecke über ihre Halsseite und dringe tiefer in sie. Mit jedem Stoß komme ich mir vor wie im fucking siebten Himmel. Diese Schönheit einmal unter mir liegen zu haben und ungekünstelt stöhnen zu hören, schmeichelt meinem Ego immens.

Ihr Körper zittert nach nur wenigen Minuten, ausgehungert nach einem Orgasmus. Ich ändere den Winkel der Stöße und reibe mit der Eichel über einen empfindlichen Punkt in ihr, der ihre Augen flackern lässt.

Mir wird scheißeheiß, während sie sich komplett fallen lässt und ich sie schneller ficke. Sie stöhnt und wimmert verdammt hart unter meiner Hand, die weiterhin auf ihren Lippen ruht. Dabei zieht sich ihre Pussy so eng zusammen, dass ich glaube, mein Schwanz würde zerquetscht werden. Das Gefühl ist unsagbar geil.

Während ich ihr verzweifeltes Stöhnen ersticke, nehme ich sie noch härter und animalischer und löse die Hand erst, als ich in ihr komme und sie küsse.

Schwer atmend keuche ich in ihren Mund, pumpt mein Sperma in den Gummi, obwohl ich sie viel lieber ohne das Kondom spüren würde.

Sie erwidert den Kuss dermaßen erschöpft, legt ihre rechte Hand um meinen Nacken und atmet ebenfalls schneller. Ich lasse mein Gesicht an ihrer Schulter sinken und warte noch einen Moment, bevor ich mich aus ihr zurückziehe und sie die nächsten Stunden immer wieder vögeln würde.

Ein letztes Mal umkreist meine Zunge ihre, reibe ich mit einem Raunen über ihre Lippen und spüre, wie sie mit den Fingern mein schulterlanges Haar durchkämmt. Danach rolle ich mich neben ihr auf die Matratze und hebe den linken Unterarm über mein Gesicht.

»Damit das klar ist«, sage ich immer noch gleichmäßig nach Luft ringend. »Das wird kein weiteres Mal mehr passieren.«

Sie antwortet nicht, sondern dreht sich auf die Seite zu mir und malt den Adler auf meiner Brust nach, bevor sie die Augen schließt.

What the fuck. Ich habe sie ernsthaft geknallt und ehrlich gesagt, habe ich kein schlechtes Gewissen dabei gehabt.

Als ich blinzele, sehe ich, wie sie versucht, mit nur einer Hand das Hemd anzuziehen. Es hängt um die Handschelle verheddert fest. An ihren Slip wird sie nicht kommen, der sich irgendwo außerhalb des Bettes befindet, wie das Kondom auch.

»Lass mich dir helfen.« Neben ihr richte ich mich auf, helfe ihr, sich aufzusetzen und dann das Hemd zu entwirren.

»Damit du es nicht falsch verstehst, Nojus, aber …« Ich knöpfe das Hemd über ihren perfekten Brüsten zu. Es juckt mich in den Fingern, sie erneut anzufassen und fest in den Händen zu massieren.

»Aber?«, hake ich nach und schließe den letzten Knopf.

»Ich mach das nicht mit jedem.« *Tatsächlich? Dafür hat sie sich aber kaum zurückhalten können.*

»Ich auch nicht«, murmele ich und erinnere mich noch an den Moment, als ich Divina verklickert habe, dass Sex für mich nicht nur ein Trieb ist, den ich auslebe, sondern sehr viel mehr.

Nachdem ich das Hemd geschlossen habe, streicht sie eine blonde Haarsträhne hinter mein Ohr und lächelt erschöpft.

»Das freut mich.«

»Freu dich nicht zu früh, den Slip ziehe ich dir nicht an«, sage ich und kann mir mein schiefes Grinsen nicht verkneifen. Zum allerersten Mal habe ich meine eigene perfekte Sexsklavin. Solange sie es will, werde ich die Zeit auskosten. Obwohl … vorhin wollte ich noch, dass es sich nicht wiederholt.

Ach, scheiß auf meine nicht vorhandenen Prinzipien.

Sie schmunzelt und ihre mandelförmigen Augen beginnen zu strahlen.

»Gute Nacht, Nojus.« Während sie über meine Wange streichelt, legt sie sich langsam zurück in die Kissen.

Ich decke sie zu, schnappe meine Shorts vom Fußende und streife sie über, damit ich nicht versehentlich morgen früh in ihr aufwache. Anschließend lege ich mich mit einem Murren wieder auf den Rücken und schließe die Augen.

Bleib wachsam. Sie ist immer noch nicht dein Freund.

21

DIVINA

»Konzentriere dich nur auf das Ziel«, raunt er anzüglich hinter mir stehend in mein Ohr, korrigiert meine ausgestreckten Arme und schiebt meine Finger in die richtige Position. »Aber verkrampf dich nicht.«

Blinzelnd visiere ich die Schießscheibe in Form eines fies grinsenden Mannes an. Arūnas oder Nojus müssen diese Person auf Papier gemalt haben.

Während ich die Magnum mit beiden Händen so umfasse, wie es mir Tjark gezeigt hat, korrigiert er immer wieder meine Körperhaltung.

»Ich habe aber im Kampf nicht die Möglichkeit, mich jedes Mal fünf Minuten lang in der richtigen Position hinzustellen. Bis dahin bin ich tot.«

»Stimmt, die Zeit bleibt dir nicht«, haucht er in mein Ohr, sodass eine weiße Rauchwolke neben meinem Gesicht aufsteigt. »Dafür werden dir die Übungen irgendwann in Fleisch und Blut übergehen und du, ohne zu denken, wissen, wie du schießen musst und was zu beachten ist. Deswegen ist das Training so wichtig, meine kleine Hure.« Sinnlich knabbern seine warmen Zähne an meinem Ohr. »Es sieht so verdammt sexy aus, dich so zu sehen. Arūnas wusste, dass ich darauf stehen würde.«

Ich schmunzele und lasse mich nicht ablenken, obwohl es verdammt schwierig ist, wenn er mich dabei immer wieder verführt.

Okay, konzentriere dich, Divina, und stell dir vor, es geht um Leben und Tod.

»Wenn du bereit bist, drück ab und erschreck dich nicht vor dem Rückstoß.«

Nein, davor hat er mich mehr als einmal gewarnt. Daher ziele ich diese hässlich grinsende Figur an und drücke ab. Der laute Knall weckt sofort die Erinnerung in mir, als Arūnas Dalius erschoss. Trotzdem schreie ich nicht auf, zwinkere mehrmals, um den Gedanken zu vertreiben, und drehe den Kopf zu Tjark.

»Gut so?«

»Du hast ihm direkt die Eier weggeschossen. Du solltest auf sein Herz zielen.«

»Glaub mir, ohne Eier leidet er viel mehr und kann den Frauen nicht mehr schaden«, antworte ich finster.

»Mein Babe. Solange du mir nicht meine Eier wegschießt, soll es mir egal sein.« Er lacht an meinem Gesicht und umfasst meinen Parkaärmel, damit ich nicht mit der Waffe herumfuchtele. »Mach weiter. Triff auch sein Herz.«

»Oh, das habe ich schon«, antworte ich lächelnd und schaue aus den Augenwinkeln zu Tjark auf.

»Du scheinst heute echt gut drauf zu sein. Es liegt sicher an gestern Nacht.« Er kneift in meine Wange, woraufhin ich aufquietsche.

»Es liegt unter anderem daran möglicherweise.«

»Möglicherweise? Jetzt bin ich schwer enttäuscht.« Hinter mir tritt er zurück, damit ich mich wieder auf die Schießübung konzentrieren kann. Denn je länger wir in der glitzernden Schneelandschaft stehen, desto weniger Gefühl habe ich in den Händen. Und je öfter mich Tjark ablenkt, desto häufiger überkommt mich das Gefühl, ihm wieder nah sein zu wollen. Ich trage wie Tjark dünne Handschuhe, doch die halten meine Finger kaum warm.

Als ich ruhig durchatme, die Pistole mit ausgestreckten Armen umfasse, ziele ich auf das dämliche Grinsen der Papierfigur. Dummerweise schlägt die Kugel in seinen Hals ein.

»Herz, Divina.« Tjark räuspert sich hinter mir.

»Wieso? Er soll aufhören, mich so blöd anzugrinsen.«

Hinter mir höre ich ihn durch den knirschenden Schnee laufen und sich räuspern, um nicht zu lachen. Ich hingegen versuche es wieder, ziele auf sein Herz, das mir rot entgegenleuchtet, und drücke ab. Der Rückstoß vibriert in meinen Schultern.

Nun habe ich in den Bauch getroffen. *Okay, ich schaffe es.* Mehrmals strenge ich mich an, konzentriere mich und gebe weitere sieben Schuss, die das Wild sicher aus den Wäldern verscheucht, ab. *Irgendwie treffe ich alles, außer das Herz.*

»Tja, ich würde sagen, in dieser Sache bist du kein Profi. Aber wirst es sicher noch werden«, versichert mir Tjark, nimmt mir die Waffe ab und zielt mit nur einer Hand auf das Herz. Sein Projektil trifft haargenau das

Herz der Papierfigur. »Und tot. Lass uns am besten reingehen.«

»Wahnsinn«, kommt es über meine Lippen.

Neben mir sichert er die Waffe und verstaut sie unter seinem schwarzen Wollmantel.

Ich reibe die Hände und hauche sie an. Der Schuss war beeindruckend. Allein ihn in dem Killermodus zu sehen, macht mich an. Wie jedes Mal in seiner Nähe spüre ich kaum noch diese beklemmenden Ängste oder kommen die Erinnerungen hoch.

»Ich werde ein Profi werden«, antworte ich und springe auf ihn zu. Ich schlinge die Arme um seinen Hals, als ich mich auf die Zehenspitzen stelle. Dabei gelingt es mir wirklich, ihn aus der Balance zu bringen, da seine Boots im Schnee feststecken und er keinen Schritt zurücksetzen kann.

Wumm. Schon liegt er auf dem Rücken und ich auf ihm. Schnee stiebt auf, während er ein entsetztes Gesicht macht.

»Du wirst ja richtig zutraulich, Kätzchen.« Er lacht, schlingt seine Arme um meinen Rücken und hält mich fest. »Für gewöhnlich sollte eine Katze sein Herrchen nicht so derart hinterhältig umrennen.«

»Ist mir egal«, antworte ich und küsse ihn.

Er erwidert den Kuss grinsend an meinen Lippen. »Das hat Konsequenzen.« *Auf die ich mich bereits freue.*

Immer schneller verschmelzen unsere Zungen miteinander. Während meine Finger eiskalt sind, glühen meine Wangen, da er mich in einen Parka mit zwei Pullovern, Mütze, dickem Schal und warmen Socken gepackt hat. Eher durfte ich nicht ins Freie.

»Ich liebe deine Konsequenzen«, hauche ich vor

seinen Lippen und hebe das Gesicht an. Unter mir flackert ein todbringender Blick über sein Gesicht.

»Das gestern Abend war noch Spielerei, das ist sicher klar?«

Ich weiß. Ich kenne seine dunkle Seele. Er hat mich früher oft genug seine dominante, unerbittliche Art spüren lassen.

»Ich …« Plötzlich ist das Hupen eines Wagens zu hören. Sofort rollt er mich von sich und richtet sich auf, um sich vor mich zu stellen. *Wow, Wahnsinnsreflexe.*

Gleichzeitig zieht der Gedanke durch meinen Kopf, ob er sich nicht vielleicht hat absichtlich von mir umstoßen lassen.

Er schnappt meine Hand und geht anschließend mit mir zurück zum Haus. »Wer könnte das sein?«

»Keine Ahnung«, antwortet er und schaut sich überall um.

»Aber der Jemand wäre nicht blöd und würde sich vorher ankündigen«, flüstere ich.

Nach wenigen Sekunden stapft eine Person mit einem olivfarbenen Mantel durch den Schnee. Er sieht verdächtig nach Nojus aus.

»Leute, störe ich euch etwa?«

»Nojus«, knurrt Tjark.

»Was? Ich habe extra gehupt, damit ihr die Hosen hochziehen und Hände von oder aus euch nehmen könnt.«

Dieser Blödmann. Sofort atmet Tjark tief durch.

»Was willst du?«

»Heute ist euer vorletzter Tag. Ich will euch eigentlich nicht stören, aber …« Sein Blick wandert von mir zu Tjark. »Ich müsste dich kurz sprechen. Wenn es geht allein, Boss.«

Nojus schenkt mir ein entschuldigendes Gesicht, bevor er auf der Außenterrasse, die Hände in die Manteltaschen gestopft, stehen bleibt.

Tjark wirft einen Blick über die Schulter zu mir und schaut wieder zu Nojus. »Sie kann alles wissen. Ich habe keine Geheimnisse vor ihr, Nojus.«

»Nein, ist schon gut. Du kannst es mir später erzählen«, sage ich zu Tjark und streichele über seinen Arm. Dass ihm meine Antwort nicht gefällt, kann ich in seinem Gesicht ablesen. Andererseits wirkt Nojus ziemlich ernst, als gäbe es Neuigkeiten, die uns nicht gefallen würden.

»Dann warte bitte oben und wärm dich auf.« Tjark hält mir die Terrassentür auf, durch die ich ins Innere gehe. Den mittlerweile aufgeräumten Wohnbereich haben wir eine halbe Stunde heute Morgen zusammen geputzt und die letzten Reste des Nachtischs von gestern Nacht entfernt. Trotzdem bin ich mir sicher, dass Nojus der Spaß sicher nicht entgangen ist.

Tjark gibt meine Hand frei, während ich weiter in die Diele laufe und die Jacke ausziehe.

»Ich dachte, ihr lasst mir etwas vom Pudding übrig«, höre ich Nojus sagen, woraufhin Tjark ihn mit einem eiskalten Blick besieht.

»Koch dir doch selber welchen oder such dir jemanden, der es kann. Margit wird dir den Wunsch sicher erfüllen.«

»Also Margit ist gerade nicht so gut auf mich zu sprechen.« *Was hat Nojus wieder gemacht?*

»Geh in die Küche.« Tjark deutet zur Schiebetür, als

ich die Stiefeletten loswerde und anschließend nach oben gehe. Eigentlich will ich schon wissen, was Nojus Tjark zu erzählen hat, trotzdem sollten das beide erst mal ohne mich klären.

In dieser Beziehung traue ich Tjark. Er hat mir sogar heute Morgen den Brief von Nojus gezeigt, den ich vorgestern im Gäste-WC nicht zu Ende lesen konnte. Darin standen Details über mich, von denen ich nichts wusste. Unter anderem, dass mich beide auf Tjarks Geburtstag im Hotelzimmer mit Leonas und wochenlang vor der Entführung, die bis ins kleinste Detail geplant war, beobachtet haben.

Daher verstehe ich, warum ich den Brief nicht lesen sollte: damit er mich nicht an Leonas erinnert. Ich bin heilfroh, dass es ihn nicht mehr gibt. Wenn ihn Tjark nicht erschossen hätte, wüsste ich nicht, auf welch brutale Weise er mich weiterhin erniedrigt hätte.

Als ich im Schlafzimmer auf dem frisch gemachten Bett die dicken Pullover ausziehe und den Schal abnehme, höre ich plötzlich von unten ein ziemlich lautes Gebrüll.

»Das ist nicht dein Ernst!« Das sind eindeutig Tjarks Worte.

Was regt ihn so auf?

Ich will ja eigentlich nicht lauschen, aber als ich an der Schlafzimmertür stehen bleibe, höre ich weitere Wortfetzen wie:

»Nein!«

»Beende den Scheiß!«

»Wie ohne meine Erlaubnis …«

Irgendwas hat Nojus verzapft oder über Tjarks Kopf hinweg entschieden. *Ich wüsste zu gern, was es ist.*

22

TJARK

»Lass es mich einfach erklären, verdammt, und brüll nicht sofort herum!«, fährt mich Nojus an und stößt mich zurück.

»Die Antwort lautet dennoch Nein. Solltest du das weiterführen, werde ich es beenden.«

Ich glaube, ich träume, als mir Nojus von Polina erzählt, die eigentlich noch auf der Flucht sein müsste. Sie konnten sie in der Zwischenzeit schnappen und verhören, und jetzt sagt mir Nojus, er hat sie vor Rys beschützt und ins Anwesen geschleppt?

»Nein. Ich beende es nicht. Hör mir endlich zu!«

Bisher habe ich Nojus nie laut werden erlebt. »Sie ist unschuldig. Sie hat sich die letzten Wochen mit fremden Namen in Hotels eingecheckt. Es gibt keine Beweise, dass sie Dalius irgendwelche Informationen weitergegeben hat. Klar hat sie Alex die Aufgabe übergeben, damit … damit er Divina im Bad belästigt, aber sie ist abgehauen, als sie gecheckt hat, dass du sie nicht willst. Ihre Aufgabe war gescheitert. Sie wäre niemals zu Dalius gegangen, der sie womöglich sofort getötet hätte.«

Mein Gott, was ist er beeinflussbar geworden. »Du kannst doch nicht klar denken«, knurre ich, schnappe seinen geöffneten Parka und ziehe ihn zu mir. »Sie verschwindet. Sofort. Wenn du es nicht machst und mir nicht den Ort zeigst, wo du sie begraben hast, dann wird das Rysand übernehmen. Wenn er herausfindet, dass du uns hintergangen hast, wird er dich sofort köpfen!«

»Ich hätte dir nichts davon erzählen müssen, Tjark«, antwortet er zornig und hält mich auf Abstand. »Ich töte keine Unschuldigen.«

»Sie ist nicht unschuldig. Sie hat uns wochenlang ausspioniert.«

»Du hättest laut Arūnas' Aussage Austeja auch eine Chance gegeben. Die Sache ist fast vergleichbar.«

»Jetzt, mein Freund, hast du eine Grenze überschritten!«, knurre ich verärgert und stoße ihn von mir. Stolpernd wankt er zum Herd und fängt sich schnell ab.

»Lass es mich beweisen. Lass mich dir zeigen, dass …«

»Nein!« *Ich gebe nicht nach.* Polina hat sich die gesamten Wochen, nein, Monate verdammt viel Mühe gegeben, um mich auszuspionieren. Sie hat Divina nachts angegriffen, hat Alex auf sie gehetzt, und nachdem sie in einem bühnenreifen Auftritt das Anwesen verlassen hat, ist sie zu Dalius gekrochen. Rysand weiß es. Er ist verdammt gut in seinen Recherchen.

»Du bist wirklich schwach geworden, oder, Nojus?«, frage ich geradewegs heraus, als ich seine wütende Miene deute. »Da du Divina nicht bekommen kannst, wolltest du sie. Sie ist eine schöne Frau, gar keine Frage. Aber sie ist falsch und unser Feind. Erhoffst du dir ernsthaft, wenn du sie befreist und beschützt, bei ihr zu landen?«

Mit geöffneten Lippen holt er Luft und starrt mir aufbrausend entgegen. »Ich habe mir nichts erhofft. Ich habe ihr das Leben gerettet.«

»Wo ist sie jetzt?« Ich hoffe für ihn, neben Artjom festgekettet im Keller.

»In meinen Räumen. Sie ist an mein Bett gefesselt«, beantwortet er meine Frage ehrlich.

»Nicht dein Ernst!«, rutscht es ungehalten aus mir heraus. »Hast du sie auch gefickt, oder was?«

Als Nojus zum Fenster sieht, genügt mir die Reaktion. Er weicht nie meinen Blicken aus, wenn ihm nichts unangenehm ist. Und ganz ehrlich, Nojus ist fast nichts heilig oder peinlich.

»Das ist … Werd sie los. Ich gebe dir zwei Stunden. In der Zwischenzeit reise ich mit Divina ab. Sollten sich beide begegnen, gnade dir Gott.«

»Aber …«

Ohne auch nur ein Wort zu sagen, verlasse ich die Küche.

»Du machst einen Fehler«, ruft er mir rasend vor Wut hinterher.

»Nein, den hast du gemacht, indem du sie angeschleppt hast. Ich diskutiere nicht darüber, Nojus!«

Als ich in die Diele gehe, um Divina eröffnen zu müssen, dass wir aufgrund von Nojus' Naivität, die ich sonst nicht bei ihm kenne, abreisen werden, folgt er mir mit geballten Händen.

Ich umfasse gerade das Treppengeländer, als ich Divina auf der Galerie stehen sehe. Eigentlich war es besser, dass sie davon nichts mitbekommen hat, auch wenn ich keine Geheimnisse vor ihr haben will. Andererseits dürfte sie nun wissen, was Sache ist.

»Wie du willst!«, knurrt Nojus, stampft an mir vorüber und reißt die Haustür auf. »In einer Stunde werdet ihr abgeholt.«

Laut krachend fällt die Haustür ins Schloss, sodass der Weihnachtskranz an der Tür bedrohlich hin und her schaukelt.

»Du hast sicher alles gehört«, sage ich leise, während in mir immer noch der Ärger tobt.

»Leise seid ihr nicht gerade gewesen. Findest du nicht, dass du ihn hättest ausreden lassen sollen? Er wird seine Gründe haben, sie …«

»Seit wann interessiert dich Polina? Soweit ich weiß, hat sie dir das Leben ziemlich schwer gemacht.«

Fragend hebe ich eine Braue und hätte eigentlich von ihr etwas Unterstützung erwartet.

»Ich weiß, aber Nojus hat sie auch nicht gemocht. So leicht ist er nicht beeinflussbar. Er wird mehr wissen als wir. Außerdem ist er hierhergekommen, um es dir zu sagen. Wenn es ihm nicht wichtig wäre, wäre er nicht aufgekreuzt.«

Will sie mich etwa umstimmen?

»Er ist hier aufgekreuzt, weil er es nicht länger verheimlichen kann.«

»Nein, will«, korrigiert sie mich. »Wir hätten nie etwas herausgefunden. Du kennst Nojus. Er ist, auch wenn ihr euch immer streitet wie Kinder, dein bester Mann. Er ist clever und brillant in seinem Job. Wenn er dich hätte glauben lassen wollen, dass Polina tot ist, wäre es ihm gelungen. Aber Nojus ist ehrlich und hat ein gutes Herz.«

Richtig, das ihm gerade zum Verhängnis wird!

Wenn er das Spiel weiter hinter meinem Rücken

durchgezogen hätte, das weiß er genau, hätte ich ihn sofort vor die Tür gesetzt wie Alex. Eigentlich hat er bereits gegen mehrere Regeln verstoßen. Den Feind angeschleppt, sie am Leben gelassen, Rysands Verhör unterbrochen und sie noch gevögelt.

»Außerdem hat er Respekt vor dir und wollte dich sicher nicht stören, wenn es ihm nicht wichtig gewesen wäre, dass du davon erfährst.«

»Hast du dich jetzt mit ihm verbündet, oder was? Es hört sich fast so an, als hättet ihr euch abgesprochen.«

Wütend steige ich die Stufen hoch, gehe an ihr vorüber und werde meinen Mantel los. Es wird Zeit, dass wir zum Anwesen zurückfahren, bevor Nojus weiterhin falsche Entscheidungen trifft und die gesamte Organisation gefährdet!

DIVINA WIRKT ETWAS ENTTÄUSCHT DARÜBER, dass der kurze Liebesurlaub beendet ist, aber freut sich zugleich auf das Anwesen. Ich kann es in ihrem Gesicht ablesen. Zudem auch ablesen, dass sie fest entschlossen ist, mit Nojus zu reden, um der Sache auf den Grund zu gehen.

Zwar ist Divina für mich viel mehr als eine Geliebte oder Freundin oder Partnerin, doch sie ist genau solch ein Gefühlsmensch wie Nojus. Sie verstehen sich blind, was mir wiederum nicht gefällt.

Ich stehe vermutlich nicht allein mit meiner Meinung da, dass Polina verschwinden muss. Sie heckt sicher etwas aus, hat Nojus mit ihren verliebten Blicken weichbekommen und sich seine Zuneigung erschlichen.

Jones fährt uns zum Anwesen, der uns immer wieder flüchtige Blicke im Rückspiegel schenkt und vermutlich Fragen loswerden will. Dabei bin ich derjenige, der einige Fragen hat.

Wie liefen die Geschäfte die letzten Tage?

Ist immer noch die Hälfte der Angestellten im Urlaub oder hat gekündigt?

Doch am meisten interessiert mich brennend, ob sie Miron gefunden haben. Dass Artjom festgehalten wurde, erfuhr ich in Nojus' Brief, den Divina nicht lesen sollte. Ebenso, dass Alex tot ist und keine Probleme mehr machen wird. Allmählich konnten wir zurückschlagen und somit alles Übel, das uns so lange verfolgt hat, vernichten.

Bleiben nur noch Polina und Miron.

»Mich würde brennend interessieren, was die letzten Tage im Anwesen passiert ist, Jones, statt dass du uns weiter mit deinen Blicken löcherst«, richte ich meine Worte an ihn. Divina schmunzelt, da ihr seine Blicke auch nicht entgangen sind.

»So einiges. Margit ist ganz verrückt auf Heiligabend, und die anderen geben sich alle Mühe, um deine Rückkehr so angenehm wie möglich zu machen. Sie haben jeden Tag gehofft, dass du dich wieder an alles erinnerst. Sie wissen noch nicht, dass du wiederhergestellt bist. Weißt du wirklich wieder alles?«, fragt er, biegt rechts auf die Autobahnzufahrt ab und gibt Gas.

»Ja, an alles. Mein Gedächtnis scheint wieder lückenlos zu funktionieren.«

»Das freut mich für dich, äh, also euch. Wir haben auch bei deiner Arbeitsstelle Bescheid gegeben, dass du krank bist, Divina. Ich denke, so kannst du immer noch entscheiden, was du demnächst machen wirst.«

Sie wird nicht mehr dort arbeiten. Im Leben nicht. Es sei denn, sie will es unbedingt, was ich mir nicht vorstellen kann.

»Ich finde eine viel bessere Anstellung für dich, Divina«, sage ich schmeichelnd zu ihr und drehe mein Gesicht in ihre Richtung.

»Was ist mit der Abendschule?«, fragt sie Jones und legt ihre Hand auf meine Hand, die auf ihrem Knie ruht.

»Keine Ahnung. Nojus wollte dort eine Krankmeldung einreichen oder so und hat das mit Vilius abgesprochen. So genau bin ich nicht über alles informiert.«

Ja, scheint wirklich so, dass Nojus sehr viel eigenmächtig entschieden hat.

»Dann weißt du sicher, was mit Polina passiert ist?«, hake ich nach und kneife die Augen zusammen.

Jones erwidert meinen Blick im Spiegel. »Sicher. Sie ist tot.«

»Woher weißt du davon?«

»Weil es mir Zydrunas selbst erzählt hat. Nojus hat ihre Leiche aus der Schule getragen, nachdem Rys mit ihr fertig war. Dummerweise konnte er kaum Informationen aus ihr herausbekommen. Ich glaub, sie ist in der verlassenen Schule erfroren.« Immer wieder lese ich in seinen Blicken ab, dass es ihm unangenehm ist, diese Informationen vor Divina auszusprechen. Sie sagt keinen Ton und verrät nicht, was wirklich passiert ist.

»Hat Nojus euch gesagt, wo er sie hingebracht hat?« Wenn er sie ins Anwesen gebracht hat, muss es jemandem aufgefallen sein. Jemand muss es gemerkt haben, jemand, der ebenfalls schweigt und ihn nicht verrät.

»Keine Ahnung. War sein Job, wie meistens. Er fuhr wohl kurz nach acht Uhr früh mit seinem Auto und ihrer Leiche davon. Als er wiederkam – das war so gegen neun oder früher –, führte er eine vollkommen sinnlose Notfallübung durch. Angeblich in deinem Namen. Jeder musste das Haus verlassen, womit er einige ziemlich verärgert hat. Besonders Margit. Sie schimpft heute noch darüber. Also …« Plötzlich kommt Jones ins Grübeln. »In einer halben Stunde wird er die Leiche noch nicht losgeworden sein. Vielleicht abends und sie lag noch in seinem Kofferraum.«

»Eine Notfallübung?«, wiederhole ich, und auch Divina scheint zu wissen, warum Nojus diesen Blödsinn durchgezogen hat. Denn ich habe sicher keine beauftragt.

»Ja. Notfallübung wegen Bombenalarm, was weiß ich. Die meisten haben ziemlich schlecht abgeschnitten.« Er grinst und verlässt dann die Autobahn. »Aber das weißt du sicher.«

»Nein, wusste ich nicht«, murmele ich. »Was hat Nojus in der Zeit gemacht?«

»Angeblich die Räume abgecheckt. Keiner durfte ins Haus, bevor er es nicht genehmigt hatte. Du hättest Margit mit ihrem heißen Topf beim Treffpunkt im Garten sehen sollen.«

Divina hebt die linke Braue, während Jones lacht. Ich kann mir vorstellen, wie köstlich sich Nojus darüber amüsiert haben muss, alle an der Nase herumzuführen. Margit ist keine fünfzig mehr, die er einfach so aus dem Haus scheuchen sollte.

Was für eine lächerliche Aktion. Aber andererseits ziemlich clever.

»Einfallsreich ist er, das musst du ihm lassen«, sagt Divina. »Ich erinnere mich auch an seine Hartnäckigkeit in der Drogerie.«

»Erinnere mich nicht daran«, murrt Jones die Augen rollend. »Das Theater, das er dort gemacht hat, als er sämtliche Deko zerstört hat, werde ich nicht so schnell vergessen. Ihm ist echt nichts peinlich.«

Weihnachtsdeko? Mein Blick wandert zu Divina. »Er kam in den Laden und wollte mich zu dir bringen, woraufhin ich mich geweigert habe, es zur Rangelei kam und er anschließend das Regal mit der Weihnachtsdeko umriss. Der Spaß kostete über dreihundert Euro, den er nicht bezahlen wollte. Wer die Scherben aufgesammelt hat, waren Jones und ich.« Sie beugt sich vor und streichelt über seine Schulter. »Er hat mir wirklich geholfen.«

Während Divina und Jones sich weiter über Nojus' Aktionen amüsieren, überlege ich, wie er es jetzt schaffen will, Polina aus dem Anwesen zu schmuggeln. Ihm wird etwas Neues einfallen müssen, damit nicht auffliegt, wen er die letzten Tage im Anwesen versteckt hat.

Nojus, du bist wirklich ein Schlitzohr. Aber es ist an der Zeit, dass ich wieder die Führung übernehme, bevor meine Leute durch ihn psychische und physische Schäden behalten.

23

NOJUS

Wir haben keine Zeit. Schlag 14 Uhr wird Tjark mit Divina aufkreuzen. Jones ist sicher schon auf dem Rückweg.

»Zieh das hier an und versteck dein Haar unter der Mütze.« Ich werfe eine dicke Wollmütze auf das Bett sowie Hosen, einen Mantel und Stiefel. Sie soll wie ein Mitarbeiter im Garten aussehen.

»Was ist passiert?«, will Polina wissen.

»Erkläre ich dir später«, sage ich gehetzt. Wenn Tjark hier auftaucht und Polina noch da ist, wird er sie sofort umlegen. Und das lasse ich nicht zu. Ich werde sie auch nicht killen, das kann er vergessen.

Eilig steigt sie in die viel zu großen Hosen. Die blauen Flecken auf ihrem Körper sind noch dunkler als am Vortag geworden. Dafür trägt sie ihr langes dunkles Haar nicht offen, sondern zu einem Zopf zusammengebunden. Sie dreht den Zopf auf ihrem Kopf zusammen, danach setze ich ihr die Mütze auf und reiche ihr die dunkle Jacke.

»Sag schon. Du würdest das hier nicht veranstalten,

wenn es nicht wichtig wäre.« Sie umfasst meinen Unterarm und schaut mir fragend entgegen.

»Tjark ist jeden Moment aus den Flitterwochen mit Divina zurück. Ich … ich konnte ihn nicht belügen und habe ihm gesagt, dass du lebst und in meinen Räumen bist. Ich soll dich wegschaffen, bevor sie eintreffen.«

Als ich ihre Jacke schließe, weicht sie zurück. »Mit wegschaffen meinst du töten, nicht wahr?«

»Wenn ich dich hätte töten wollen, hätte ich es längst getan, Polina. Ich versteck dich, deswegen dieser ganze Affenaufzug. Leider musst du danach selbst zurechtkommen und verschwinden. Und verschwinde gut. Tjark wird dich überall suchen lassen und mich vermutlich dafür bestrafen, dass ich dir geholfen habe.«

Aber scheiße, das ist es mir wert. »Jetzt Beeilung. Du rennst mir einfach hinterher, klar? Egal, wem du im Anwesen begegnest, du bleibst nicht stehen, selbst wenn Rimas dich umboxt.«

»Wo … wo willst du mich hinbringen?«

»Keine Ahnung. Das überlege ich, sobald wir das Grundstück heil verlassen haben. Zu deiner Familie geht leider nicht. Los, zieh die Schuhe an.« Vor ihr gehe ich in die Knie, hebe ihren rechten Fuß an und schiebe ihn in die gefütterten Stiefel von Iresa. Beide dürften dieselbe Größe haben.

Bis sie checkt, dass ihre Schuhe weg sind, sind wir über alle Berge. Ja, wir. Ich bringe sie in Sicherheit, bevor ich morgen wiederkomme, selbst wenn ich nach Russland fahren muss.

Sie schlüpft in die Schuhe und geht ebenfalls in die Knie. »Setz nicht alles aufs Spiel.«

Doch! Da ich so blöd war und Tjark erzählen

musste, dass ich sie versteckt halte. Dass sie noch lebt und ich mit ihr geschlafen habe.

»Na los, beweg dich«, antworte ich und ignoriere ihre Worte. *Uns läuft die Zeit davon.* An der Hand ziehe ich sie in den Stand und verlasse mit ihr meine Räume. Kurz bevor ich die Tür zum Gang öffne, checke ich die Lage. Niemand ist zu sehen.

»Folge mir und halte das Gesicht gesenkt.« Sie macht, was ich sage, während ich ihre Hand nicht loslasse. Wir joggen über den Gang zu den Treppen, über deren Geländer ich einen Blick nach unten werfe. Natürlich sind diese bescheuerten Putzelfen wieder unterwegs. Aber sie werden uns nicht aufhalten.

Daher ziehe ich Polina weiter die Stufen in die erste Etage hinunter. Dort ist zum Glück auch niemand zu sehen. Anschließend erreichen wir die Eingangshalle, stürmen an den Putzfrauen vorbei, die den Boden wischen, und ich ziehe sie nach links auf den Gang, wo sich Küche und Vorratskammer sowie Speise- und Empfangsräume befinden. Wir müssen auf direktem Weg zu den Garagen gelangen.

Kurz gerate ich ins Rutschen, da der Boden immer noch feucht ist und unsere Schritte auf dem Gang zu hören sind.

»Was rennt ihr so? Wieder eine Übung?« Margit erscheint aus der Küche und sieht mich, dann schaut sie zu Polina und ihr fällt die Kinnlade herunter.

»Was, um Himmels willen …«

»Kein Notfall. Geh in die Küche. Tjark kommt jeden Moment.«

Etwas aus der Puste erreiche ich die Werkstatt, deren Tür ich hinter uns laut ins Schloss krachen lasse.

Mist, Theo, der Hausmeister, wirtschaftet irgendwas an der Werkbank herum und schaut uns grimmig an.

»Anklopfen das nächste Mal«, brummt er genervt.

»Sicher.« Schon ziehe ich Polina weiter. Er hat sie null erkannt und schleift weiter an irgendwas herum, bevor ich die nächste Tür öffne und wir die Garagen erreichen.

»Okay«, keuche ich, suche meine Hosentaschen nach den Autoschlüsseln ab und finde sie endlich, bevor ich den Q8 entriegele. Polina folgt mir, auch wenn sie sich immer wieder umblickt, als würde sie ein Gespenst zwischen den zwölf Wagen, die sich in der Garage befinden, vermuten. Ich laufe an den Limousinen vorbei zu meinem Audi und halte ihr die Beifahrertür auf.

»Los, spring rein.«

Sie holt tief Luft, während sie auf den Sitz rutscht und ich die Wagentür hinter ihr schließe. Mit einem erschöpften und zum Teil verängstigten Blick schaut sie zu mir.

Ich lasse sie jetzt sicher nicht hängen. Auf gar keinen Fall.

Als ich die Motorhaube umrunde, um die Fahrerseite zu erreichen, öffnet sich plötzlich das breite Rolltor. Im nächsten Moment blenden mich Scheinwerfer. Rasch steige ich geduckt in den Wagen, greife nach Polinas Kopf und drücke ihn runter, denn die Scheinwerfer kommen mir verdammt bekannt vor.

Jones ist bereits mit der Limousine zurück. *Scheiße! Er ist zu früh dran.*

Hoffentlich hat er Divina und Tjark wie üblich am Haupteingang rausgelassen und will den Wagen nur abstellen.

»Bleib unten«, flüstere ich zu Polina, die unter meinem Griff beginnt zu zittern und ihre Hände nervös im Schoß faltet, als würde sie beten. Ich schaue vorsichtig über das Armaturenbrett und entdecke Jones, der den Wagen sehr weit hinten geparkt hat und aussteigt. Von Divina und Tjark ist nichts zu sehen.

Erleichtert atme ich auf, beobachte Jones, wie er sein Handy ans Ohr hält und flüchtig zu uns rüberblickt.

Scheiße, hoffentlich sieht er mich nicht und glaubt, ich wäre noch im Anwesen.

Ob Tjark ihm erzählt hat, was Sache ist?

Als er jedoch, in sein Telefongespräch vertieft, die Garagentür zum Anwesen öffnet und sie hinter ihm laut zufällt, richte ich mich auf und starte den Wagen.

»Glück gehabt. Wir sind gleich weg.« Ich öffne per Funk das Garagentor, das sich hochfährt, und rolle vom Stellplatz. Polina bleibt weiterhin geduckt auf ihrem Sitz hocken und scheint Todesängste auszustehen. Arme Kleine.

Nachdem sich das Tor komplett geöffnet hat, gebe ich Gas und fahre über die Auffahrt zum Metalltor, das ebenfalls verschlossen ist. Ich öffne es mit der Fernbedienung und schaue in den Rückspiegel. Niemand ist vor dem Eingang des Hauses zu sehen. *Irgendwie merkwürdig.* Denn eigentlich müssten doch Tjark und Divina von allen an der Tür empfangen werden.

Als ich wieder nach vorn blicke, tritt Tjark neben der hohen Grundstücksmauer hervor und bleibt mitten auf der Ausfahrt stehen. Divina wartet an der Mauer und macht ein ziemlich unglückliches Gesicht.

»Steig aus oder fahr mich um«, stellt mich Tjark vor

die Wahl. In dem Moment sehe ich Rimas, Dylan und Jones aus dem Haus auf uns zukommen.

Jones, der Verräter! Er hat mich doch gesehen und Tjark verraten, dass mein Wagen noch in der Garage steht.

Auch Theo und Margit kommen aus ihren Löchern gekrochen und stehen in der Haustür, um das Schauspiel zu beobachten.

Aussteigen oder riskant Tjark umfahren und in Kauf nehmen, dass er verletzt wird. Das würde meine sofortige Verbannung bedeuten. Nein. Ich würde Tjark nie schaden wollen.

Daher knurre ich wütend und schlage auf das Lenkrad, bevor ich den Motor ausschalte.

»Du bleibst hier. Warte einen Moment.« Polina schaut über das Armaturenbrett und richtet sich auf. Als sie Tjark sieht, senkt sie sofort den Blick.

»Lass es gut sein, Nojus. Es ist vorbei«, stammelt sie.

»Nein.« Wenn er mir zuhört und mich versteht, ist es nicht vorbei.

Ich öffne die Fahrertür, steige aus und verriegele den Wagen hinter mir, den nun Dylan, Jones und Rimas umzingeln.

»Ich würde dich nie überfahren«, sage ich verärgert zu Tjark.

Seine Mundwinkel zucken schwach, dennoch wirkt er enttäuscht. »Erkläre es mir.« *Erklären?*

Plötzlich darf ich ihm sagen, warum ich es tue? Divina nickt. Ah, ich verstehe, sie ist also zum Teil auf meiner Seite.

»Ich war wochenlang dafür verantwortlich, sie zu überwachen«, antworte ich. »Und ich habe es jede freie

Minute getan. Sie hat in keinem Moment Dalius kontaktiert oder ihn aufgesucht. Ich schwöre dir, ich habe meine Hausaufgaben gemacht. Sie hat nur ihre Verwandten besucht, um sich zu vergewissern, dass es ihnen gut geht. Ich habe es geprüft, mehrfach und ich habe sie auch in der Schule verhört. Du weißt, dass ich meine Aufgaben, ohne Fehler zu machen, erledige.

Als mir klar wurde, dass sie einfach nur von Dalius beauftragt wurde, um sich an dich ranzumachen und dich auszuspionieren, und sie nicht mehr gebraucht wurde, hat sie versucht, unterzutauchen. Sie hatte Dalius kein einziges Mal einen Tipp gegeben, wo wir uns aufhalten. Wenn es dir hilft, verrate ich dir, wer eure Tarnung auf der U-Bahn-Station in Kiew auffliegen ließ.«

Aus den Augenwinkeln schaue ich zu einer bestimmten Person, die vermutlich nicht mehr damit gerechnet hat, dass sie auffliegen würde. Denn er hat sich perfekt die letzten Wochen untergeordnet, jede Aufgabe nahezu zu pflichtbewusst erfüllt und fehlte doch hin und wieder.

Tjark schiebt die rechte Hand in die Manteltasche und tritt langsam an mich heran. Aus seinem Gesicht kann ich nicht ablesen, ob er mir glaubt oder mich für den Verräter hält, der nun einen Sündenbock sucht.

Scheiße, wie konnte es so weit kommen? Ich würde alles für ihn tun, habe ihm das Glück mit Divina gegönnt, sie für ihn im Auge behalten, als er es nicht konnte, zwei lästige Killer umgelegt, von denen Divina nichts wusste. Ich habe alles für ihn getan, mich sogar zum Clown in der Drogerie gemacht und ihn zum

Weihnachtsmarkt geschleppt. Obwohl er weiß, wie sehr ich Weihnachten hasse.

Ich habe mir nachts in der Kälte den Arsch vor Divinas Haus abgefroren und alles für dieses abgelegene Haus arrangiert, in dem sie endlich wieder checken sollten, wie sehr sie sich brauchen. Ich habe alles getan, mir selbst Aufgaben ausgedacht, damit er sie nicht ignoriert oder ablehnt.

Mit ernster Miene blicke ich ihm entgegen.

Es vergehen ein paar Sekunden, bevor er vor mir stehen bleibt, dann seinen linken Arm um meinen Körper schlingt und mir ins Ohr flüstert: »Dylan, habe ich recht?«

Ich nicke nur, als er die Waffe aus der Manteltasche zieht, die Umarmung nicht löst und ich Polina schreien höre. Im nächsten Moment fällt ein Schuss und Divina hält sich die Augen zu.

»Ich vertraue dir und weiß, was du für mich getan hast. Ich werde dir das nie vergessen. Solltest du wirklich an Polinas Unschuld glauben, werde ich es auch. Auch wenn es mir schwerfällt.«

Mit geschlossenen Augen atme ich durch, bevor er mich freigibt und ich Dylan nicht mehr sehen kann, der zuvor neben Polinas Wagentür stand. Jones und Rimas gehen auf ihn zu, um ihn von der Einfahrt zu zerren, während Tjark seine Waffe wieder verstaut. »Bring sie ins Haus. Ich will selbst mit ihr reden.«

»Ich bleibe dabei«, lege ich fest.

Tjark geht zwei Schritte rückwärts, grinst schief und hebt eine Braue.

»Junge, dich hat es ja voll erwischt«, merkt er an,

wendet sich anschließend um und geht auf seine Herzdame zu.

Das stimmt doch gar nicht. Stirnrunzelnd drehe ich mich zu Polina um. Sie hockt immer noch im Wagen, die Hand vors Gesicht gelegt, und wirkt, als wäre sie dem Tod gerade so entkommen.

Ich steige wieder in den Audi, als Dylans Körper von der Auffahrt verschwunden ist und nur eine tiefrote Blutlache im Schnee zurückbleibt.

Theo kommt mit einer Kippe zwischen die Zähne geklemmt und einem Wasserschlauch zur Auffahrt und schaltet ihn an, um die Blutspur fortzuspülen.

»Es scheint alles endlich wieder im Lot zu sein«, sage ich zu Polina, lasse den Motor an und wende den Wagen auf dem Rondell vor dem Anwesen. Anschließend fahre ich auf das Garagentor zu, während sie unerwartet meinen Jackenärmel umfasst und ihr Gesicht an meinem Oberarm vergräbt. »Ich dachte wirklich … Er zielt auf mich.«

»Ich habe dir gesagt, ich lass dich nicht im Stich. Dann mache ich das auch nicht.« Zuvor hätte mich Tjark erledigen müssen, bevor er sie in die Finger bekommen hätte. Und einen Moment, das gebe ich zu, dachte ich, dass er es tun würde: mich abknallen und sich dann Polina vornehmen.

Ich sollte nie mehr an ihm zweifeln. Auch wenn seine Worte manchmal etwas anderes sagen, vertraut er mir – so wie ich ihm.

Bis zum Ende.

24

DIVINA

Kurz glaubte ich, mir alles bloß eingebildet zu haben. Noch heute Morgen hielt ich dieselbe Waffe in den Händen, mit der Tjark Dylan mit einem Kopfschuss hingerichtet hat. Ohne ein Verhör. Ohne irgendein Wort in seine Richtung. Ohne Reue in seinem Blick.

Ich weiß nicht, was passiert ist. Aber irgendwie scheinen Nojus und Tjark während der Umarmung miteinander gesprochen zu haben. Aber ich gebe zu, kurzzeitig hatte ich auch gedacht, Tjark würde auf Polina zielen. Erst als ich sah, wie Dylan umfiel, wurde mir klar, wen er erschoss.

Dylan. Warum?

Er war in der U-Bahn-Station bei uns, die gesamte Zeit und hat sich als Professor mit Umhängetasche verkleidet. Ich erinnere mich noch jetzt an den Moment, als Arūnas zu mir gejoggt ist und mir sagte, dass es einen Spion unter uns gäbe. Er sagte es direkt vor Dylan. *Wusste Arūnas bereits damals davon, dass er es ist? Oder Nojus?*

Das alles verwirrt mich. Neben Tjark, der mir seinen Arm anbot, in den ich meinen unterhakte, hole ich flach Luft.

»Ich wünschte, du hättest es nicht gesehen«, spricht er im Gehen zu mir.

»Geht schon«, sage ich und bringe ein träges Lächeln über die Lippen. »Ich bin froh, dass du Nojus eine Chance gibst.«

»Wenn ihm eine Sache so wichtig ist, bleibt mir wohl nichts übrig, als ihm zu vertrauen. Denkst du nicht? Trotzdem ist er total vernarrt in Polina, was mir nicht gefällt«, knurrt er die letzten Worte. »Um in meinem Ansehen zu steigen, wird sie mir einiges erklären müssen.«

»Während Nojus dabei ist«, ergänze ich und stoße ihn an.

»Meinetwegen. Vergessen wir die Angelegenheit. Ich hätte dir diesen Anblick erspart, damit du in vollen Zügen den Weihnachtswahn meiner Leute hautnah erleben kannst.«

Was meint er damit? Nachdem uns Jones ein Stück vor dem Anwesen rausgelassen hat, kann ich nur den Hauseingang erkennen. Die Säulen sind von Weihnachtsgirlanden umwunden, die Stufen mit rotem Teppich ausgelegt. Im Garten stehen zwei beleuchtete Bäume. Da es noch hell ist, habe ich keine Ahnung, wie das Anwesen abends beleuchtet aussieht.

Tjark führt mich zum Eingang, in dem eine kreidebleiche Margit steht, die von Henrik aufrecht gehalten und mit einem Kräuterlikör wiederbelebt wird.

Stimmt, sie haben auch gesehen, wie Tjark Dylan den Kopfschuss verpasst hat. Während ihm äußerlich nicht anzusehen ist, was gerade geschehen ist, scheint das Personal den Vorfall nicht so einfach wegzustecken.

»Herzlich willkommen zu Hause, mein Herr«, begrüßt Margit Tjark und reicht Henrik das geleerte Schnapsglas, um anschließend mich zu begrüßen.

»Meine fleißige Helferin ist auch dabei. Dann stimmt es wirklich, was hier gemunkelt wurde, und du kannst dich wieder erinnern?«, fragt Margit Tjark, aber umfasst zugleich meine Hand.

»Ja, besonders an deine Zepeline, an die Divinas fast herankommen«, antwortet Tjark mit einem charmanten Lächeln.

Ah! Er erinnert sich sicher gerade in dem Moment an meine missratenen Zeppeline. Gespielt grimmig schaue ich zu ihm auf, als Margit seufzt und mich in die Arme schließt.

»Das ist wunderbar. Beinahe hatten wir nicht mehr daran geglaubt. Es ist so schön, dich wiederzusehen, Divina«, begrüßt mich Margit und erdrückt mich fast mit ihrer üppigen Oberweite. Ich lege ebenfalls die Arme um ihren Rücken und schließe die Augen.

Ein verführerischer Duft geht vom Inneren des Hauses aus. Es riecht nach Zimt, nach Glühwein, nach gebratener Gans und frisch gebackenem Kuchen. Herrlich. So riecht Weihnachten.

Als mich Margit freigibt und ich wieder Luft bekomme, überfällt sie als Nächstes Tjark.

»Und du wirst dich bei einigen für deine unfreundliche Art die letzten Wochen entschuldigen müssen, wenn du etwas zu essen serviert bekommen willst.«

Ach, ich mag Margit. Allein wie sie mit den Männern umgeht, bringt mich jedes Mal zum Schmunzeln.

»Wem gehört das Haus?«, erinnert Tjark sie während der Umarmung und gibt sie wieder frei.

»Ich diskutiere nicht. Dann kommt mal rein.« Sie schaut an uns vorbei. Als ich mich kurz umdrehe, sehe ich Jones bereits das Gepäck zu uns tragen.

»Vielen Dank, Margit, dass du mich in mein eigenes Haus reinbittest«, kann sich Tjark den Spruch nicht verkneifen, umfasst meine Hand und betritt die Vorhalle. Als uns Jones folgt, schließt Henrik die Tür und nippt an einem Kakao.

»Du wirst dein Haus kaum wiedererkennen. Somit könnte es auch ein fremdes für dich sein«, merkt Henrik an und begrüßt mich mit seiner vorgestreckten Hand. »Mylady, Boss.« Ich nehme seine Hand und komme mir irgendwie komisch vor, da ich ja bereits mit ihm im Bett war.

»Denkst du gerade an das, was ich denke?«, raunt mir Tjark ins Ohr. Sofort halte ich die Luft an. »Also doch. Es muss dir nicht unangenehm sein.«

Ist es mir aber irgendwie. Denn für gewöhnlich habe ich Freier nie außerhalb des Bordells getroffen. Außer eben Herrn Viskat.

Nach und nach kommen immer mehr Angestellte zu uns, um uns zu begrüßen. Jones trägt das Gepäck hoch, während Iresa, Rimas, Zydrunas, Milda, Ona, Theo und auch Anna eine Traube um uns bilden und uns begrüßen.

Nachdem Tjark sie irgendwann verscheucht hat, wir uns allein in der Vorhalle befinden, kann ich den riesigen, in Gold und Rot geschmückten Baum betrachten. Selbst die Teppiche wurden ausgetauscht, das Geländer mit Girlanden geschmückt und die Anrichten mit unterschiedlichen Weihnachtsfiguren, Nussknackern und Pyramiden dekoriert.

Es sieht nicht kitschig oder überladen aus und für diesen Ort, an dem für gewöhnlich illegale Geschäfte besprochen werden, untypisch heimelig.

»Habe ich dir zu viel versprochen, mein Liebling?«

»Nein«, keuche ich. »Somit hat Nojus recht, du liebst Weihnachten.«

Ansonsten würde das Personal sich nicht solche Mühe geben.

»Ein bisschen mag ich die Festtage und das gemütliche Beisammensein«, raunt er anzüglich in mein Ohr und beißt in mein Ohrläppchen. »Zuvor sollten wir unsere Etage aufsuchen und uns umziehen.«

»Unsere Etage?« Als wir die erste Etage erreichen und ich direkt vor mir die Zimmertür des Raums sehe, in dem ich zuvor geschlafen habe, hebt er mich auf die Arme und trägt mich in seine Etage. Die oberste Etage.

»Ja, unsere Etage – oder ist es dir lieber, allein zu schlafen?«, fragt er mich und schaut auf mich herab, während er mich wie seine Beute Stufe um Stufe höher trägt.

»Nein.« Denn auch letzte Nacht konnte ich, ohne aufzuwachen, durchschlafen. Ich bin mir zwar sicher, dass mich die Albträume immer mal wieder heimsuchen werden, aber wenn er in meiner Nähe ist, gelingt es mir meistens, mich zu beruhigen. »Ich nehme das Angebot sehr gerne an.«

»Und auch in Kauf, mehr Stufen steigen zu müssen?«

Während er lacht, schlage ich gegen seine Brust.

»Dafür soll der Ausblick aus deinen Fenstern ein ganz besonderer sein.«

»O ja, der ist wirklich einmalig. Ganz besonders von dir.« Verwegen hebt er eine Braue und setzt mich vorsichtig in der vierten Etage auf dem weinroten Teppich mit dem wundervollen Ornament ab. Auch diese Etage wurde weihnachtlich geschmückt. Und es hängt sogar ein Mistelzweig über einer Tür.

»Nojus, wenn ich raten dürfte«, stellt er fest und zieht mich an sich. »Dann sollten wir besser den albernen Brauch einhalten, damit unsere Liebe niemals in die Brüche geht«, haucht er vor meinem Gesicht, drängt mich etwas stürmisch gegen die massive dunkle Holztür und hebt mein Kinn an.

»Scheint, als würdest du jeden Moment in die nächste Runde übergehen wollen«, flüstere ich vor seinen Lippen und gleite mit meinem Mund über seinen.

»Bin ich so durchschaubar?«

»Ein wenig«, antworte ich und werde, bevor ich auch nur ein weiteres Wort sagen kann, von seinen Lippen zum Schweigen gebracht. Er hebt zärtlich mein Kinn an, schiebt die andere Hand zu meinem Po und presst mich mit der Hüfte gegen seine, als er mich verlangend küsst.

Ich umfasse seinen Mantelkragen und schiebe die andere Hand unter sein Shirt, da er den Mantel geöffnet hat. Meine Fingerspitzen streichen über seine ausgeprägten Bauchmuskeln, was ihm ein sinnliches Raunen entlockt und mich ihn noch gieriger den Kuss erwidern lässt.

»Runde drei. Nimm mich«, hauche ich vor seinen

Lippen, da mit jeder Sekunde dieses kaum stillbare Verlangen nach ihm wächst. Meine Brustwarzen kribbeln, während ich spüre, wie ich feuchter werde.

Seine Hand schiebt sich von meinem Po nach vorne zu dem Knopf meiner Jeans, die er öffnet, und mit einem gezielten Handgriff prüft er, wie sehr ich ihn will.

»Ich liebe es, wie schnell du feucht wirst. Aber du wirst dich einen Moment gedulden müssen. Einen kurzen.« Nachdem er einmal in meine Pussy eindringt, ich die Augen schließe und die Berührung, die er mir schenkt, genieße, küsst er meine Kehle und zieht sich von mir zurück.

Im nächsten Augenblick öffnet er die Tür und treibt mich, meine Hüfte umfasst, durch seine Räume. Der Kamin wurde angezündet und spendet eine wohlige Wärme. Außerdem ist er ebenfalls mit roten gestrickten Socken und Rentieren aus weißer Keramik und funkelnden Christbaumkugeln geschmückt worden. Im großzügig geschnittenen Wohnbereich mit einem runden antiken Esstisch und samtbezogenen Stühlen befindet sich auch ein in Gold und Silber beleuchteter Weihnachtsbaum. Die Flügeltüren zum Schlafzimmer sind geöffnet und geben die Sicht auf sein Bett preis.

Das Bett ist mit rosenroten Satinbettlaken bezogen, die Wandlampen über der Vertäfelung angeschaltet. Wieder sehe ich die Gemälde mit den freizügig gehaltenen Körperpartien von Frauen. Die cremefarbenen Damastvorhänge sind nur zur Hälfte zugezogen, während ein warmer weihnachtlicher Duft in seinen Räumen schwebt.

»Es sieht wirklich wunderschön aus. Sie haben sich viel Mühe gegeben«, keuche ich, als ich rückwärts über die Stufen zu seinem Schlafzimmer von ihm getrieben werde. Mit einem Satz hebt er mich an sich hoch.

»Nein, du siehst wunderschön aus.« Seine Worte schmeicheln mir. Ich drehe das Gesicht zu ihm, nachdem ich mich umgeblickt habe, und lande im nächsten Moment auf seinem frisch bezogenen Bett, das nach ihm und einem herrlichen Weichspüler duftet.

Über mich gebeugt streichelt er meine Kehle entlang. Das pure Verlangen ist in seinen Augen zu erkennen.

»Wie ich die anderen kenne, werden sie jeden Moment eine Zusammenkunft einberufen, mich mit Fragen löchern und über aktuelle Probleme in Kenntnis setzen«, spricht er über mir und küsst mich. »Am besten, wir ziehen uns um und vertagen die nächste Runde auf später, bis ich alle Zeit der Welt habe, um dich zu erziehen.«

Sein selbstherrlicher Blick huscht wieder über sein Gesicht, bevor er sich erhebt und mir seine Hand anbietet.

»Ich bin durchaus erzogen«, erkläre ich ihm, nehme seine Hand an und lasse mir von ihm aufhelfen.

»Das denke ich nicht. Es gibt so viel, was du lernen musst. Wie sieht es mit deinem Schulabschluss aus? Bist du immer noch daran interessiert?«, erkundigt er sich und dreht sich zu seinem Ankleidezimmer um, in dem sogar ein rotes Kleid mit Spitzenärmeln für mich hängt. Dazu passende Stiefeletten mit zwei großen Knöpfen.

»Sie denken auch an alles«, murmelt er und zieht mich in die Umkleide.

»Ja, ich will noch meinen Abschluss machen und

dann schauen, ob ich studiere oder wo ich einen Job finde.«

Schlagartig dreht er sich zu mir um und umfasst meine Schultern. »Du kannst studieren, ja, aber du gehst nirgendwo anders arbeiten außer für mich. Es ist zu gefährlich. Keine Frau eines Untergrundbosses macht sich die Finger als Kassierin schmutzig oder arbeitet nebenbei in einem fremden Unternehmen. Das wäre viel zu gefährlich.«

Ich ziehe die Brauen zusammen. »Dann soll ich hierbleiben?«

So richtig haben wir nie darüber gesprochen. Dass ich vorerst Weihnachten hier verbringen werde, war klar, aber nicht, was danach passiert. Jones hat uns eigentlich zuerst in der Limousine auf meinen Job und die Abendschule angesprochen, ohne dass ich mir zuvor Gedanken gemacht habe, wie es weitergehen wird.

»Meinetwegen für immer, wenn du das willst.« Er zieht seinen Mantel aus, den er auf einen Bügel hängt, und schiebt dann meinen Parka von den Schultern. »Es ist dir überlassen. Aber wenn du wirklich unbedingt aus ganzem Herzen irgendwo arbeiten willst, finden wir einen Weg, damit du immer in Sicherheit bist. Zur Not wird dir Jones als Bodyguard zur Seite stehen.«

Perplex öffne ich die Lippen, als er sein Shirt über den Kopf zieht und nur noch in grauen Jeans und Socken vor mir steht. Ich mache es ihm nach, werde den Pullover von ihm los, anschließend meine blaue Jeans und Socken.

Dabei male ich mir in Gedanken aus, wie ich Leute in einem Geschäft zu einem Produkt berate, während Jones die Kunden mit seinen finsteren Blicken einschüchtert. Er wird mich auf Schritt und Tritt begleiten. Das Angebot ist zwar nett gemeint, aber so habe ich es mir nicht vorgestellt.

»Äh, also ohne Bodyguard wäre mir lieber.«

»Darüber diskutiere ich nicht.« Er wendet sich zum Spiegel, nachdem er nur noch in dunklen Shorts vor mir steht und sich ein frisches weißes Hemd sowie Anzughosen aus dem Schrank zieht. Ich nehme das Kleid vom Bügel und beiße auf meine Wangeninnenseite.

»Ich rette dich wirklich gern, Divina, aber du musst einsehen, dass du ein Schwachpunkt in meinem Leben bist. Wenn man dir schadet, schadet man mir, und ich gehe das Risiko nicht ein, dass dich jemand absichtlich verletzt, entführen oder töten will. Daher wird dir jemand an deine Seite gestellt, auch wenn du shoppen willst oder einen Arzt in der Stadt besuchst. Daran musst du dich leider gewöhnen, wenn du wirklich an meiner Seite bleiben möchtest.« Als er seine Hose geschlossen und das Hemd zugeknöpft hat, tritt er an mich heran.

Ich bin bereits in das Kleid gestiegen und hänge mit dem Reißverschluss auf dem Rücken fest, was ihn grinsen lässt.

»Lass mich das machen.« Unvermittelt steht er hinter mir und dreht mich zum wandhohen Spiegel. Er zieht den Reißverschluss langsam hoch, während ich immer noch den Reflex habe, mein Haar, das nicht mehr vorhanden ist, zur Seite streichen zu wollen.

Verdammt …

Nah an meiner Wange beugt er sich vor und schaut mir im Spiegel mit seinen palisanderfarbenen Augen entgegen. Dabei schlingt er seinen Arm um meine Mitte und schiebt die Hand hoch zu meinen Brüsten.

»Du siehst bezaubernd aus. Perfekt für die letzte Aufgabe.«

»Letzte Aufgabe?«

»Zuvor sag mir, was du von meinen Sicherheitsvorkehrungen hältst.«

Ich seufze leise. »Ich werde mich nicht absichtlich in Gefahr begeben. Wenn du meinst, dass ich Jones oder Zydrunas an meiner Seite brauche, dann ist das okay. Zuerst möchte ich nur mein Abitur nachholen und dann sehen wir weiter, okay?«

Mir ist klar, dass er ziemlich große Angst hat, mich zu verlieren. So geht es mir auch. Ich werde mir ganz sicher nicht alles in meinem Leben von ihm vorschreiben lassen, doch ich muss einsehen, dass er in vielen Dingen einfach recht hat und erfahrener ist.

»Freut mich, dass du einsichtig bist. Brave Divina.« Er umfasst mein Kinn und dreht mein Gesicht zu sich, um meine Stirn hauchzart zu küssen. Dabei streicht er über mein mit dem Haarreif zurückgeschobenes Haar.

»Lob mich nicht zu früh. Du kennst auch meine eigensinnige Seite.«

»Allerdings. Ich habe sie mehr als einmal zu spüren bekommen. Aber du dürftest daraus gelernt haben, hoffe ich?«

Vor mir erscheint er und geht geschmeidig in die Knie, um mir die Schuhe anzuziehen.

»Ich habe daraus gelernt und werde diese Dummheiten lassen.«

Beeindruckt von meiner Antwort schaut er zu mir

auf, als er meinen linken Fuß in die Stiefelette geschoben hat.

»Andererseits hältst du mich dadurch wirklich auf Trab. Es wäre nur schön, wenn du bei deinen waghalsigen Aktionen nicht jedes Mal dein Leben aufs Spiel setzt.«

»Versprochen«, antworte ich ihm und streiche zwei Strähnen aus seiner Stirn. »Ich passe auf mich auf und ich denke auch mehr an mich.« Zumindest versuche ich es.

»Das ist ein guter Anfang«, lobt er mich und streichelt meine Beine aufwärts, nachdem er mir auch den rechten Schuh angezogen hat. Anschließend rutschen seine Hände unter mein Kleid, das locker und schwungvoll bis zur Hälfte meiner Oberschenkel reicht.

Als er den Slip umfasst, zieht er ihn mir mit einem provokanten Grinsen aus. »Ich bin gespannt, wie lange du es durchhalten wirst.«

»Ist das die nächste Aufgabe?«, frage ich ihn und spüre im nächsten Moment seine Finger durch meine noch feuchte Pussy streichen. Er stellt einen Fuß von mir auf seine Schulter und hebt den Rock an, um mich danach vor dem Spiegel seine göttliche Zunge spüren zu lassen.

»Wer weiß«, raunt er und umkreist mit seiner Zungenspitze meine Klit, sodass ich schaudere. Meine Perle fühlt sich immer noch so sensibel von den letzten Malen an und reagiert auf die kleinste Berührung. Ich lege den Kopf in den Nacken, umfasse seinen Hals und gebe mich einen Moment seinem Zungenspiel hin.

»Jetzt bist du bereit.«

Wofür? Gleich darauf spüre ich eine Spange sich um

meine Klit legen. Sie ist nicht schmerzhaft eng oder zwickt, aber sie übt doch so viel Druck aus, dass ich ganz sicher nach nur wenigen Schritten auslaufe. Und das wie nie zuvor in meinem Leben. Was ich nie-, niemals für möglich gehalten hätte, da ich Sex eh für ein Geschäft hielt, nicht für etwas derart Aufregendes und Schönes.

Vor mir erhebt er sich und zupft meinen Rock zurecht. Er hat die Hemdärmel hochgerollt, den Kragen gerichtet und leckt über seine geschwungenen Lippen.

»Wir sollten die anderen nicht so lange warten lassen, findest du nicht?«

Mit diesem diabolisch durchtriebenen Lächeln reicht er mir seine Hand. »Und nein, die letzte Aufgabe folgt heute Abend.«

25

DIVINA

»Dir scheint heiß zu sein, und das ohne Strumpfhose? Also ich friere ab und zu in dem alten Anwesen«, sagt Iresa, als sie mir den Nachtisch serviert.

»Divina hat einen gesunden Kreislauf, nicht wahr?« Unter dem Tisch umfasst Tjark besitzergreifend mein Knie, als er von mir lächelnd zu Polina blickt und seine Gesichtszüge wieder einfrieren. Er führt das Verhör am Tisch vor den anderen fort, damit sich jeder ein Bild davon machen kann, ob sie lügt oder die Wahrheit sagt.

»Weißt du jetzt genug?«, fragt Nojus gelangweilt und stupst seinen Vanillepudding, der in Schokosoße fast ersäuft, an.

»Ich weiß immer noch nicht, was das zwischen euch ist.«

Sofort hebt Nojus den Blick und schaut zu Polina, die mit den Schultern zuckt.

»Es … wird ein paar Nächte dauern, bis ich es dir verraten kann, Tjark. Darf sie nun bleiben? Sie kann ja schlecht zu ihrer Familie zurück, wo sie leichte Beute wäre.«

Nojus scheint viel an Polina zu liegen. Es ist erstaunlich, wie schnell er seine Meinung über sie ändern konnte. Zwar hat er Polina immer mal wieder einen scherzhaften Spruch reingedrückt, aber dass er auf sie steht?

Ich schaue zu Tjark, der an der Stirnseite sitzt, zu Polina blickt und kurz überlegt. »Ich bin kein Heim für herrenlose Huren, Nojus. Aber es ist Weihnachten. Sie darf bis Januar bleiben. Danach überlegt ihr euch was, wenn du denn nach neun Nächten weißt, wie du das zwischen euch beiden benennen willst.«

Aus den Augenwinkeln schaut Tjark zu mir, lächelt geheimnisvoll und nimmt anschließend einen Schluck von seinem Wein. »So lange ist sie in der Probezeit und wird im Auge behalten.«

»Wie gütig von dir. Weihnachten lässt wirklich dein Herz erweichen.« Warum muss Nojus immer wieder so was Dummes von sich geben? »Also danke, wir freuen uns«, schiebt er schnell nach, als er Tjarks finsteren Blick kassiert. Polina sehe ich an, dass sie erleichtert ausatmet. Sie hat kaum einen Bissen hinunterbekommen und sieht wirklich furchtbar aus.

Anscheinend ist ihr Hochmut Vergangenheit, denn sie verhält sich demütiger, ruhiger, in sich gekehrter als früher, während Nojus seine Retterrolle übertrieben auslebt.

»Gerne«, raunt Tjark. Einen Moment kehrt eine beklemmende Ruhe am Tisch ein, obwohl über zwanzig Personen an der langen Tafel im Speisesaal sitzen.

Es ist bereits kurz nach 19 Uhr. Im Hintergrund

wird Weihnachtsmusik abgespielt, während es draußen hinter den hohen Sprossenfenstern friedlich schneit.

Nachdem Tjark sämtliche angefallenen Probleme mit seinen Männern besprochen hat, sind auch Rysand, Oriana und Arūnas zum Anwesen gekommen.

Selbst ihr Sohn Kajus sitzt auf dem Stuhl und spielt mit einem Modellauto auf der Tischplatte. Dass er denselben Namen wie Dalius zweitliebsten Decknamen hat, ist zwar gewöhnungsbedürftig. Aber wer war Dalius schon?

Bis heute kenne ich seinen wahren Namen nicht und ich werde ihn vermutlich auch nicht erfahren. Es ist nun schon so lange her, seit ich ihn das erste Mal traf. Mittlerweile hat sich alles geändert.

Ich sitze zu Weihnachten am Tisch der Vanags. Einer Organisation, der früher eigentlich nachgesagt wurde, wie skrupellos sie ist, wie sehr man sich vor ihnen in Acht nehmen sollte. Doch seit wenigen Jahren hörte man weniger von ihnen, da Tjark die Organisation zwar weiterführte, aber dafür sorgte, dass selten Unschuldige in Mitleidenschaft gezogen werden.

Im Herzen ist er ein guter Mensch, ein Mensch, von dessen Seite ich nicht mehr weichen will und von dem ich einiges lernen kann.

Wenn er selbst Polina eine Chance gibt, sich in den nächsten Tagen zu beweisen, statt sie loszuwerden oder zu töten, was er ohne mit der Wimper zu zucken tun könnte, beweist mir, dass er nicht durch und durch verdorben ist. Tjark besitzt seine Schattenseiten, seine Dämonen, auf die man ihn besser nicht ansprechen sollte, doch im Grunde ist er selbst zu dem geworden, was er ist. Mag sein, dass ihn auch seine Familie zu diesem

Menschen werden ließ. Aber statt alles aufzugeben, steht er hinter seinen Leuten, steht er zu jedem Einzelnen, der für ihn arbeitet.

Ein Teil einer so großen Familie zu sein, ist das schönste Gefühl überhaupt.

Während ich dem Tanz der Schneeflocken zusehe, unterhalten sich die Gäste am Tisch. Iresa räumt das Geschirr ab, um sich anschließend ebenfalls zu Rimas zu setzen und Margit aus der Küche zu holen.

Obwohl Rysand immer wieder finstere Blicke in Polinas Richtung wirft, schaut er mich nicht mehr an, als sei ich seine Feindin. Ihn möchte ich nicht zum Feind haben. Arūnas hingegen ist wie Nojus zu einem Freund geworden. Und Oriana werde ich später noch in Ruhe für den Brief danken, den sie mir geschrieben hat.

»Geht es dir gut?« Die Worte dringen neben meinem Gesicht an mein Ohr, während eine Hand warm über meinen Oberarm streichelt.

»Es könnte mir nicht besser gehen«, antworte ich Tjark, nachdem ich meinen verträumten Blick von dem Fenster loseisen konnte.

»Das höre ich gern. Denn ich würde nun die letzte Aufgabe einlösen wollen.«

Fragend runzele ich die Stirn. Im selben Moment beugt sich Nojus vor. »Es gibt keine weitere Aufgabe. Davon wüsste ich«, sagt er laut, woraufhin die anderen zu uns blicken. »Die letzte war Arūnas' Box.« Vermutlich weiß die Hälfte der Angestellten nicht, was gemeint ist. Sollte Nojus herausrutschen, was sich in der Box befand, reiße ich ihm jedes seiner blonden Haare einzeln aus.

»Die Aufgaben habt ihr alle mit mehr oder weniger

Bravour bestanden. Meine sogar mit der Note eins plus«, sagt Arūnas charmant grinsend. »Dass sich Divina so ins Zeug legen würde, hätte ich nicht gedacht. Aber Katzen scheinen voll ihr Ding zu sein.«

»Ich habe von keiner Aufgabe von euch gesprochen. Es ist meine Aufgabe, die ich noch nachholen will, und dieses Mal richtig.«

Um Himmels willen. Die Spange!

Als er aufsteht, um mir seine Hand anzubieten, mache ich ein verbissenes Gesicht.

»Irgendwie wird Divina gerade kreidebleich«, stellt Rysand trocken fest. »Ist das so von dir beabsichtigt, Tjark?«

Tjark schenkt ihm einen schneidigen Blick, während alle anderen zu uns blicken.

Mit der Zeit traue ich ihm wirklich alles zu. Er würde mich vom Sitz ziehen, auf den Tisch legen und mir vor den Augen der anderen womöglich die Spange entfernen. Aber es gibt selbst für mich Grenzen.

»Seit wann wieder so ängstlich?«, will er wissen und zieht die Brauen fragend zusammen.

»Du weißt wieso«, flüstere ich, aber umfasse dennoch seine Hand.

»Hab etwas mehr Vertrauen in mich.«

Ich vertraue ihm bedingungslos, nur …

»Jetzt wird es wirklich spannend«, sagt Iresa und stützt die Ellenbogen auf den Tisch auf.

»Sei still«, ranzt sie Ona an und tippt gegen ihre Schulter.

Aus den Augenwinkeln schaue ich zu ihnen, bis ich mich erhebe und zu Tjark aufsehe.

Lass den Blödsinn – bitte ich ihn mit nur einem

Blick, was ihm nicht entgeht. Statt meine Hand loszulassen und meiner Bitte zu folgen, führt er mich näher zum Weihnachtsbaum neben dem Kamin, lässt mich in einer lockeren Drehung einmal um meine eigene Achse drehen und lächelt. *Er will tanzen?*

»Ich vertraue dir, aber was hast du vor?«, frage ich ihn so leise, damit es die anderen nicht hören.

»Wie romantisch«, seufzt Milda und hat Tränen in den Augen. Wieso? Doch ich weiß wieso, als Tjark plötzlich vor mir in die Knie geht.

»Ich möchte es ganz offiziell vor allen machen. Dieses Mal ist es echt. Keine Scheinverlobung. Kein Scheinliebesgeständnis. Kein Schauspiel, Divina. Alle, die sich in dem Raum befinden, sollen meine Zeugen sein …« Er hält meine rechte Hand und schaut zu mir auf, bevor er flüchtig zu den anderen blickt und ich ihn etwas nervös erlebe. Ich habe ihn kein einziges Mal aufgeregt gesehen. Er sieht aus, als hätte er sich den nächsten Schritt gut überlegt, während mir flau im Magen wird. *Damit habe ich nie gerechnet. Warum?*

»Am liebsten hätte ich dich in der U-Bahn-Station in Kiew bereits gefragt, damit du bleibst, doch es gab nie einen Moment. Jetzt gibt es keinen besseren Augenblick, Divina. Möchtest du mich heiraten und die Herrin vom Anwesen der Vītols werden?«

Mein Herz rast in dem Moment unendlich schnell, kurz nachdem er die Worte ausgesprochen hat, mit denen ich vor wenigen Minuten niemals gerechnet habe.

Obwohl die Blicke der anderen auf uns ruhen, nur auf uns oder wohl eher auf mir, kommt es mir vor, als wären wir allein. Als befänden Tjark und ich uns allein in diesem Zimmer und würde die Welt um uns zu einem einzigen Farbenspiel verschwimmen. Er gibt meine Hand frei und hält mir den granatroten großen Rubinring entgegen, den ich so viele Tage als Trost in meinem Bett angesehen habe. Ich habe immer auf ihn geachtet, gut aufbewahrt und nur an seinen wahren Besitzer zurückgegeben.

Den Moment werde ich leider nicht so schnell vergessen, als er mich fragte, wie ich zu dem Ring gekommen bin. Den Ring, der für ihn so wichtig ist.

Als ich von dem Ring in sein Gesicht blicke, wirkt er einen Moment verunsichert. Er weiß, welche Erinnerungen an dem Ring für mich hängen.

Ich schlucke und hole tief Luft, bevor ich es wieder tue.

Direkt vor ihm gehe ich in die Knie und umfasse seine Wange. »Ich würde immer Ja sagen, weil ich dich liebe, Tjark.«

Plötzlich strahlen seine Augen und er wirkt erleichtert über meine Antwort. Langsam stehe ich wieder auf, damit er die Verlobung so beenden kann, wie er es sich vermutlich sehr oft in Gedanken ausgemalt hat.

»Ja, ich will dich heiraten«, antworte ich freudestrahlend und lasse mir den Ring von ihm auf den Finger schieben. Es fühlt sich richtig an, ihn wieder zu tragen. Noch bevor ich meine Hand zu mir ziehen kann, um das Juwel gefangen zwischen zarten weißsilbernen Blättern näher zu betrachten, küsst er meinen Handrücken und ein wilder Jubel bricht aus.

»Diese Dramatik.« Margit fächelt sich mit der Hand Luft ins Gesicht, während Henrik seinen Arm um sie legt. »Früher ging das alles unkomplizierter über die Bühne«, höre ich sie sagen und muss lächeln. *Früher hätte ich nie einen Gedanken daran verschwendet, überhaupt zu heiraten.*

»Schau zu mir.« Plötzlich hat sich Tjark erhoben, umfasst meine Hüfte und meinen Hinterkopf und zieht mich näher an sich. Dankbar und unendlich glücklich treffen seine Lippen auf meine. Ich hebe mich auf die Zehenspitzen, um den Kuss zu erwidern, und kann mein Lächeln kaum verbergen.

Es ist real. Dieses Mal ist es keine Scheinverlobung.

»Einen kurzen Moment dachte ich, du würdest einen Rückzieher machen«, haucht er vor meinen Lippen und umfasst mein Gesicht.

»Nein, den hätte ich nicht gemacht. Ich habe nur mit einer ganz anderen Aufgabe von dir gerechnet. Das Überraschungsmoment ist dir wirklich gelungen. Ich bin überglücklich.« Freudestrahlend betrachte ich den Ring, als ich die Hand vor mein Gesicht hebe.

»Ah, sag nicht, du hast gedacht, es hätte etwas mit der Spange zu tun?«

»Wäre dir absolut zuzutrauen gewesen«, antworte ich und hebe eine Braue.

»Ich weiß nicht, um welche Spange es geht. Vermutlich keine fürs Haar, aber herzlichen Glückwunsch. Ihr lasst mich alle hängen.« Arūnas tritt an uns heran, um uns zu beglückwünschen. »Erst Rysand, jetzt du. Was für Verräter. An mich denkt mal wieder keiner. Aber ich gönne es euch von Herzen.« Unvermittelt geht mir Arūnas an den Arsch, was Tjark nicht entgeht.

»Mein Eigentum, Arūnas. Ab jetzt darfst du nicht mehr mit ihr spielen.«

»Fein, gut. Sie gehört ganz dir. Gut gemacht, Divina!« Arūnas umarmt uns gleichzeitig, was sich etwas befremdlich anfühlt. »Falls ihr dennoch Lust auf einen Dreier haben solltet oder Tjark dir nicht reicht, meine Nummer speichere ich in dein Handy.«

»Arūnas«, knurrt Tjark.

»Mach mal Platz. Wir wollen auch gratulieren.« Nojus schiebt Arūnas zur Seite und ist der Nächste. »Wenn sie einen Dreier will, dann wohl mit mir. – Aber fuck, ich war genauso überrumpelt wie du, Divina. Das war nicht mit Tjark abgesprochen«, lässt er mich wissen. »Ich freue mich für euch. Endlich hat sich die Mühe und Zeit ausgezahlt und ich muss nicht länger Amor spielen. Was nicht bedeutet, dass ich es nicht gerne gemacht habe.«

Nojus wirkt wirklich erleichtert und glücklich. Wenn ich ehrlich bin, haben wir das meiste ihm zu verdanken. Gäbe es ihn nicht, wer weiß, was wirklich passiert wäre. Ich wäre aus Verzweiflung mit Viskat ins Hotel gegangen, hätte womöglich gegen Geld mit ihm geschlafen und ein noch schlechteres Gewissen gehabt, weil ich Tjark hintergangen hätte. Tjark und ich hätten uns immer mehr entfremdet und wären wohl getrennte Wege gegangen. Daher kann ich nicht anders, als mich zu Nojus zu drehen und ihn fest in die Arme zu schließen.

»Du bist ein Wunder. Ohne dich hätte ich mich sicher aufgegeben.« Ohne es die anderen sehen zu lassen, weine ich an seinem Hals und würde ihn nie wieder freigeben wollen.

»Ach, Täubchen. Ich will nicht sagen, dass ich dabei nicht eine Menge Spaß gehabt hätte, aber ihr gehört einfach zusammen, auch wenn mich Tjark gerade ansieht, als würde er mich gleich abstechen wollen.«

Langsam gebe ich Nojus frei. »Danke.«

»Mach mich nicht verlegen.« *Das geht überhaupt nicht. Das würde nicht einmal mir gelingen.*

Nachdem wir von allen beglückwünscht wurden, Margit und Iresa Champagner verteilt haben, teilen sich alle in kleine Grüppchen auf und unterhalten sich an der Tafel oder vor dem Kamin stehend. Oriana und Rysand tanzen zu einem Lied, während Nojus sich mit Polina auf die Couch zurückgezogen hat.

»Hast du einen Augenblick?«, raunt mir Tjark ins Ohr. Ich nicke.

»Folgt jetzt endlich die Erlösung? Denn wenn ich ehrlich bin, kann ich die Klemme keine Sekunde länger tragen.«

»Du weißt, was ich hören will, mein Liebling.« Er umfasst meine Hand und führt mich aus dem Speisesaal.

Stufe um Stufe führt er mich höher, während ich sein Verlangen nach mir kaum übersehen kann.

Ich weiß genau, was er hören will. In der zweiten Etage stoppt er und zieht mich eng an sich. Vor ihm keuche ich nach Luft ringend.

»Ich gehöre dir, Tjark. Ich liebe nur dich, nur dich allein.« Sofort hebe ich mich auf die Zehenspitzen, schlinge die Arme um seinen Nacken und küsse ihn hungrig. Ich nehme mich kein bisschen zurück, da die Klemme meine Lust und Begierde nach ihm ins Unermessliche hat ansteigen lassen. Ich will alles von ihm. Ihn spüren, ihn lieben, sein Vertrauen.

Als er meine Lust spürt, erwidert er den Kuss hart und bedrängend, hebt mich an meinem Po an sich hoch und trägt mich in die vierte Etage. Zwischen meinen

Beinen kann ich spüren, wie er immer härter wird und er sich genauso wenig wie ich zurückhalten wird.

Kaum fällt die Tür zu seinen Räumen ins Schloss, drückt er mich mit dem Rücken gegen die Wand. Ich verschränke meine Beine fester um ihn und greife zu seinem Gürtel, um danach seine Hose zu öffnen.

Als ich seinen perfekten Schwanz bloß kurz sehe, küsst er mich wieder gierig und dringt mit einem tiefen Stoß in mich ein. Sofort wimmere ich, da ich es die gesamte Zeit wollte: von ihm gevögelt werden und ihn in mir spüren. Ich klammere mich an seinem Nacken fest, während er mich komplett ausfüllt und weiß, wie verdammt bereit ich für ihn bin. Seine Lippen verlassen meinen Mund und bedecken meinen Hals mit Küssen, als er sich ein Stück aus mir zurückzieht, um danach wieder ohne Zurückhaltung wie früher in mich einzudringen.

»Gott«, stöhne ich, als er meinen Körper zum Zittern bringt.

»Du darfst gern deinen Verlobten als Gott bezeichnen.«

»Blödmann«, rutscht es mir heraus, was ihn dunkel knurren lässt, bevor er mich weiter hart an der Wand nimmt und ich seine volle Stärke ohne Zurückhaltung spüre. Wie ich es vermisst habe.

»Ich liebe dich so abgöttisch, da macht es keinen Unterschied«, fügt er hinzu. »Nur dieses Mal nicht, mein Liebling.« Sein verwegenes Grinsen wird vom nächsten Keuchen aus seinem Gesicht gewischt, als er mich weiter nimmt und ich glaube, jeden Moment auszulaufen. Ich will nur noch diesem Mann gehören. Keinem sonst. Und ich will nur noch mit ihm schlafen, ihm allein, an den verschiedensten Orten, in den unterschiedlichsten Momenten und mich nur von ihm führen lassen.

Denn ohne ihn wäre ich nichts.

Mit ihm bin ich alles.

EPILOG

ARUNAS

Tja, so wie es aussieht, stehe ich jetzt allein da. Auch für Tjark gibt es nach Rysand ein Happy End. Ende gut, alles gut. Und wer kümmert sich vor Weihnachten um das Dreckschwein im Keller?

Wenn man nicht alles allein macht!

Auf dem Weinfass sitzend betrachte ich den Wichser, den die Welt nicht mehr vermissen wird.

»Am besten, wir werden allen Unrat vor Heiligabend los. Besser, Tjark macht sich an dir nicht die Finger schmutzig und widmet sich seiner Verlobten.«

Als dieser Hurensohn meine Worte hört, öffnet er die Augen. Festgekettet an beiden Händen, in seinem eigenen Erbrochenen hockend, starrt er mir entgegen. Mir kommt die Magensäure bei dem ekelhaften Gestank hoch.

»Weißt du, jeder hält mich für einen Schönling, einen Sonnyboy, dem die Frauen in Scharen hinterherrennen.« Vom Boden hebe ich eine massive Eisenstange auf und drehe sie zwischen den Händen. »Da liegen sie gar nicht mal so falsch. Ich hab Frauen, so viele wie ich will. Dich hingegen hat das Schicksal wohl mit einer hässlichen Visage bestraft, dass du gezwungen bist, Frauen anzufassen, obwohl sie es nicht wollen. Ich kann ein bisschen verstehen, wie schlecht du dich fühlen musst. Wie viele Abfuhren musst du wohl kassiert haben, um so ein frauenverachtendes Arschloch zu werden, wie du es jetzt bist? Der letzte Abschaum, der Freude dabei empfindet und dem einer abgeht, wenn er sie misshandelt, ihnen Schmerzen zufügt und sie vergewaltigt. Mein Gott, du und ich sind wohl grundverschieden. Ich werde Versager wie dich nie ganz verstehen. Aber weißt du was, Hässling?« Ich hole Schwung und ramme ihm die Stange mitten in sein dämlich glotzendes Gesicht. »Das will ich auch nicht.«

Obwohl er nur noch ein armes Häufchen Elend ist, das kaum in der Lage ist, den Kopf aufrecht zu halten, schreit er doch erstaunlich laut. Rysand hatte bereits vor mir seinen Spaß mit ihm und ich bringe es zu Ende.

Ich war nicht umsonst einer der Vanags, als Tjarks Vater die Organisation anführte. In meinen jungen Jahren habe ich sehr viel gesehen, gelernt und erlebt. Unter anderem, wie man jemanden so lange foltert, bis er um seinen Tod bettelt.

Ohne zu lächeln, da es nichts Komisches an der Sache gibt, wenn man jemanden quält, beobachte ich Artjom. Blut rinnt über seine aufgeplatzte Unterlippe. Er kann es mir nicht einmal mehr vor die Füße spucken.

Mit gesenktem Kopf holt er röchelnd Luft und weiß doch, dass jeder seiner Atemzüge gezählt ist.

Vor ihm bleibe ich stehen, schiebe das Ende der Eisenstange unter sein Kinn und hebe es an.

»Hast du noch etwas zu sagen, bevor du bloß noch tierische Laute von dir gibst? Denn glaub mir, bald wirst du nicht mehr sprechen können.«

Plötzlich glimmt dieser feindselige sture Funken in seinen schmalen Augen, die von schwarzen Ringen umrahmt sind, auf.

»Fahr zur Hölle, Prinz Eisenherz! Wenn du …« Er rotzt mir doch vor die Füße. »Gejammer oder Geheule von mir erwartest wie von dieser Schlampe, träum weiter.«

Zäh ist er, ja wirklich.

Und … »Unbelehrbar also. Mit Vergnügen. Machen wir weiter.«

Mit Schwung ramme ich ihm das Ende der fünf Zentimeter breiten Stange in sein rechtes Knie. Das Knacken ist kaum zu überhören, genauso wenig wie sein Brüllen. Ich übe mehr Druck aus. »Jetzt dürftest du ein Leben lang humpeln. Vögeln im Stehen wird also sehr anstrengend, mein Freund.«

Wendig reiße ich die Stange aus seinem zertrümmerten Knie und ramme sie in sein anderes, da er dasitzt wie ein versoffener Penner, der nur noch in der Lage ist, seinen Kopf zu bewegen. Wieder heult er auf.

»Jetzt dürftest du nie wieder gehen können«, prophezeie ich ihm mit einem gefährlichen Blick. Jedes Mal, wenn ich die Stange bewege und sie durch die Luft rauscht, versaue ich leider meinen teuren Pullover und meine Jeans. Aber mir bleibt danach noch genügend Zeit, um mich umzuziehen und mich wieder unter die heitere Gesellschaft zu mischen. Tjark und Divina dürften in der vierten Etage ihre Verlobung auf *ihre Art* feiern.

Der Gedanke gefällt mir, während ich das hier endlich beenden will.

Artjom reißt beinahe kraftlos an den Ketten, wirkt so, als würde er jeden Moment vor unermesslichen Schmerzen wegtreten und kaum mehr in der Lage sein, ein Wort von mir zu verstehen.

»Beenden wir die Sauerei.« Schließlich muss ich ihn noch loswerden. Daher umrunde ich den frauenverachtenden Abschaum, schnappe mir aus der Hosentasche den zusammengewickelten Draht und hole ihn hervor. Ich will kein Blutbad, das ich hinterher wegmachen muss, anrichten.

»Sag Adieu zu dieser Welt, die dir sicher nicht hinterhertrauern wird«, spreche ich zu ihm und bin mir sicher, dass er nichts mehr hört. Dann lege ich den Draht um seinen Hals und ziehe fest an den Holzenden, um mir nicht die Hände aufzuschneiden.

Er wehrt sich kaum noch, zappelt und gibt röchelnde Geräusche von sich. Hinter ihm stehend, schnüre ich ihm weiter die Luft ab und zähle hinter zusammengekniffenen Augen von neunzig abwärts.

Schon ab fünfzig ist kaum mehr ein Ton von ihm zu hören, dennoch will ich auf Nummer sicher gehen und erdrossele ihn weiterhin mit viel Kraft.

Als alles im wahrsten Sinne totenstill ist, löse ich mit einem tiefen Durchatmen den Draht und prüfe seinen Puls. Er ist ohne jeden Zweifel tot. *Ein Frauenschänder weniger.*

Nachdem ich das Werkzeug weggelegt habe, mache ich mich daran, ihn von den Ketten zu befreien und die Plane auf dem Gang vor dem Weinkeller auszubreiten.

Der widerliche Gestank ist das Schlimmste. Nicht

dieser Hässling oder wie er hier vermodert ist, sondern dieser beißende, nach Säure stinkende Geruch aus dem Gemisch von Erbrochenem, Urin und Kot.

Ich zerre mit angehaltener Luft seine sauschwere Leiche auf die Plane und wickele sie danach ein, verschnüre sie um seinen Oberkörper und seine Fußgelenke und zerre sie einige Minuten später aus dem Keller.

Wie ich diese Drecksarbeit hasse. Aber jedem anderen dort oben will ich sie nicht zumuten. Nicht, nachdem alle in Feierlaune sind.

Schwitzend und keuchend ziehe ich den leblosen Körper aus der Hintertür des Kellers und zerre ihn über das gestreute Pflaster zu den Garagen.

An der frischen Luft atme ich frei durch, bleibe kurz stehen und schaue zum sternklaren Nachthimmel auf. Wenn es so eiskalt ist, funkeln die Sternbilder am klarsten. Manchmal frage ich mich, ob die Sterne irgendwelche Antworten bereithalten.

Wohin werden wir gehen?

Was wird noch geschehen?

Wann werden wir sterben?

Aber bis es so weit ist, sollte ich mich sputen und endlich die Frau finden, die zu mir passt. Eigentlich war ich immer der felsenfesten Überzeugung, jederzeit eine passende Partnerin zu finden. Schließlich gibt es Frauen wie Sand am Meer und ich kann mir mühelos jede angeln. Allerdings ist diese Eine nie dabei gewesen.

Ich mag sie alle, wer auch nicht? Aber eine, die mir wirklich genügen könnte? Eine wie Divina oder eine wie Oriana … gibt es die überhaupt für mich?

Andererseits sollte ich mit dem zufrieden sein, was ich habe. Und wer weiß, ob Rysand oder Tjark nicht doch irgendwann mit mir tauschen würden. Oder mich sogar beneiden.

Bei dem Gedanken muss ich grinsen und weiß zugleich, dass es nicht passieren wird.

»Vielleicht sind wir uns ja doch etwas ähnlich, Hässling«, murmele ich und schleife die Leiche rückwärtsgehend zum Van.

»Oder nein, sind wir uns doch nicht. Du bist ein Loser. Was ich bin, wird sich sicher irgendwann zeigen.«

Kaum habe ich die Schiebetür des Vans erreicht, lasse ich den Toten achtlos auf den Boden fallen und suche nach den Schlüsseln. *Shit, wo sind sie jetzt?*

Ich taste meine Hosentaschen ab, als in dem Moment ein Geräusch zu hören ist, das dem eines Ächzen sehr ähnelt.

»Fuck!«, fluche ich, schnappe das Messer aus dem Schaft der Boots und gehe in die Knie. »Sag nicht, du gehörst zur widerspenstigen Sorte?«

Über seinem Gesicht ziehe ich die Plane zurück. Er ist gefesselt, somit hat er null Chancen, sich zu wehren.

Doch als ich die Plane zurückzerre, liegt er mit blutender und gebrochener Nase leblos da. Das Geräusch kam nicht von ihm.

»Wenn du etwas machst, dann richtig, Arūnas. Ich wollte dich nur erschrecken.« Sofort fahre ich hoch und schaue mich um. Es war eine Frau, die das gesagt hat.

Als ich mich jedoch vom Parkplatz zum Tor umdrehe, sehe ich bloß, wie ein lang gezogener Schatten schnell wie eine Katze verschwindet.

Irgendwoher kenne ich diese Stimme oder habe sie schon einmal gehört. *Nur … wann? Ich glaub, mein Gedächtnis spielt mir Streiche. Oder doch nicht?*

Leiche liegen lassen oder der Frau folgen? Für gewöhnlich würde meine Antwort sofort »der Frau folgen« lauten. Aber gerade ist mir nicht danach, zu spielen.

»Ja, verschwinde, du feiges Huhn.« Hoffentlich hat sie mich nicht gefilmt oder Bilder gemacht. Obwohl es verdammt dunkel ist, könnte ich trotzdem auf den Fotos zu erkennen sein.

»Ich habe wichtigere Dinge zu tun, als dir dabei zuzusehen, wie du den Unrat loswirst!«, ruft sie irgendwo aus der Nähe des Tores.

Okay, es reicht! Wer hat Wichtigeres zu tun, als Zeit mit mir zu verbringen?

Ohne es mir noch mal zu überlegen, sprinte ich auf das Tor zu, um zu herauszufinden, wer mich beobachtet hat. Als ich keuchend das Flügeltor erreiche und die Eisenstäbe umfasse, sehe ich weiter vorn auf der langen Einfahrt eine Gestalt von der Straße ins gefrorene Feld rennen. Sie verlässt absichtlich die Allee, um im kniehohen Schnee zu waten?

Mutig oder dämlich.

Wie auch immer sie aufs Grundstück gekommen ist oder wer auch immer sie ist, ich finde es heraus.

Aber sie hat recht, zuvor muss ich den Unrat loswerden. Ach, scheiße. Vielleicht war das meine Chance, um mich heute Abend noch zu amüsieren. Jetzt ist sie davongelaufen.

»Ich finde dich, klar!«, rufe ich durch die Nacht. Mein gefrorener Atem steigt in Wölkchen in die Abendluft auf.

Ein Lachen ist zu hören, dann wird es wieder still.

Das Lachen kenn ich. Nur woher?

MANY THANKS

DANKSAGUNG

… für den Kauf oder die Ausleihe des finalen Bandes der „Broken Blackness" Reihe.

Nun ist die Geschichte von Divina & Tjark zu Ende erzählt, was mich mit einem zufriedenen und doch traurigen Gefühl zurücklässt, da es mir viel Vergnügen bereitet hat, beide auf ihrer Reise begleitet zu haben. Doch auch die traurigsten und schönsten Geschichten finden ein Ende. Dafür bedeutet jedes Ende auch einen Neuanfang.
Du ahnst sicher, was es mit dem Epilog auf sich hat? Richtig, es wird eine Geschichte von Arūnas geben. Er ist der letzte der drei Freunde, der sein Gegenstück noch nicht gefunden hat. Ob er es finden wird? Ob es etwas mit der geheimnisvollen Frau, die so plötzlich von Tjark Grundstück geflohen ist, zu tun hat?

Schon bald werden diese Fragen beantwortet.

Halte dich gerne auf meiner Facebookseite & auf Instagram auf dem Laufenden, somit verpasst du keine News. Auf beiden Kanälen gebe ich regelmäßig neue Informationen, Leseproben und Coverenthüllungen zu meinen Romanen & Reihen bekannt. Arūnas Geschichte wird vermutlich Ende März oder im April 2020 starten. Ich würde mich unglaublich sehr freuen, wenn du wieder dabei bist.

An dieser Stelle möchte ich meinen Helferinnen danken, ohne die die BB Reihe nicht so unterhaltsam geworden wäre. Mein großer Dank geht an meine Korrektorin, an meine Testleser und Blogger und ganz besonders an meine Leser. Ihr seid mein Antrieb und meine Motivation.
Ich freue mich jedes Mal über eure Rezensionen, wenn ich sie auf Amazon entdecke. Eine Rezension muss nicht lang sein, sie muss nicht perfekt sein, sie muss erst recht nicht professionell sein, aber sie bedeutet mir und zukünftigen Lesern sehr viel.

Ich wünsche dir von Herzen ein bezauberndes, glückliches & erfolgreiches neues Jahr 2020. Mögen all deine Vorsätze in Erfüllung gehen!

XOXO
♥
Deine Yuna Drake

Printed in Poland
by Amazon Fulfillment
Poland Sp. z o.o., Wrocław

53111651R00190